VILÃO INICIANTE

VILÃO INICIANTE

John Scalzi

Tradução

Giu Alonso

Aleph

Vilão iniciante

TÍTULO ORIGINAL:
Starter Villain

COPIDESQUE:
Yonghui Qio

REVISÃO:
Thiago Fraga
Thaís Carvas

ILUSTRAÇÃO DE CAPA:
Wagner Willian

DESIGN DE CAPA:
Mateus Acioli

DADOS INTERNACIONAIS DE CATALOGAÇÃO NA PUBLICAÇÃO (CIP)
DE ACORDO COM ISBD

S282v Scalzi, John
Vilão iniciante / John Scalzi ; traduzido por Giu Alonso. – São Paulo : Aleph, 2025.
288 p. ; 16cm x 23cm.

Tradução de: Starter Villain
ISBN: 978-85-7657-746-1

1. Literatura americana. 2. Ficção cientifica. 3. Aventura. 4. Vilões.
5. Cultura pop. I. Alonso, Giu. II. Título.

	CDD 813.0876
2025-2479	CDU 821.111(73)-3

ELABORADO POR ODILIO HILARIO MOREIRA JUNIOR - CRB-8/9949

ÍNDICES PARA CATÁLOGO SISTEMÁTICO:
1. Literatura americana: ficção científica 813.0876
2. Literatura americana: ficção científica 821.111(73)-3

Aleph

Rua Bento Freitas, 306 – Conj. 71 – São Paulo/SP
CEP 01220-000 • TEL 11 3743-3202
www.editoraaleph.com.br

@editoraaleph
@editora_aleph

Este livro é dedicado a:

Todo mundo que poderia piorar o dia de outra pessoa, mas que em vez disso tenta melhorá-lo.
Obrigado. Isso é mais importante do que vocês imaginam.
Também a Sugar, Spice e Smudge, meu atual conjunto de gatos.
Vocês três são um verdadeiro pé no saco, e eu amo essas suas carinhas peludas idiotas.

1

Fiquei sabendo da morte do meu tio Jake de uma forma bem inesperada: pelo programa matinal *Squawk Box* da emissora CNBC.

Eu estava com a televisão ligada no *Squawk Box* por força do hábito. Quando eu era repórter de negócios do *Chicago Tribune*, revezava entre esse programa, a Bloomberg e a Fox Business toda manhã enquanto me preparava com minha esposa, Jeanine, para nossos respectivos dias. Hoje, isso não é tão necessário mais — professores substitutos em geral não precisam se manter atualizados quanto ao andamento dos mercados asiáticos para tomar conta de um bando de adolescentes em uma aula de Inglês do sétimo ano —, mas, ao que parece, é mesmo difícil se livrar de velhos hábitos.

Foi assim que, enquanto preparava minha torrada com manteiga de amendoim, ouvi o nome "Jake Baldwin" vindo do iPad ligado na ilha da cozinha. Parei no meio do gesto, com a faca cheia de manteiga de amendoim na mão, quando o coapresentador Andrew Ross Sorkin anunciou que meu tio Jake, um recluso bilionário, dono da terceira maior rede de estacionamentos da América do Norte, havia morrido de câncer no pâncreas aos 67 anos.

— Você ouviu isso? — perguntei à minha parceira de café da manhã.

Não era Jeanine, porque ela não era mais minha esposa e não morava mais comigo. Jeanine tinha voltado à cidade natal, Boston, estava namorando um analista de investimentos e, considerando o que postava no seu perfil no Instagram, passava a maior parte do tempo sob uma luz incrível em locais turísticos invejáveis ao redor do mundo. Quem me acompanhava era, na verdade, Hera, uma gata de pelagem laranja e branca que — após eu ter sido demitido, me divorciado e voltado com o rabo entre as pernas para a casa onde cresci — surgiu dos arbustos do quintal e me informou miando que passaria a morar comigo. O café da manhã de Hera era uma porção de ração barata da Meow Mix; a gata estava comendo na ilha central e vendo o *Squawk Box* comigo, provavelmente para decidir se Andrew Ross Sorkin era uma presa que ela poderia abater.

Eu não sabia que meu tio Jake estava doente, muito menos que tinha câncer de pâncreas, a doença que também havia levado seu colega bilionário Steve Jobs. (Meu cérebro de jornalista, no piloto automático, já tinha começado a escrever o lide para o obituário do meu tio; já mencionei que é difícil se livrar de velhos hábitos?) Para ser justo, não era que o tio Jake tivesse escondido essa informação de mim. A questão era que não mantínhamos contato desde os meus 5 anos. Jake e meu pai brigaram feio no funeral da minha mãe. Tenho uma vaga lembrança dos gritos, e depois disso foi como se Jake simplesmente não existisse. Meu pai preferia assim, e imagino que meu tio também. Ele não compareceu ao funeral do meu pai, em todo caso.

Quanto a mim, não pensei em meu tio até estar na faculdade e começar a escrever artigos sobre economia para o *Daily Northwestern*, quando descobri que metade dos estacionamentos em Evanston pertencia à BLP, empresa privada da qual Jake era o acionista majoritário e presidente. Tentei conseguir uma entrevista, imaginando que poderia ter uma vantagem, mas a BLP não tinha um departamento de relações públicas nem sequer informações de contato no site. Quando me casei, arranquei do meu pai o endereço de Jake e enviei um convite para ele, pelo menos para ver o que aconteceria. Meu tio não apareceu, mas mandou um presente: colheres de servir de prata e um cartão enigmático. Parei de pensar nele depois disso. Jake quase não tinha presença na mídia e nunca aparecia nos noticiários, então não foi difícil.

No entanto, a falta de informações sobre meu tio estava fazendo os repórteres da CNBC terem um troço. Continuei assistindo enquanto Sorkin e, imagino, seus roteiristas penavam para encontrar qualquer coisa a respeito de um homem que era obviamente importante — pelo menos para a CNBC, bilionários são importantes —, mas que também tinha feito sua fortuna da maneira mais brochante possível. Steve Jobs dera ao mundo o Macintosh, o iPhone e a tecnologia cotidiana como o tablet em que eu estava vendo o *Squawk Box*. O tio Jake dera às pessoas um lugar para estacionar o carro. A CNBC resolveu o problema da falta de dramaticidade convidando um repórter da *Parking Magazine*, a publicação da Associação Nacional de Estacionamentos — e sim, essas duas coisas existem de verdade.

— Ah, xô! — exclamei quando o repórter apareceu, jogando um pedaço da minha torrada com manteiga de amendoim no iPad. O pão ricocheteou na tela, deixando uma mancha oleosa, e caiu na frente de Hera, que me encarou, confusa. — É o filho da mãe do Peter Reese — expliquei, acenando para o rosto dele, nitidamente com a expressão de alguém sendo gravado pela câmera de um notebook, enquanto Peter descrevia o impacto que a morte de Jake teria no mercado crucial de garagens e estacionamentos. — Ele é um péssimo repórter. Sei disso porque já trabalhei com ele.

Nada impressionada, Hera comeu uma migalha da torrada.

Eu tinha mesmo trabalhado com Reese, no *Tribune*. E ele realmente era um péssimo repórter; me lembro de um dos editores-assistentes do caderno de economia fingindo estrangulá-lo quando Reese estragou uma matéria importante que outros repórteres, incluindo eu, tiveram que salvar. Nós dois fomos demitidos do *Tribune* na mesma época. Minha irritação atual com ele tinha a ver com o fato de que, embora seu novo posto na *Parking Magazine* estivesse um patamar abaixo em relação à reputação do *Tribune*, pelo menos Reese continuava no jornalismo de alguma forma, enquanto eu trabalhava como professor substituto no mesmo bairro onde crescera. Havia razões para isso: o divórcio, a falta de dinheiro, a doença do meu pai e o meu retorno para cuidar dele enquanto me recuperava das minhas próprias feridas existenciais. Mas elas não tornavam nada daquilo menos irritante. Lá estava Peter Reese no *Squawk Box*, morando na capital do país, enquanto eu comia torrada na casa em que cresci mas que tecnicamente nem era minha, tendo uma gata como única amiga.

— Chega.

Interrompi a explicação de Reese de que, como a BLP era uma empresa privada, era improvável que o falecimento de seu proprietário tivesse um efeito significativo nos valores das ações de outras empresas de capital aberto no ramo dos estacionamentos. Isso provavelmente não era verdade, mas ninguém, nem mesmo Reese ou Sorkin, se importava o bastante para investigar, e o programa estava prestes a entrar no intervalo comercial de qualquer maneira. Aquele era o legado de um bilionário e do trabalho de sua vida: dois minutos de uma cobertura pouco inspirada em um segmento sobre negócios e, em seguida, um comercial de remédio para azia.

Meu celular tocou justo nesse momento, uma ocorrência incomum na era da troca de mensagens. Olhei para baixo e vi quem era: Andrew Baxter, velho amigo do meu pai, advogado e responsável pelo inventário do espólio, que basicamente compreendia a casa em que eu estava morando. Soltei um gemido. Fosse lá o que Andy quisesse, estava cedo demais para isso. Deixei a ligação cair na caixa postal e terminei a torrada.

— Como estou? — perguntei para Hera.

Eu não estava vestindo o uniforme habitual de professor substituto: camisa social, colete de lã e calças de alfaiataria; em vez disso, estava usando meu melhor terno, que também era o único que eu tinha, o mesmo que usei tanto no meu casamento quanto no funeral do meu pai, e em nenhum outro momento entre esses dois eventos. Na verdade, não era nem o conjunto completo, porque, ao que parecia, na mudança de volta para a casa do meu pai, os sapatos tinham se perdido. Então coloquei os tênis pretos que usei no funeral. Ninguém notou naquela época, e eu torcia para que ninguém notasse de novo dessa vez.

— *Você* me daria um caminhão de dinheiro se me visse vestido assim?

Hera soltou um miadinho e piscou devagar, indicando sua aprovação. Bem, é claro que aprovava. Ela que escolhera minha gravata, a verde, quando deitou na vermelha que tinha sido esticada na cama junto da outra para que eu escolhesse.

— Obrigado. Como sempre, sua opinião é a mais importante — falei para a minha gata.

Satisfeita, Hera voltou para a ração.

Olhei para o relógio; meu compromisso seria dali a vinte minutos. Em vinte minutos, eu descobriria como minha vida seria nos próximos anos. Ao contrário do tio Jake, não seriam necessários bilhões de dólares para eu realizar as minhas metas de vida.

Uns milhãozinhos dariam conta.

Belinda Darroll olhou para o computador.

— Então, sr. Fitzer, o senhor quer um empréstimo comercial de... 3,4 milhões de dólares.

— Isso mesmo.

Eu estava sentado no escritório de Darroll no prédio do Barrington Poupanças & Investimentos, recém-reformado após a compra pela CerTrust, uma empresa de finanças sediada em Chicago cujo objetivo era comprar bancos locais e manter a marca antiga para que todos na cidade pensassem que ainda estavam lidando com um negócio pequeno, e não com uma gigante financeira sem rosto. O prédio inteiro cheirava à tinta fresca e à cola do carpete de alto tráfego recém-instalado.

Eu tinha chegado um pouco mais cedo para a reunião; Darroll se apresentara quando entrou na sala. Comentara que eu parecia familiar, então determinamos que ela tinha sido caloura no colégio Barrington High quando eu estava no último ano. Darroll se lembrava de quando me meti em problemas como editor do jornal da escola por publicar uma matéria que revelava que o sr. Kincaid, um professor de Álgebra do nono ano, era o maior fornecedor de metanfetamina no colégio. Fui suspenso por não mostrar a matéria aos conselheiros do corpo docente do jornal antes de publicá-la; o sr. Kincaid pegou seis anos no Centro Correcional Big Muddy River por posse e distribuição de drogas. Acho que me dei melhor nessa do que ele.

Darroll me perguntou se eu ainda escrevia. Respondi que estava me dedicando a um romance. A mentira padrão.

— O senhor quer o empréstimo para uma futura empresa aqui em Barrington — continuou ela.

— Exato. Quero comprar o McDougal's Pub.

— Ah! — Darroll desviou o olhar do computador e me encarou. — Eu amo o McDougal's.

Assenti.

— Assim como todos nós.

O McDougal's era uma constante em Barrington havia décadas, localizado em uma esquina invejável no centro da cidade, enquanto outros restaurantes e bares surgiam e desapareciam ao redor dele. Acontece que cerveja e porções fartas de batata frita nunca saem de moda nos subúrbios de Chicago.

— Tomei minha primeira bebida alcóolica lá — contou Darroll. — Bem, a primeira como maior de idade.

Fiz que sim novamente.

— Assim como todos nós — repeti.

— O senhor sabe por que eles estão vendendo?

— A crise econômica prejudicou os negócios. Além disso, Brennan McDougal quer se aposentar, e nenhum dos filhos dele vai assumir o bar — expliquei. — É isso que acontece quando todos os filhos fazem faculdade. Não querem cuidar de um bar.

— O senhor não fez faculdade? — perguntou Darroll.

— Fiz, mas, ao contrário dos filhos de McDougal, que fizeram Medicina e Administração, me formei em Jornalismo — respondi.

Darroll assentiu.

— Entendi. — Ela olhou para as informações na tela. — Então o senhor assumiria o pub…

— O pub, o restaurante ao lado e o prédio. Brennan McDougal está vendendo tudo. Já está tudo certo e funcionando. Eu só preciso entrar.

— O senhor tem experiência administrando pubs? Ou restaurantes?

— Não — admiti. — Mas o McDougal's já tem funcionários e gerentes.

Darroll franziu a testa.

— Esse mercado é sempre um risco. Restaurantes fecham o tempo todo. Mesmo com gerentes e funcionários experientes. E estamos em um momento ainda mais delicado para esses comércios.

— Claro — concordei. — Mas você mesma falou: a primeira vez que bebeu legalmente foi no McDougal's. É um marco de Barrington. As pessoas aqui querem que ele continue existindo. Eu quero que continue existindo por elas. Não estou dizendo que não existem riscos. Quando eu era repórter do *Tribune*, cobri a seção de negócios locais por alguns anos. Sei como restaurantes funcionam. Mas o McDougal's é o mais próximo que dá para chegar de uma aposta certa. Sério, nem vou mudar o nome.

Darroll digitou alguma coisa e então ficou em silêncio por um momento, lendo a informação no monitor.

— O anúncio diz que o prédio está à venda por 3,4 milhões — comentou. — O senhor está pedindo o valor total.

— Isso.

— Não vai dar uma porcentagem do seu patrimônio?

— Eu gostaria de ter uma margem para imprevistos — expliquei. — Sempre surge algo de última hora que o proprietário não informou e a inspeção deixou passar.

Darroll franziu os lábios, mas não disse nada. Eu tinha uma ideia do que aquilo significava; estava considerando se havia alguma chance de a minha proposta ser furada. Ela clicou em outra janela.

— O senhor listou seu imóvel como garantia.

Assenti.

— Sim, South Cook Street, número 504. Era a casa dos meus pais, mas eu moro lá agora. A hipoteca era do Barrington Poupanças & Investimentos, na verdade, muito tempo atrás. Meu pai quitou o financiamento. — Não contei que ele pagou por isso com o seguro de vida da minha mãe, depois do acidente de carro. Eu não estava no *America's Got Talent*; não era minha intenção fazer Darroll chorar. — Como você já está no site da imobiliária, vai ver que o valor atual da casa está estimado em cerca de 800 mil dólares.

Darroll teclou mais um pouco.

— Vi que atualmente a casa é administrada por um fundo fiduciário.

Ah, porcaria, pensei. Ela tinha que ter saído do site da imobiliária para encontrar essa informação.

— É, um fundo fiduciário familiar — falei.

— E o senhor administra o fundo?

— Sou um beneficiário.

— Um beneficiário.

— Também tem meus irmãos mais velhos.

— Entendo. Quantas pessoas são, além do senhor?

— Três.

— E todos concordaram em permitir que o imóvel fosse usado como garantia?

— Nós discutimos isso e eles parecem bastante inclinados — menti.

Darroll sacou a enrolação em algo que deveria ter sido respondido com um "Sim", o que não me favorecia.

— Vou precisar da documentação dessa permissão vinda do administrador do espólio, autenticada e de preferência com as assinaturas dos seus irmãos — disse ela. — O senhor conseguiria me entregar isso nos próximos dias?

— Vou cuidar disso.

Darroll notou a resposta não exatamente afirmativa.

— Conseguir essa documentação será um problema?

— Minha irmã Sarah está de férias — expliquei, e, quem sabe, podia ser verdade. Sarah amava tirar férias. — Uma das ilhas havaianas menores. Um resort que pega o celular dos hóspedes no momento do check-in.

— Isso na verdade me parece incrível — comentou Darroll. — Mas complica as coisas para o senhor. — Ela apoiou as mãos na mesa com um senso de finalidade que não parecia estar a meu favor. — Sr. Fitzer, vou ser sincera. O Barrington Poupanças & Investimentos tem um novo dono...

— CerTrust — completei. — Eu costumava escrever sobre eles no jornal.

O que era verdade. Eu não tinha uma opinião muito boa da empresa. A CerTrust não chegava aos níveis de escrotidão financeira do Wells Fargo, mas não foi por falta de vontade.

Darroll fez que sim e continuou:

— As políticas de empréstimo da CerTrust são mais rigorosas do que eram antes da aquisição. Queremos incentivar a abertura de empresas locais, mas também precisamos ter um olhar mais atento às exigências básicas. O senhor está pedindo um empréstimo multimilionário sem nenhuma participação pessoal no valor, dando como garantia um ativo do qual o senhor não possui propriedade exclusiva.

— Então o que você está me dizendo é que a resposta é não — arrisquei.

— Não é um não. Só estou falando que é difícil. Não posso aprovar um empréstimo desse tamanho sozinha. Tenho que levar ao comitê de empréstimos, que se reúne às quintas-feiras. Se o senhor puder me enviar a carta do administrador do fundo nos próximos dias, já ajuda. Mas mesmo assim vai ser difícil. E, depois, se o comitê aprovar, o pedido terá que passar por outra fase de aprovação na CerTrust.

— Não confiam no seu julgamento?

Darroll sorriu de leve.

— Eu diria que eles levam critérios diferentes em consideração.

— Então a resposta não é não, mas provavelmente é não, e vai levar uma semana para saber.

Darroll estendeu as mãos, se desculpando.

— Vai ser difícil — repetiu. — Precisava ser sincera com o senhor.

— Bem... Não posso culpá-la pela sinceridade.

— Sei que não era isso que o senhor queria ouvir. Tem alguém que poderia ser seu sócio?

— Você quer dizer alguém que não esteja na mesma situação financeira que eu? — Soltei uma risada irônica. — A maioria das pessoas que conheço também são jornalistas que não exercem mais a profissão. Estão trabalhando como bartenders ou professores substitutos.

— O que o senhor faz?

— Por enquanto, a segunda opção. Queria fazer um upgrade para a primeira.

— E quanto aos seus irmãos ou a algum outro membro da família? Talvez um deles possa ajudar.

— Acho que meus irmãos considerariam que oferecer o imóvel como garantia já seria envolvimento o suficiente — respondi, o que foi a forma mais suave com que consegui me expressar. — Eu tenho um tio. Jake. Ele é rico.

— Um tio rico pode ser bom — comentou Darroll. — Talvez ele esteja procurando uma oportunidade de investimento.

— Seria legal — falei. — Mas infelizmente ele faleceu faz pouco tempo.

— Ah, que pena — disse Darroll, tendo a educação de parecer chateada. — Sinto muito.

— Eu agradeço.

— O senhor está bem?

— Estou — respondi. — Não éramos próximos. Ele se distanciou depois que minha mãe faleceu quando eu era criança.

— Sem querer ser indelicada, mas... sabe se ele deixou alguma herança para o senhor?

— Isso seria... surpreendente — afirmei, usando outro eufemismo.

— Sinto muito — repetiu Darroll. — É uma pena que o senhor não tenha conseguido fazer uma proposta para ele antes do falecimento.

— Teria sido meio estranho — admiti. — Quer dizer, que impressão eu passaria chegando e dizendo: "Ei, tio Jake, foi mal por não te procurar nos últimos trinta anos mais ou menos. Ah, aliás, pode me fazer um empréstimo de 3 milhões de dólares?".

— Nunca se sabe.

Neguei com a cabeça.

— Tenho quase certeza de que não funcionaria. De qualquer forma, não tenho muitos sentimentos positivos por ele. A última vez que tive contato com meu tio foi no dia do meu casamento. Ele me presenteou com um par de colheres de servir de prata e um bilhete que dizia "Três anos e seis meses".

Darroll franziu a testa.

— O que isso significa?

— Eu não sabia na época. Descobri três anos e meio depois, quando minha esposa pediu o divórcio.

— Puta merda — soltou Darroll, e então tapou a boca. — Desculpe.

— Não tem problema. Essa foi basicamente a minha reação também. Enfim. A boa notícia é que pelo menos fiquei com as colheres de prata depois que nos separamos.

Fiquei de pé. Darroll fez o mesmo.

— Traga aquela carta do administrador do fundo para mim — pediu.

— Vou cuidar disso — menti uma última vez.

— Boa sorte com seu romance — completou Darroll enquanto eu saía do escritório.

Ela não quis dizer isso como um golpe final, tenho certeza. Senti a faca atingir minhas costas mesmo assim.

2

Eu tinha ido caminhando até o banco porque não era longe, e o dia estava bonito, e porque duvidava que o Nissan Maxima 2003 do meu pai teria conseguido percorrer os quatrocentos metros da minha garagem até o estacionamento do banco. Estava entrando na Cook Street, quase chegando em casa, quando meu celular tocou.

Gemi e atendi a ligação.

— Não vou vender a casa — falei para Andy Baxter. Como responsável pelo espólio do meu pai, era isso que ele queria de mim fazia mais de um ano.

— Bom dia para você também, Charlie — respondeu Andy. — Eu sei que você não vai vender a casa. *Você* não pode vender a casa. Só eu posso fazer isso. O que você pode fazer é me dizer que finalmente *concorda* em vender a casa, como todos os seus irmãos.

— Não vou fazer isso.

— E por que não?

— Para começo de conversa, eu moro lá.

— Eu sei que mora. Sem pagar aluguel, aliás.

— Conforme os desejos do meu pai, estabelecidos no testamento dele, que dizia que eu podia morar lá desde que estivesse em dia com os impostos e as contas. Fato de que você *sabe*, porque ajudou meu pai a colocar isso no papel.

— Já que tocou no assunto, devo esclarecer que ele fez isso para te ajudar a se reerguer depois do divórcio e da demissão. Seu pai não pretendia que você ficasse ocupando a casa para sempre.

— Ele fez isso porque já estava doente e sabia que, se não fizesse, meus queridos irmãos usariam a vantagem de três contra um para me jogar na sarjeta na primeira oportunidade — retruquei.

Evitei mencionar a parte em que precisava admitir que eu não tinha, de jeito nenhum, depois do que provavelmente já era tempo demais, me reerguido.

— Isso não muda meu argumento — rebateu Andy.

— De qualquer forma, não vou ocupar a casa para sempre. — Parei na esquina da Cook com a Lincoln para me certificar de que aquele singelo telefonema não me faria entrar sem pensar duas vezes na frente de um veículo de entregas da Amazon ou do carro de uma dona de casa voltando do Pilates, por mais tentadora que a ideia parecesse no momento. — Estou pagando as contas e os impostos. Esse é o acordo.

— Você atrasou os impostos deste ano. E deixa de pagar as contas. Com frequência.

Bem, ele não estava errado. Mais uma vez fiquei profundamente irritado com o fato de que os impostos e as contas da casa estavam todos em nome do espólio, então Andy, e por extensão os meus irmãos, sabiam quando eu fazia os pagamentos e quando estavam atrasados.

— Eu sempre pago.

— Você sempre paga, em algum momento — concordou Andy. — Mas não posso deixar de notar que os atrasos estão ficando maiores, Charlie.

— Ser professor substituto não é o empreendimento lucrativo que você parece pensar que é, Andy — retruquei. Nenhum caminhão ou van estava a caminho para me fazer o favor de me atropelar, então saí do meio-fio e continuei caminhando.

— Você poderia tentar encontrar outro emprego como jornalista.

Tive que abrir um sorriso, não que Andy pudesse ver.

— Ah, bom. Posso te garantir que o *Tribune* e o *Sun-Times* não estão com vagas abertas no momento. Os funcionários que continuam lá estão se agarrando ao emprego feito cracas.

— Então vá para o lado sombrio — sugeriu ele. — Procure emprego em alguma empresa. Chicago tem várias. Elas precisam de gente de marketing. Ou de publicações comerciais. Você deve conhecer algumas pessoas que seguiram esse caminho.

— Uma ou duas.

Pensei em Peter Reese no *Squawk Box* de manhã e tentei não trincar os dentes.

— Então pronto.

— Vou levar em consideração.

A verdade é que eu estava mais do que levando em consideração. Estava vasculhando os sites de vagas, me candidatando a qualquer emprego remotamente jornalístico em Chicago e nos subúrbios. Não dava para dizer que eu era apaixonado por ser professor substituto. Era um trabalho que havia me pagado alguma coisa enquanto eu cuidava do meu pai doente. Quando ele faleceu e eu não precisava mais ficar na área, comecei a buscar qualquer emprego que me deixasse usar minhas habilidades de escrita.

O problema era que o jornalismo em si estava por um fio — até mesmo os periódicos especializados —, e os outros trabalhos que envolviam escrita estavam divididos em três categorias: empregos para os quais eu ouvia ser qualificado demais, empregos para os quais eu ouvia não ter as habilidades necessárias e empregos que pagavam onze dólares por hora escrevendo posts nas redes sociais para gente querendo dar uma de influenciador e/ou modelos no OnlyFans.

É o seguinte: não é que eu recusasse esses empregos por orgulho. Mas, aos 32 anos, é possível que eu já estivesse velho demais para eles, um fato que me enchia de um terror quase existencial. Não estou dizendo que comecei a olhar para o McDougal's Pub como uma opção de carreira viável porque senti o dedo gelado da morte ao pensar que envelheceria digitando bobagens vazias para adolescentes de 19 anos fingindo amar recebidinhos de produtos questionáveis para skincare. Mas também não estou dizendo que *não* foi o caso.

— Pois deveria mesmo levar em consideração — insistiu Andy. — Você está vivendo em ponto morto já faz muito tempo.

— Você não é meu pai, Andy — retruquei.

— Eu sei que não sou seu pai, Charlie. Mas também sei que ele lhe diria exatamente o que acabei de dizer.

Ele tinha razão, o que eu não queria admitir. Então falei:

— Olha, Andy. Não é que eu não esteja procurando coisas melhores. Na verdade, ainda tenho ambições, sabia?

— Tipo aquele pub.

Isso me fez parar no meio da calçada.

— Como você sabe disso?

Andy suspirou.

— Por favor, Charlie. Somos amigos no Facebook, lembra? Vi quando você postou uma foto do pub, dizendo: "Grandes planos".

Fechei os olhos. *Aquela merda do Facebook*, pensei.

— Esqueci que te adicionei.

— Bem, eu não posto muito, então é fácil de esquecer — comentou Andy. — Podemos dizer que tem a ver com a minha natureza cautelosa. Eu vi o quanto estão pedindo pelo lugar. É mais do que você pode pagar como professor substituto esporádico, imagino.

— Fui informado disso — falei, voltando a andar.

— A boa notícia é que eu sei onde você pode conseguir esse capital inicial.

— Concordando em vender a casa.

— Exatamente.

— Não é o bastante. Mesmo se vendêssemos pelo valor de mercado, o dinheiro seria dividido em quatro. Eu, Sarah, Bobby e Todd.

— Você poderia convencê-los a entrar como sócios.

Isso me fez bufar.

— É, tudo bem, eu sei — admitiu Baxter, ouvindo minha reação. — Tenho que confessar que não entendo por que vocês não se dão bem.

— *Eles* se dão muito bem — corrigi.

— Talvez seja uma coisa geracional.

— Talvez.

Meus irmãos, Sarah, Bobby e Todd, eram na verdade meus meios-irmãos. Minha mãe era a esposa mais nova do nosso pai, com quem ele se casou depois de um divórcio bem desagradável, cujos detalhes nunca me foram explicados e que, admito, eu nunca quis investigar a fundo. O mais novo dos meus irmãos, Todd, já era adolescente quando nasci, então a diferença de idade sempre complicou nossa relação.

A distância aumentou pelo fato de que nenhum dos meus irmãos morou comigo quando eu era criança. Os três filhos mais velhos viviam com a mãe em Schaumburg, aqui em Illinois. Tirando feriados e algumas férias em família cada vez mais forçadas, eles formavam um grupo próprio, e eu sempre fiquei de fora.

E por mim estava tudo bem. Na realidade, na maior parte do tempo não me importava em ser filho único com três irmãos. Porém, no momento, com eles querendo me expulsar de casa, a situação não era tão fácil.

— Não importa o que aconteça, seu pai deu a cada um de vocês uma parte igual da herança — disse Andy. — Herança cuja maior parte do valor está concentrada naquela casa.

— Eles não estão exatamente mal das pernas, Andy — respondi. Meus irmãos tinham carreiras de sucesso e vidas confortáveis de classe alta. — Precisam menos do dinheiro que ganhariam com a casa do que eu preciso de um lugar para morar.

— Não discordo, Charlie, mas essa não é a questão — insistiu ele. — Seu pai não dividiu a herança em quatro partes iguais porque os filhos tinham necessidades iguais. Ele fez isso porque queria deixar claro que amava todos igualmente. O fato de você permanecer naquela casa está impedindo que eles acessem essa representação do afeto do pai de vocês. Isso lembra aos seus irmãos que, de muitas maneiras, você era o filho favorito dele.

Parei outra vez, na esquina da Cook com a Russell, a um quarteirão e algumas casas de distância da propriedade em questão, para absorver o que Andy tinha acabado de me falar.

— Então seu argumento é que eu deveria ficar sem teto para que três pessoas de meia-idade cheias de dinheiro no banco possam resolver seus traumas com o pai.

— Eu não colocaria dessa forma. Mas também não está errado.

— Seria mais barato fazer terapia — observei.

— Você não ficaria sem teto de qualquer maneira. Duzentos mil dólares pagam muitos aluguéis. E isso te daria tempo para reconstruir a vida, de verdade dessa vez.

— Devo dizer que sua preocupação com meu futuro parece menos sincera do que antes, Andy.

— Sinto muito que você se sinta assim, Charlie. Na verdade, minha preocupação é bastante sincera.

Eu estava prestes a responder quando um suave, mas insistente miado veio da cerca viva da casa amarela na esquina da Cook com a Russell.

— Espera um segundo, Andy — pedi. Coloquei o celular no bolso das calças, ainda ligado, e dei uma espiada.

As plantas miaram outra vez.

— Vem cá — chamei.

Como se me entendesse, um gatinho laranja e branco surgiu da cerca viva, olhou para mim e miou de forma insistente e, pode-se dizer, bem exigente.

Isso me pareceu familiar: um gato laranja e branco saindo dos arbustos e miando exigente. Foi como encontrei Hera. Deu certo para ela.

— Déjà gato — falei para o novo gatinho, e me abaixei para pegá-lo.

O gatinho se aproximou da minha mão e na mesma hora escalou o braço do terno para tentar subir no meu ombro. Ajeitei a postura para que ele não caísse e fiz um carinho na cabeça, o que o fez ronronar tão alto quanto um motor a jato.

— Alô? — chamou Baxter, das minhas calças.

Segurei o filhote e peguei o telefone.

— Foi mal. Um gatinho me encontrou — falei.

— Mais um?

Enquanto meu pai estava vivo, Andy tinha ido à casa algumas vezes para visitar o amigo e ouvido a história de como Hera veio morar conosco.

— Falando desse jeito, parece até que isso acontece todos os dias.

— E não acontece?

— Não *todos* os dias.

— Esse também é laranja e branco?

— No caso, sim.

— Em algum lugar da sua vizinhança, um gato macho laranja e branco está pegando geral.

— Você deve ter razão. Escuta, Andy, tenho que desligar. Preciso ver se alguém perdeu um filhote.

— Seus irmãos vão querer saber o que você disse sobre a venda da casa.

— Pode falar para eles que vou pensar no assunto.

— Certo — respondeu Andy. — E você *vai* pensar no assunto?

— Claro.

— Esse "Claro" não foi muito convincente, Charlie.

Isso me fez sorrir.

— Tchau, Andy — me despedi, depois desliguei. — Não vou pensar no assunto *de jeito nenhum* — completei para o gatinho. Ronronando contente, ele pareceu não se importar.

Eu não podia simplesmente roubar o filhotinho; furto de felinos é moral e, suponho, ilegal. Não sou um monstro, ou pelo menos não esse tipo de monstro.

Dei uma olhada para ver se alguém estava procurando o gatinho, começando pelos donos da casa com a cerca viva. As pessoas de lá me informaram que não só o filhote não era deles como o dono da casa era terrivelmente alérgico a gatos. Tentei na casa ao lado da amarela de esquina, e depois nas duas em frente na Cook Street. Ninguém atendeu em duas delas, o que não é incomum em uma manhã de dia útil, e recebi um não na terceira.

— Bem, já chega — falei para mim mesmo.

Quando Hera tinha aparecido, eu suspeitara que ela também pudesse ser de alguém, então tirei uma foto dela no celular, fiz um panfleto dizendo "Gata Encontrada" e colei nos postes telefônicos da rua. Depois de uma semana sem nenhum contato, a gata era nossa. Eu tinha um bom pressentimento de que algo parecido aconteceria com aquele neném.

— Vamos conhecer sua irmã? — sugeri para a bolinha de pelos, que pareceu estar de acordo com a ideia.

Eu não precisava de outro gato. A essa altura da minha brilhante carreira como educador itinerante, mal conseguia me dar ao luxo de me alimentar. Mas, afinal, ninguém precisa de um gato hoje em dia. Não é por isso que as pessoas os adotam. Temos gatos porque eles nos divertem e porque, do contrário, nossas roupas não ficariam cobertas da textura que só uma camada de pelos pode oferecer.

Além disso, quando um gatinho se aproxima e exige sua atenção, o que você vai fazer? Dizer não? Repito: não sou um monstro.

A casa da qual Andy Baxter estava tentando me forçar a sair e vender — minha casa — ficava a pouca distância dali, logo depois de cruzar a rua. Era uma casinha bonita e simétrica de dois andares, com paredes azul-claras e uma varanda na frente. Nem grande nem pequena para o bairro, e não tinha nada de muito notável sobre sua construção ou arquitetura. Um corretor imobiliário poderia chamá-la de "aconchegante" ou "uma ótima primeira casa", dependendo da renda e da ambição das pessoas fazendo a visita.

Para mim, no entanto, era apenas meu lar. A casa que me acolheu assim que nasci, a casa em que vivi durante toda a infância, onde passei por momentos difíceis com meu pai depois que minha mãe morreu, para onde voltava nas férias quando fui fazer faculdade nas terras tão, tão distantes de Evanston.

Passei alguns poucos anos *sem* morar ali, os anos em que estava casado e construindo carreira como repórter e jornalista. Mas aí veio o ano das demissões, do divórcio e da doença do meu pai. Então voltei para a casinha azul-clara da Cook Street.

E ali estava eu, completamente sozinho, exceto pela companhia de uma gata. Talvez pela de dois, agora.

Quando cheguei em casa, notei um carro parado em frente: um Mercedes S-Class preto. A distância entre os eixos era ligeiramente esticada de uma forma que deixava claro que quem o possuía não o dirigia; a pessoa tinha quem dirigisse para ela. Eu conhecia esse tipo de carro dos meus dias de jornalismo na seção de economia. Era um táxi de CEO. Um carango presunçoso.

Fiquei imaginando a quem aquele carro poderia pertencer e por que, de todos os lugares em Barrington onde poderia ter sido estacionado, aquelas pessoas decidiram que o melhor ponto seria na frente da minha casa. Não achei que estivessem lá para falar comigo. Os executivos da Grande Chicago não estavam exatamente saindo no soco para me convencer a escrever seus livros de memórias. Tentei dar uma espiada na parte de trás do Mercedes enquanto passava, mas as janelas tinham vidros fumês. No jargão jornalístico, a gente chamava aquilo de "blecaute" e morria de inveja deles.

Mas, para a surpresa de todos, o carro *estava* na frente da minha casa por um motivo. Na varanda, sentada no balanço em que meu pai passara tantas noites de verão, em especial no fim da vida, havia uma mulher. Tinha mais ou menos a minha idade e, apesar da distância que nos separava, dava para ver que usava o tipo de alta-costura empresarial que sugeria que não andava por aí, digamos, em um Nissan Maxima 2003 caindo aos pedaços. Ela estava usando o pé para fazer o balanço se mover de leve, sentada ali como se fosse dona do balanço, da casa e possivelmente da maior parte da rua.

— Fique à vontade — falei enquanto me aproximava da varanda.

— Obrigada, já estou — retrucou ela, e então indicou o gatinho empoleirado no meu ombro. — Acessório interessante. Você sempre usa um desses?

Fiz um carinho no filhote, que apesar de adormecido, ainda ronronava no meu ombro.

— Só uso porque é confortável. Todo mundo deveria usar — comentei.

A mulher me encarou, séria.

— É uma referência ao filme *A princesa prometida* — expliquei.

— Ah, não, eu peguei — garantiu a mulher.

— Sem querer ser grosso, mas quem é você e por que está na minha varanda?

— Meu nome é Mathilda Morrison. Estou na sua varanda porque, até então, você não estava e, até agora, ainda não me convidou para entrar.

— Entendo. E por que eu te convidaria para entrar?

— Porque preciso contar uma coisa a você e depois preciso fazer uma pergunta.

— E não pode fazer nenhuma das duas coisas na varanda?

— Posso, mas acho que você vai preferir estar sentado, e eu não o conheço bem o suficiente para convidá-lo a se sentar neste balanço comigo.

— O balanço é meu — observei.

— Tecnicamente, o balanço é apenas um quarto seu — corrigiu Morrison, e então percebeu minha expressão. — Ah, toquei em um ponto sensível.

— Só um pouco — admiti.

— Peço perdão. Não vim aqui para irritá-lo.

— Então veio *para quê*?

— Vim tratar de negócios em nome do seu tio.

— Não veio, não — retruquei.

— Hum, você parece ter certeza *disso* — comentou Morrison.

— Eu só tenho um tio, e ele morreu.

— Ah. Então você recebeu a notícia.

— Tenho acesso à CNBC, sim.

— Achei a cobertura deles sobre o seu tio decepcionante — opinou Morrison. — Quem quer que seja aquele repórter, deveria ser atirado de uma janela. Só falou absurdos.

Abri um sorriso contra a minha vontade.

— *Obrigado*.

— E, sim, seu tio morreu. Meus sentimentos.

— Obrigado. Se bem que, se você conhece meu tio, então sabe que não éramos próximos.

— Eu sei. Se fizer alguma diferença para você, Charlie, isso era algo que causava muita dor para ele.

— Se você diz.

— Na verdade, tenho como provar — respondeu Morrison.

— Se vai me dizer que ele deixou exatamente 3,4 milhões de dólares para mim, não vou mentir, isso seria *bem* legal.

Morrison inclinou a cabeça.

— Esse é um número um tanto específico.

— Tenho um propósito um tanto específico.

— Ele não deixou exatamente 3,4 milhões para você — disse Morrison. — Mas deixou algo.

— Que é?

— Algo de que você vai gostar — prometeu Morrison. — Ele também tinha um pedido.

— A herança vem com condições — falei.

— Tudo na vida vem com condições, Charlie. Mas, neste caso, são condições bem tranquilas. — Do balanço, Morrison acenou vagamente. — Você quer discutir isso aqui na sua varanda, com um gatinho no ombro? Ou podemos entrar?

3

Lá dentro, uma gata laranja e branca estava me esperando. Ela miou quando entrei.

— Olá, Hera — cumprimentei. Peguei o gatinho do meu ombro e o coloquei no nível dos olhos dela. — Trouxe uma coisinha para você.

Coloquei o filhote na frente dela e esperei.

Se Hera ficou surpresa ou irritada com a intrusão repentina de um gatinho, não deu sinais. Em vez disso, encarou o filhote por um momento enquanto ele miava para ela. Então começou a lambê-lo, ambos ronronando. E assim a paz reinou. Fui para a cozinha no intuito de colocar comida para os dois.

— Você seguiu o caminho dos deuses — comentou Morrison enquanto fechava a porta depois de entrar.

— O que é "o caminho dos deuses"? — perguntei.

— Quando as pessoas dão nomes a gatos, geralmente fazem isso a partir de uma destas três categorias: comida, características físicas ou mitologia — explicou ela. — Então os gatos acabam se chamando Panqueca, Branquinho ou Zeus. Você escolheu mitologia.

— E as pessoas que dão nomes de personagens de fantasia para os gatos? — Peguei o comedouro de Hera sobre o tapetinho e um pote menor para o filhote. — Gandalf. Sauron. Esse tipo de coisa.

— Está dentro de mitologia.

— Que marmelada.

— Não é — insistiu Morrison. — Gandalf e Sauron eram Maiar.

— O quê?

— Maiar. Sabe? Os deuses na mitologia de Tolkien. Ou anjos. Então ainda conta.

— Você oficialmente me superou em nerdice — admiti.

Enchi os potinhos de ração, coloquei no chão e então dei tapinhas nas coxas para chamar a atenção dos gatos. Ambos se aproximaram. Hera seguiu para a sua tigela, e o gatinho, sem hesitar, foi até a menor. Nenhuma briga por comida. Um bom sinal.

Morrison apontou para o filhote mergulhando na comida, ronronando sem parar.

— Aquela é Atena, então?

— Talvez — respondi. — Eu estava pensando mais em Perséfone, acho. Mais raro. Incomum. A não ser que seja menino, aí nesse caso talvez escolha Apolo.

— Você parece totalmente disposto a acolher um vira-lata de qualquer maneira.

— Não é culpa do gatinho se ele é vira-lata ou não. Mas, de todo modo, foi ele que se aproximou de mim pedindo ajuda.

— Ele soube reconhecer um otário quando encontrou um — comentou Morrison, sorrindo.

— Pode ser. Talvez eu seja melhor com gatos do que com pessoas, e os gatos parecem saber disso.

— Isso é a toxoplasmose falando.

— Com certeza. — Acenei para a geladeira. — Quer beber alguma coisa?

— Não, obrigada, estou bem. — Morrison gesticulou para uma poltrona na sala, a favorita do meu pai. — Uma Eames de verdade?

— Do Herman Miller, e não apenas uma imitação barata? É isso?

Abri a geladeira e peguei uma cerveja.

— Foi isso que eu perguntei.

— É. — Peguei uma cerveja de baixo teor alcóolico (que vergonha) e abri. — Foi o presente da minha mãe no primeiro aniversário de casamento deles. Ela sabia que meu pai sempre quis uma e fez uma surpresa. Ele costumava dizer que era a poltrona verdadeira e não uma imitação, e eu acreditei na palavra dele. Por favor, sente-se.

Morrison fez isso, sem hesitar em usar o pufe.

— Definitivamente é verdadeira — comentou depois de um instante.

— Você deve saber melhor do que eu; essa aí é a única em que já sentei.

— Não é um presente de primeiro aniversário barato — arriscou Morrison.

— Nunca pensei em quanto custava, simplesmente sempre esteve aqui. Se bem que, agora que você falou, não sei se minha mãe conseguiria comprar uma coisa dessas com o salário de técnica de saúde bucal. Talvez o tio Jake tenha ajudado com isso.

Morrison assentiu.

— Jake gostava muito de Lizzie — disse, mencionando o nome da minha mãe.

— Você não parece velha o suficiente para saber disso por experiência própria — retruquei. Saí da cozinha e voltei para a sala, seguindo em linha reta para o sofá.

— Sei pela minha experiência de ouvi-lo dizer isso.

— E esse era um assunto frequente?

— Você ficaria surpreso se soubesse.

— Falando nisso, como você conhece meu tio? Como *conheceu*, quer dizer.

Sentei no sofá, afundando no meu lugar especial, no qual a almofada tinha se deformado para o formato exato da minha bunda.

— Eu era uma vira-lata, e me aproximei pedindo ajuda — respondeu Morrison, acenando na direção do gatinho, ainda devorando a comida.

— Tenho certeza de que não é só isso — insisti.

— Não, mas essa é a versão curta.

— Você não é um gato.

— Não, não sou.

— Então, existem muitas maneiras em que isso poderia acontecer, uma jovem pedindo ajuda a um homem muito mais velho — falei, depois tomei outro gole da cerveja.

Morrison fez uma careta.

— Se é isso que você pensa, então não conhece seu tio muito bem.

— Bem, essa é a questão, não é? Eu *não* sei o que pensar e não conheço meu tio muito bem. A última vez que estive no mesmo lugar que ele, eu tinha 5 anos. Eu sabia da existência dele, mas, fora isso, Jake era uma incógnita. Ele também não parecia ter muito interesse por mim.

— Isso não é bem verdade — disse Morrison. — Seu tio e seu pai tiveram uma briga por causa da morte da sua mãe. Seu pai pediu para o irmão ficar longe da sua família. Seu tio... honrou esse pedido.

— Não sei de nada disso. Não sei nem se é verdade — retruquei.

— Imagino que seu pai não tenha falado muito sobre seu tio Jake.

— Não, nem coisa boa, nem ruim. A existência dele nunca foi assunto com o meu pai ou com qualquer outra pessoa. Bem, exceto por aquele presente de casamento.

Tomei outro gole.

— As colheres de prata — comentou Morrison.

Isso me fez engasgar.

— Você *sabe* disso?

— Sei — confirmou ela. — Foi mais ou menos nessa época que comecei a trabalhar bem próximo do seu tio.

— Você sabe do bilhete que veio com as colheres?

Morrison assentiu.

— Sei, sim. Sinto muito. Eu disse a ele para não fazer aquilo. Ele não quis ouvir.

— Foi uma atitude muito idiota apostar na duração do meu casamento.

Morrison apontou para mim em concordância.

— Foi o que eu falei. O raciocínio dele era que você deveria estar ciente, assim pelo menos poderia se planejar com antecedência.

Tossi, ainda limpando a cerveja dos pulmões.

— Não me ajudou a planejar nada com antecedência. Eu nem sabia o que significava até tirar minhas coisas do apartamento e me deparar com a caixa com as colheres.

— Vocês não tiraram as colheres da caixa?

— Claro que não tiramos — respondi, irritado. — Quando é que a gente ia usar colheres de servir de prata? Morávamos em um apartamento subterrâneo de um quarto no bairro ucraniano. Não era exatamente um lugar para jantares refinados. — Apontei para a cozinha. — Elas continuam na caixa. O cartão, não. Joguei fora quando saquei o que significava.

— Sinto muito — repetiu Morrison.

— O que realmente quero saber é como ele acertou o prazo com tanta precisão. O cartão dizia "Três anos e seis meses", e, três anos e meio depois, lá estava eu, empacotando minhas colheres de prata.

— Seu tio conhecia as pessoas.

Lancei um olhar incrédulo para Morrison.

— Pelo visto, não o suficiente para saber que uma previsão de divórcio podia não pegar bem no dia do casamento da pessoa.

— Havia lapsos da parte dele, é verdade — concordou Morrison.

— E, de qualquer forma, como ele *poderia* me conhecer? Ou Jeanine?

Tive uma sensação esquisita na boca ao falar o nome da minha ex-esposa, que conheci na Universidade Northwestern e que, estando ao lado dela no altar da Igreja Episcopal de São Miguel, aos 24 anos, eu tinha certeza de que seria a pessoa que amaria e com quem viveria pelo resto da vida. Isso acabou se provando uma previsão otimista demais, por uma margem considerável.

— Ele continuou de olho em você. Discretamente. De longe. De uma forma que não incomodaria seu pai — disse Morrison.

— Ah, isso não parece nem um pouco esquisito — comentei. Meus pulmões estavam prontos para outro gole de cerveja.

— A intenção não era ser esquisito. Sua mãe significava muito para ele, como falei. Ele estava curioso para saber mais sobre o filho dela.

— Não a ponto de aparecer e dar um oi.

— Já expliquei a questão relativa ao seu pai.

— Certo, mas ele já morreu faz algum tempo.

— Nos últimos anos, houve outros motivos para o seu tio não entrar em contato.

— É aqui que colocamos a culpa na pandemia ou coisa do tipo?

— Isso também — concordou Morrison. Ela tirou os pés do pufe e se inclinou para a frente na poltrona Eames. — Além do câncer no pâncreas. Sinceramente, Charlie, não estou aqui para explicar as ações do seu tio Jake ou para justificá-las. Estou disposta a concordar que ele não foi o melhor tio que poderia ter sido para você. Mesmo nos melhores momentos, ele era um ser humano com seus defeitos, e os últimos anos não foram nada bons. Lamento que tudo que você tenha dele seja um buraco na memória.

— Não é sua culpa — falei, depois de um minuto refletindo sobre o que ela dissera.

— Não, mas seu tio não está aqui para se desculpar, então estou fazendo isso por ele.

— Eu agradeço.

— Disponha. Independentemente de quais pecados ele tenha cometido contra você, um dos últimos pedidos dele foi que eu viesse aqui. Para falar com você. E lhe pedir um favor.

— Qual favor? — perguntei.

— Seu tio era um homem bem-sucedido financeiramente, mas não tinha família — começou Morrison. — Nunca se casou, nunca teve filhos. Os pais dele, seus avós, faleceram antes de você nascer. Sua mãe era a única irmã dele. Você é o único filho dela.

— Está dizendo que sou a única família que ele tinha.

— A menos que você considere dois primos de terceiro grau que moram nos arredores de Leipzig, e seu tio Jake tendia a não os levar em consideração, então sim.

— Bem, agora eu quero saber sobre esses meus primos de terceiro grau — comentei.

— Ambos são reclusos e muito estranhos. Um coleciona estatuetas Hummel. O outro tem dezessete gatos. Atualmente. O número varia.

Olhei para meus dois gatos, que terminavam sua refeição.

— Uma semelhança um pouco alarmante.

— Não se preocupe. Dois gatos não chegam nem perto do nível de uma pessoa verdadeiramente louca dos gatos.

Isso me fez sorrir.

— Obrigado.

— Como único parente vivo dele, seu tio Jake gostaria que você o representasse no serviço memorial, aqui em Barrington, na Funerária Chesterfield. Conhece?

— Claro.

Era literalmente a única funerária em Barrington, a algumas quadras de casa. Foi onde tanto minha mãe quanto meu pai tinham sido velados. Suspeitei que Morrison talvez estivesse ciente disso.

Ela assentiu.

— Será neste sábado, às 15h. Seu trabalho é aparecer, dar as boas-vindas aos convidados e aceitar as condolências, e então, após o serviço, estar presente para a cremação. Já está tudo preparado. Você só precisa estar lá.

— Por que aqui? — perguntei.

— Por que Barrington?

— Isso. O tio Jake não tem qualquer relação com a cidade. Quer dizer, a minha mãe não tinha. Ela cresceu perto de Pitsburgo, então imagino que o tio Jake também. Mas pelo menos ela morou aqui. Ele, nem isso. E, se as reportagens da CNBC estavam corretas, ele era rico. Não só rico nível Barrington, tipo, rico *de verdade*. Rico nível bilionário. Rico nível "poderia fazer o próprio velório em uma catedral enorme com milhares de convidados".

Morrison sorriu ao ouvir isso.

— Ele tinha uma vida confortável.

— Então! É isso que as pessoas *muito* ricas dizem. — Apontei para Morrison. — Ou o que os funcionários dizem por elas. Sem querer ofender.

— Não me ofendo. Seu tio tinha os motivos dele para querer que o velório fosse aqui. O primeiro é sentimental. Ele queria se despedir no mesmo lugar que a irmã. Disse que isso lhe daria certo conforto. O outro é que, não importa quanto dinheiro tivesse, Jake não era uma pessoa de extravagâncias. Não da maneira comum. Um velório grandioso lhe pareceria um desperdício de dinheiro.

— Ele não tinha amigos?

Morrison balançou a cabeça.

— Não muitos. Ele não gostava de muita gente, e pouca gente gostava dele.

— *Você* gostava dele? — questionei.

— Gostava. Mas eu tinha uma alta tolerância para as peculiaridades dele.

Isso me fez sorrir.

— Que maneira delicada de colocar a questão.

— Você não tem *ideia*. De qualquer forma, o velório será relativamente pequeno.

— Bem, a funerária daqui é pequena, então melhor assim.

— Além disso, pelo que entendi, o local ofereceu um pacote muito bom para o velório e a cremação.

Fiquei feliz por não estar com cerveja na boca naquele momento.

— Ele não está planejando usar todo o dinheiro para o funeral? — perguntei ironicamente.

— Não, ele tinha outras coisas com as quais queria gastar o dinheiro — respondeu Morrison. — O que nos leva à questão da sua compensação.

— Ah. Eu faço esse favor para meu falecido tio, daí você me dá seja lá o que ele tenha me deixado.

— Sim, esse é o acordo.

Tomei outro gole a fim de ter um momento para organizar os pensamentos.

— Isso me parece tão cínico que chega a doer — falei depois de engolir.

Morrison assentiu.

— Eu entendo. Mas pense por este lado: seu tio Jake teve que se manter distante a vida inteira. Que tal? Será uma forma de compensar por tudo que poderia ter existido entre vocês dois. Com exceção das colheres de servir.

— Tudo bem. Então, o que meu tio Jake propõe me dar em troca do meu tempo?

Morrison acenou, indicando a casa.

— Isto.

Olhei ao redor.

— A casa já é minha.

— A casa é do espólio do seu pai, que você divide igualmente com seus três irmãos. E eles querem que você saia daqui para poder colocar as mãos no dinheiro que a propriedade vale. Seu tio sabia da cláusula de moradia no testamento do seu pai, e também sabia que você estava tendo dificuldade para cumprir essa condição, embora não fosse culpa sua.

Franzi a testa.

— Como ele sabia?

— Como falei, ele continuou de olho em você.

— Agora essa história está começando a ficar esquisita — comentei.

Morrison me ignorou.

— Se você fizer esse serviço para o seu tio, nos dois sentidos da palavra, então uma das firmas imobiliárias mais discretas dele fará uma oferta privada pela casa ao administrador do espólio, oferecendo acima do valor de mercado atual — explicou ela. — Você pode surpreender seus irmãos concordando com a oferta e ficar com sua parte da venda. Então, quando a transação estiver fechada, a firma venderá a casa de volta para você com um belo desconto, por um preço que você pode pagar com facilidade, e cobrirá os impostos que se abaterão sobre a venda abaixo do valor de mercado. Você será dono da casa de forma livre e simples, e não terá mais que se preocupar com seus irmãos. Além disso, ao finalizar o acordo, receberá um pagamento adicional em dinheiro. Pouca coisa, algumas centenas de milhares de dólares. Não é muito, mas o suficiente para lhe dar alguns caminhos a seguir a partir daqui.

Imaginei um mundo onde "algumas centenas de milhares de dólares" não fosse "muito" e decidi deixar isso de lado por enquanto.

— E você está disposta a colocar isso por escrito — exigi.

— Claro, se você quiser — respondeu Morrison, achando graça. — Por quê? Não confia no seu tio, Charlie?

— Não conheço meu tio — lembrei a ela. — Digo, não conhecia.

— Eu lhe asseguro que, se seu tio quisesse a casa, haveria maneiras menos complicadas de obtê-la do que morrer. É uma casinha simples em Barrington. Opção é o que não falta.

— Você tem consciência do quanto é grossa? Ou simplesmente se surpreende com a própria grosseria?

— Não estou dizendo isso para ser grossa — garantiu Morrison. — A questão é: se estiver tudo bem para você, eu gostaria de me ater ao assunto.

— O que acontece se eu me negar? — perguntei. — Me negar a representar a família no velório, quero dizer.

— Bem, não vou falar com o colecionador de estatuetas Hummel, se é isso que quer saber — respondeu Morrison, e deu de ombros. — Se você se recusar, então suponho que a equipe da funerária cuidará de tudo.

— E você? Vai estar lá?

— Seu tio me pediu para cuidar de outras questões para ele durante o memorial. Já tivemos nossa despedida.

Ouvi um miado aos meus pés. Hera tinha se aproximado e queria ficar no colo. Coloquei a cerveja na mesa de centro e dei um tapinha na perna para chamá-la. Hera pulou e, depois de algumas voltinhas, se deitou.

— Ela gosta de você — observou Morrison, enquanto eu acariciava minha gata.

— Falei que me dava melhor com gatos do que com pessoas.

— Me parece que você está se saindo bem.

— É porque você não precisa morar comigo — argumentei.

— Justo — respondeu ela, depois olhou para o relógio de pulso. — Inclusive, preciso ir embora. E aí, vai representar seu tio no velório?

Ponderei sobre o assunto. Por fim, respondi:

— É estranho fazer isso. Representar alguém que não conheci só porque ele era irmão da minha mãe.

— Então pense nisso como um favor a um estranho. Um estranho que não tem mais ninguém que faça isso por ele — sugeriu Morrison.

Pensei na situação por essa perspectiva e, por um breve momento, fiquei triste pelo meu tio bilionário que pelo visto não tinha mesmo mais ninguém que fizesse isso por ele.

— Tudo bem — concordei. — Isso eu posso fazer.

— Ótimo — respondeu Morrison, ficando de pé e de imediato fazendo um gesto para mim. — Não se levante. Sua gata acabou de se deitar.

— Então o que eu faço agora?

— Vou ligar para a funerária hoje e avisar que você vai. Tenho seu telefone, mando uma mensagem mais tarde com os detalhes. Se quiser ligar ou passar lá antes do velório para receber mais informações, tudo bem; caso contrário, o pessoal vai te explicar tudo no sábado. Chegue um pouco mais cedo. — Ela olhou para o meu terno. — O que você está vestindo deve servir. Por outro lado…

— Por outro lado o quê?

— Talvez seja bom encontrar sapatos melhores.

Ela sorriu e assentiu para mim e para minha gata. Então foi embora antes que eu pudesse dizer qualquer outra coisa.

4

Comprei sapatos melhores.

Peguei o Nissan Maxima do meu pai e dirigi até o outlet de Kildeer para comprá-los. Eram oxfords pretos de bico fino, desconfortáveis e apertados nos dedos, mas estavam em liquidação e os outros sapatos fora da promoção que vi custavam mais do que eu queria gastar. Tive uma pequena, mas profunda, crise existencial decidindo se um tio morto que eu mal conhecia justificava sapatos a preço cheio em vez de oxfords de liquidação. Então lembrei que a conta de luz estava tão atrasada que a energia estava prestes a ser cortada. E comprei os oxfords de liquidação.

O carro quase morreu duas vezes na viagem de ida e volta de trinta quilômetros até Kildeer, então, quando o sábado finalmente chegou, decidi ir andando para a Funerária Chesterfield. Não era tão longe, e me daria uma chance de me acostumar com aqueles oxfords baratos. No dia, vesti outra vez meu melhor e único terno e deixei as gatas escolherem a gravata de novo. Hera escolheu a vermelha. Perséfone, a filhote, pulou na vermelha e tentou estripá-la com chutes das patas traseiras. A vermelha, então. As duas me acompanharam até a porta e observaram da janela enquanto eu começava a descer a rua. Era simpático da parte delas se importarem.

Havia alguns caminhos possíveis para a funerária; escolhi o que passava pelo McDougal's. Agora que, em breve, eu seria o único dono da minha casa, havia uma possibilidade iminente de que pudesse conseguir mesmo aquele empréstimo usando o imóvel como garantia. Aí eu seria dono do McDougal's e me tornaria um bartender/pequeno empresário na minha cidade natal.

Eu queria comprar o McDougal's para experimentar algo diferente e também para conseguir falar com pessoas que não fossem minhas gatas ou meus alunos do fundamental, mas havia outro motivo. Antes de meu pai morrer, a gente ia lá, ficava à vontade, bebia uma cerveja, comia batata frita e assistia a partidas da Premier League às quais nem eu nem ele dava a mínima, só para ter alguma coisa para fazer fora de casa. Eram boas lembranças, e algumas das últimas do tipo que eu tinha com meu pai.

Talvez fosse estranho querer comprar um pub para manter viva uma conexão com ele, mas essa era a minha situação no momento. Jeanine tinha ficado com a maioria dos nossos amigos na Grande Divisão Pós-Divórcio, e os amigos que eu ainda mantinha, os do jornalismo, não encontrava com frequência. Eles tinham seguido com suas vidas, enquanto eu marinava em Barrington, morando na casa do meu pai e trabalhando como professor substituto.

Ser dono do McDougal's provavelmente não me ajudaria a fazer novos amigos. Mas pelo menos eu estaria em um lugar com outras pessoas, que iriam até lá por vontade própria, mesmo que só para beber uma cerveja e comer batata frita. E eu poderia convidar meus amigos e não parecer um pobre coitado triste e solitário. Valeria a pena o esforço.

Poucos minutos depois, quando vi a Funerária Chesterfield no lado esquerdo da County Line Road, dois pensamentos me ocorreram. O primeiro foi que, graças à caminhada, meus pés tinham enviado um aviso ao cérebro de que odiavam os oxfords de liquidação, e sinalizaram para mim que eu deveria ter comprado os sapatos mais caros e que agora bolhas surgiriam para que eu pagasse pelas minhas escolhas. Ainda precisaria ficar pelo menos mais três horas com aqueles sapatos. Decidi que voltaria andando descalço.

O segundo pensamento foi a dúvida sobre quem apareceria no funeral do tio Jake e o que as pessoas teriam a me dizer sobre meu misterioso e agora falecido parente.

— Vamos ver o quanto você realmente era solitário, tio Jake — falei, e abri a porta da funerária.

O lugar era como eu me lembrava do velório do meu pai, e acho que do velório da minha mãe também, segundo minhas parcas lembranças. Os corredores e as paredes eram bege. Carpete verde. Batentes de madeira polida. Serenidade, ou pelo menos a ausência de tensão, dominava o espaço. Uma música calma tocava bem baixinho, quase inaudível. O prédio tinha um cheiro que eu, no velório do meu pai, descrevi para meus irmãos como "Floral Neutro". Eles não acharam graça.

Olhei para a direita, na direção da porta do salão principal, onde os convidados se reuniam e onde acontecia a cerimônia, se realizada no local. Depois do salão ficava a sala do velório, com acesso por um corredor à esquerda ou por uma divisória de correr que podia ser aberta para aumentar o espaço do salão.

Em algum lugar lá atrás estava meu tio Jake. Meu tio que eu não via desde meus 5 anos.

— Sr. Fitzer?

Um homem de terno vinha descendo a escada à direita. Era Michael Chesterfield, o gerente da funerária. Tinha acabado de assumir a direção quando meu pai faleceu; um dos seus primeiros serviços no cargo, ele me contara na época.

— Olá — cumprimentei, apertando a mão do sujeito.

— Meus sentimentos — disse Chesterfield.

— Eu agradeço. Me disseram para chegar um pouco mais cedo. Imaginei que uma hora de antecedência seria apropriado.

— Sim, está ótimo. Na verdade, mais do que ótimo — respondeu Chesterfield.

— Está tudo bem?

Enfim me dei conta de que Chesterfield, que no velório do meu pai exalava uma calma quase vulcana, estava agindo de forma estranha.

— Com seu tio, sim, está tudo bem — garantiu ele. — Está na sala do velório. Há outras questões que preciso discutir com o senhor.

— Certo. O que seriam?

— Os arranjos de flores.

— Qual o problema com as flores? Não foram pagas?

Não tinha ideia de como o velório estava sendo pago, ou se eu era responsável por alguma das cobranças. Se tivesse que pagar por alguma coisa, aquele seria um serviço memorial muito curto e curiosamente minimalista.

— Dinheiro não é o problema — garantiu Chesterfield. — Tudo já foi pago. Não são os arranjos florais comprados pelo espólio do seu tio que são o problema. São... os outros.

— Que outros?

— Muitas vezes, parentes ou amigos do falecido mandam entregar arranjos de flores para o funeral.

— Sim, eu sei disso. Tem algum problema com as flores?

— Os arranjos são lindos. Os sentimentos explicitados nas mensagens… nem tanto.

Isso me fez franzir a testa.

— Como assim?

— Bem, um deles diz: "Te vejo no inferno".

— O quê?

— "Te vejo no inferno" — repetiu Chesterfield.

— Isso é… uma piada?

— Tenho quase certeza de que não.

— Por que acha isso?

— Porque, sr. Fitzer, esse não é o único arranjo que diz algo assim. Na verdade, esse é um dos mais gentis.

— Bem, você estava certo. As flores são lindas — comentei com Chesterfield.

Todas as flores eram lindas, na verdade. O arranjo com a faixa que dizia "Te vejo no inferno" tinha rosas brancas, lírios asiáticos, crisântemos, cravos e delfinos azuis, ou pelo menos foi o que Chesterfield me informou quando me aproximei para dar uma olhada. Outra coroa de flores tinha rosas e cravos rosa-choque, lírios laranja, girassóis amarelos, lavandas e botões de crisântemos verdes, bem como uma mensagem de "Até que enfim". Devo dizer que fiquei especialmente impressionado com a cesta de margaridas lilás, crisântemos, bocas-de-leão, rosas e ásteres brancos, acompanhada das palavras "Se fodeu, seu filho da puta" gravadas com carinho na base do belo vaso ornamentado.

Havia outros recados, mas já deu para entender.

Todos os arranjos florais no momento estavam no escritório de Chesterfield, no segundo andar da funerária. Ele estava, não sem motivo, relutante em exibi-los sem verificar a questão comigo primeiro. O escritório era uma profusão de beleza natural e xingamentos de baixo calão.

— Seu tio parece ter provocado respostas fervorosas entre seus conhecidos — disse Chesterfield.

— Gostei de como você conseguiu arrumar a maneira mais gentil possível de dizer que todo mundo morria de ódio dele — comentei.

— É, bem, o tato faz parte do trabalho — admitiu Chesterfield.

— Que tipo de pessoa manda uma coisas dessas para um funeral?

— Tenho minhas opiniões, sr. Fitzer, mas elas não demonstram muito tato de minha parte.

Acenei para as flores.

— E o florista local não teve problema *nenhum* com isso.

— Os arranjos não foram feitos na cidade — retrucou Chesterfield. — Todos chegaram por entregadores diferentes hoje de manhã. Trabalhei com nosso florista habitual para os arranjos da casa, que não têm mensagens desse gênero.

Dei um sorriso e então gesticulei para uma coroa de rosas vermelhas e lírios, com "Morreu? KKKKK sei" e um emoji de rosto sorridente com língua de fora.

— Pelo menos *esse* não é cem por cento horrível.

— De fato, não é, mas parece sugerir que o remetente não está totalmente convencido de que seu tio esteja morto — comentou Chesterfield.

— E está?

— Morto?

— É.

— Bem, ele estava morto quando chegou — respondeu Chesterfield.

— E você acha que isso pode mudar?

— Seria incomum se acontecesse.

Sorri mais uma vez e observei as flores por alguns instantes antes de me voltar para Chesterfield.

— As faixas e os cartões podem ser removidos, certo? — indaguei.

— Claro.

— Por favor, retire-os antes de colocar os arranjos no salão.

Chesterfield assentiu e então apontou para o vaso que dizia "Se fodeu, seu filho da puta".

— E este?

— Vocês têm outro vaso onde possam colocar as flores?

— Temos, sim. Mas o arranjo pode estragar no processo.

— Acho que o remetente perdeu o direito a um arranjo perfeito quando mandou escrever no vaso: "Se fodeu, seu filho da puta". Você não acha?

— Certamente — concordou Chesterfield, depois hesitou por um segundo. — O que o senhor quer que façamos com o vaso original?

— Por quê? Você tem interesse?

— Quando os clientes optam por não levar os arranjos florais para o túmulo ou para casa, às vezes guardo vasos e suportes para uso posterior.

— E você acha que vai encontrar algum uso para esse vaso em outro funeral?

Não vou mentir, achei divertida a ideia do vaso "Se fodeu, seu filho da puta" sendo usado em algum funeral todo tradicional e engomadinho.

— É provável que não — admitiu Chesterfield. — Mas, se o senhor não se importar, talvez eu compartilhe uma foto no site de um agente funerário particular que costumo acessar. Nós adoramos esse tipo de coisa.

Dei permissão para o gerente da funerária ficar com o vaso boca-suja, e ele e seus assistentes despiram os arranjos florais das mensagens e começaram a tirá-los do escritório. Fui para um canto da sala e peguei o celular para mandar uma mensagem para Mathilda Morrison.

Que maluquice é essa com meu tio?, mandei. *As pessoas estão mandando ele se foder nas coroas de flores.*

Que incrível, comentou Morrison. *Tire fotos.*

O que ele fez para merecer isso?, questionei em vez de tirar fotos. *O ramo de estacionamentos é realmente tão disputado assim?*

Ele competia com algumas personalidades muito fortes do ramo, respondeu ela.

Você quer dizer "babacas", mandei de volta.

Essa é a palavra, concordou Morrison.

Algum deles vai aparecer no velório?, perguntei.

Talvez sim, devolveu ela.

Como vou saber?, indaguei.

Acredite em mim, eles vão se anunciar, respondeu Morrison.

5

Não vi a faca até o cara estar prestes a enfiá-la no cadáver do meu tio.

Sendo mais exato, eu vi a faca. Mas meu cérebro não registrou que era uma de verdade, tipo "Sem brincadeira, puta merda, isso é mesmo uma faca", até que o cara a tirou do bolso do sobretudo e levantou o braço em um movimento rápido para enfiar a lâmina *sinceramente bem grandinha* no coração já frio e sem vida do meu tio.

Para ser justo, já estava sendo um velório bem estranho.

Vamos esclarecer a linha do tempo: quarenta minutos antes, Chesterfield e seus assistentes levaram os enlutados para o salão principal, onde estavam as cadeiras, e anunciaram que abririam a sala do velório em breve. Todos os presentes eram homens, entre trinta e tantos e quarenta e poucos anos. A postura deles sugeria que, em algum momento da vida, todos tinham passado muito tempo em posição de sentido.

A maioria dos homens chegava em duplas ou trios e permanecia com o próprio grupo, fazendo basicamente zero contato com os outros. As poucas palavras trocadas eram baixas e murmurantes. De vez em quando, um ou dois homens olhavam para mim por um breve instante e então desviavam o olhar. Eu estava sendo notado e memorizado.

Nenhum deles fez qualquer menção de me oferecer condolências, ou de falar comigo sobre meu tio, o velório ou, bem, qualquer coisa.

Estavam simplesmente… *esperando.*

Depois de meia hora daquilo, murmurei para Chesterfield:

— Isso é estranho pra cacete.

As duplas e os trios continuavam próximos, em silêncio e, por mais estranho que pareça, todos de pé.

— Seu tio conhecia pessoas interessantes — comentou Chesterfield no mesmo tom comedido.

— Você segue com aquela parada de tato, não é?

— Sigo, sim.

— Gostei. Continue assim.

— O que gostaria que fizéssemos agora, sr. Fitzer?

Olhei de volta para a entrada da funerária. Ninguém mais havia chegado nos últimos minutos. Aquilo era o máximo que conseguiríamos em termos de público.

— Vamos em frente, já podemos começar o velório.

— Tudo bem — respondeu Chesterfield. — O senhor gostaria de dizer alguma coisa antes de começarmos? Ou prefere esperar até depois?

— É para eu dizer alguma coisa? — perguntei. Morrison não tinha me informado que isso estava incluso no acordo.

— Os membros da família costumam falar algumas palavras.

Olhei para os homens ali de pé.

— Acho que ninguém aqui está esperando um discurso meu.

— É possível, realmente. Nesse caso, anunciarei que abriremos a sala de velório em cinco minutos. Por que o senhor não vai na frente e se posiciona para aceitar as condolências? Isso também lhe dará um tempinho para se despedir.

— Obrigado.

Saí do salão e segui pelo corredor até a sala de velório. Uma assistente da funerária estava lá, tomando conta da entrada. Ela me reconheceu de antes, quando estavam retirando as flores do escritório de Chesterfield, e me deixou entrar.

Despidos de suas mensagens babacas, os arranjos florais agora cercavam o caixão do tio Jake, complementados pelas flores da própria funerária. O caixão em si era simples, feito apenas de madeira e fibras naturais, para que, logo após o velório, pudesse ser levado ao crematório no mesmo prédio. Estava aberto, e o tio Jake teoricamente estava ali dentro, descansando em paz.

Fui até meu tio e, enfim, dei uma olhada nele de perto pela primeira vez em quase três décadas.

Demorou um minuto, mas enfim meu cérebro sincronizou o homem no caixão com a pessoa das minhas vagas lembranças aos 5 anos, o homem que, por acaso, eu vira pessoalmente pela última vez naquela mesma funerária. Na minha memória, meu pai o puxava para um corredor pouco antes do velório e falava com ele de um jeito calmo, mas enfático. Eu me lembro de olhar para os dois do corredor da sala de velório, sem ouvir o que diziam, mas sabendo que coisa boa não era. A certa altura, Jake virou a cabeça e me encarou. A versão mais velha daquele rosto que naquele exato momento estava no caixão.

Meu tio era quatro ou cinco anos mais velho que a irmã, minha mãe. Na morte, Jake aparentava a idade que tinha, mas de um jeito de gente rica, se é que você me entende. Ele ostentava o tipo de aparência que a pessoa adquire quando tem acesso aos melhores médicos, aos melhores esteticistas, aos melhores personal trainers, todos cuidando da sua saúde, do seu peso, da sua dieta e do seu bem-estar em geral. Aparentava estar em ótima forma até o momento em que morreu.

E ele devia estar mesmo. Ora, para que mentir: Jake parecia melhor agora, morto, do que eu, vivo. Com certeza menos estressado. Imaginei que, se eu erguesse aqueles lábios costurados dele, veria que os dentes do meu tio eram perfeitos. Mas não ousei verificar. Minha curiosidade não chegava a tanto.

O rosto de Jake me lembrou o da minha mãe, tanto nas minhas memórias quanto nas fotografias que meu pai mantinha pela casa. Tinham o mesmo nariz, as mesmas maçãs do rosto, as mesmas rugas. Não me despertou nenhuma grande emoção notar a semelhança. Minha mãe morreu quando eu era novo, e toda a tristeza que sentia pelo fato já estava superada havia muito tempo. A ideia de Jake se parecer com ela me fez pensar que acabei ficando mais parecido com meu pai, e acho que isso o deixava melancólico. Meu pai teria ficado feliz em ter visto mais da mulher que amava no único filho que tiveram juntos.

— Você está ótimo, tio Jake — assegurei ao cadáver.

Ele não disse nada em resposta, o que, veja bem, era condizente com o que fazia em vida.

A divisória se abriu, e os supostos enlutados começaram a se aproximar. Eu me posicionei na extremidade do caixão, aos pés do tio Jake. A ideia era que as pessoas pudessem se aproximar, prestar homenagens e então oferecer condolências a mim, se assim quisessem. Imaginei que seria mais eficiente do que pedir que falassem comigo antes de chegarem ao caixão e eliminaria quaisquer pausas estranhas se alguém se demorasse junto ao corpo antes de seguir em frente.

Depois de um minuto, os convidados começaram a fazer fila. Os dois primeiros a se aproximar eram homens atarracados e carecas que não se incomodaram em tirar os sobretudos, o que, percebi ao olhar ao redor, parecia ser algo recorrente. Me encararam por um segundo, depois voltaram o olhar para o corpo de Jake. Murmuraram alguma coisa um para o outro em um idioma que me soou vagamente eslavo, e então um deles enfiou a mão no caixão, tocando o pescoço de Jake, como se fosse checar sua pulsação.

— Com licença? É sério? — chamei a atenção do cara que fez isso.

Ele me olhou, mas não disse nada, em seguida fechou os olhos, como se quisesse se concentrar. O outro pegou o celular, abriu a câmera e começou a tirar fotos.

Depois de alguns segundos, o primeiro abriu os olhos e me encarou.

— Sinto muito por sua perda — disse ele, de um jeito bem eslavo.

— Obrigado — respondi, perplexo, e então olhei para o homem tirando fotos. — Por favor, sem selfies.

Ele riu e tirou mais algumas fotos. Depois comentou algo com o companheiro, que soltou uma risada, se virou e bateu uma foto minha. Os dois se retiraram da fila de condolências antes que eu pudesse perguntar por que tinham feito aquilo. Me virei de volta para meu tio, e foi aí que o esfaqueador apareceu para fazer seu truque de mágica.

Gritei e me lancei contra o sujeito. Quase que de imediato, e ainda assim tarde demais, percebi que aquela não tinha sido uma atitude muito inteligente. O esfaqueador era mais alto e mais forte do que eu e tinha o tipo de cabelo curto e de barba por fazer quase chique que me fez pensar em alguns dos serviços secretos ativos e pouco legítimos que existem pelo mundo. Empurrei o homem e, no meio do movimento, tive a terrível sensação de que o sujeito estava decidindo se deveria ou não *se deixar* empurrar, ou se deveria desviar e me jogar no carpete.

Aquele momento infinitesimal durou para sempre. Então o esfaqueador escolheu se deixar empurrar. Deu um passo vergonhosamente casual para longe do caixão, a lâmina ainda a postos para mais facadas.

— O que caralhos você está fazendo? — exclamei.

Decidi que o homem poderia até me estripar que nem um peixe, mas não havia vantagem em recuar.

— Eu estava prestes a esfaquear seu tio. Talvez ainda faça isso — respondeu o sujeito com toda a calma do mundo.

— Por que faria uma *merda* dessas?

— Porque ele já fingiu a própria morte antes. Me mandaram confirmar se tinha batido as botas de verdade desta vez.

Encarei o homem sem entender nada, então espiei ao redor da sala.

O lugar estava cheio agora, todos olhando de volta para mim, esperando para ver o que aconteceria em seguida, não muito diferentes do grandalhão na minha frente. Percebi então que, se tivesse empurrado qualquer um daqueles outros, eles também teriam que decidir se aceitariam o empurrão ou se me jogariam no chão.

Não tinha certeza se todos teriam feito a mesma escolha do esfaqueador.

Me recompus e tentei fingir que não estava prestes a mijar nas calças no meio do velório.

— Deixa eu adivinhar. Você é o babaca que mandou o arranjo de flores com a mensagem "Morreu? KKKKK sei" — falei para o esfaqueador.

— Não fui eu — retrucou o homem. — Pode ter sido meu chefe.

— O quê?

— Meu chefe — repetiu ele.

— Então você não conhece meu tio.

— Não pessoalmente. Já o vi antes, de longe. Conheço a reputação dele.

— Quer dizer que não está aqui para prestar homenagens.

— Não. Estou aqui para esfaqueá-lo.

— Para ter certeza de que ele está morto.

— Exato. Então, se você não se importar... — disse o sujeito, erguendo a faca outra vez.

— Não! — Levantei a mão e olhei ao redor da sala cheia de prováveis assassinos. — *Algum* de vocês conhecia meu tio pessoalmente?

Ninguém respondeu.

— Quantos de vocês estão aqui para garantir que ele está mesmo morto?

Todos levantaram as mãos.

— E vocês todos iam esfaqueá-lo?

— Eu ia injetar nele — respondeu um homem.

— Injetar *o quê*?

— Nada. Só ar. Na carótida. Se não estivesse morto, passaria a estar.

Outro homem levantou um cotonete em um filme plástico.

— Só estou aqui para obter DNA. Para confirmar que é ele.

O homem da seringa bufou.

— A amostra pode ser falsificada.

— Pelo menos *eu* não vou assassinar ninguém com trinta testemunhas, moleque do ar — retrucou o homem do cotonete.

— Calem a boca, todos vocês — ordenei. Os dois se aquietaram. — Quero ter certeza de que estou entendendo direito. *Nenhum* de vocês conhecia meu tio. *Todos* estão aqui só para garantir que ele está morto. E todos foram enviados por outra pessoa. É isso mesmo?

A maior parte dos homens ao redor da sala concordou.

— Qual *caralhos* é o problema de vocês? — questionei.

— Não é nada pessoal, Fitzer — argumentou o esfaqueador.

— É claro que não é pessoal — retruquei. — Ninguém aqui nem dá a mínima para o tio Jake. Mas por que seus *chefes* ligam para ele?

— Não ligamos para os motivos dos nossos chefes ligarem — respondeu o homem da seringa. — Mandaram a gente vir aqui. Mandaram a gente garantir que ele estivesse morto. Simples assim.

Olhei para Michael Chesterfield, de pé perto da divisória entre as salas. Parecia admirado com aqueles desdobramentos, o que, para ser sincero, era de se esperar.

— Por favor, você pode dar seu veredito profissional sobre o estado atual do meu tio? — pedi para ele.

— Eu mesmo drenei os fluidos do corpo dele e os substituí pela solução de embalsamamento — declarou Chesterfield com toda a clareza para os presentes. — Se ele não estava morto antes disso, passou a estar. Não dá para se recuperar de formaldeído e metanol.

— Obrigado — agradeci, em seguida me virei para o esfaqueador. — Facas não serão necessárias.

— Sinto muito. Seu amigo aqui pode estar mentindo. Tenho que me certificar — retrucou ele.

— Não.

O sujeito me observou por um momento.

— Por que você se importa, Fitzer? — perguntou. — Você não conhecia seu tio. Ele não significa nada para você, e você com certeza não significava nada para ele. Jake nunca moveu um único dedo para ajudar você enquanto estava vivo. O que te importa se eu enfiar uma faca nele, ou se o George aqui injetar ar na veia dele, ou se o Kyle passar um cotonete na parte de dentro da bochecha? Se ele está morto, qual é o problema? E, se não estiver, então te fez de bobo. De qualquer forma, não tem motivo para você ficar no nosso caminho.

Ele voltou a dar um passo à frente, na direção do caixão. Eu parei no caminho dele.

— Eu disse que não.

— Você não pode me impedir — falou o esfaqueador, sem se abalar.

O que eu sabia que era verdade, mas, por outro lado, foda-se aquele babaca.

— Vai ter que passar por cima de mim — declarei.

O esfaqueador sorriu.

— Sabe, eu não me importaria.

— Chega — exclamou um dos homens eslavos, o que apalpou o pescoço de Jake. — Ele está morto.

O esfaqueador não tirou os olhos de mim, mas se dirigiu ao eslavo:

— E como você sabe disso?

— Eu era médico em Chechênia. Conheço morte — respondeu o eslavo.

— E eu tenho câmera termográfica — disse o outro eslavo, pegando o celular e mostrando uma foto toda colorida. — Cadáver está em temperatura de cadáver. Veja mão de Andrei em comparação.

— Ele está morto — repetiu Andrei. — Se basta para nós, basta para nosso chefe, e basta para você.

— E quem é seu chefe? — perguntou o homem da seringa.

— Dobrev — respondeu Andrei. Isso gerou um murmúrio na sala.

O esfaqueador, que continuava me encarando até aquele momento, sorriu de uma maneira profundamente desagradável.

— Você deveria ter começado com essa informação, Andrei. Economizaria o tempo de todos nós. — O sujeito se afastou de mim e guardou a faca. — Fim de papo.

— Fim de papo — concordei. — Para fora. Todos vocês.

Os homens começaram a se afastar. Chamei a atenção de Andrei, o eslavo, que, suponho, poderia ser russo ou ucraniano.

— Obrigado.

— Não me agradeça — retrucou ele. — Meu chefe mandou vaso "Se fodeu, seu filho da puta".

E saiu, com o cara da câmera termográfica logo atrás.

Em dois minutos, a funerária estava vazia, exceto por mim, Chesterfield e seus assistentes.

— Puta merda — soltei depois que o último dos homens se foi. Olhei para o gerente da funerária. — Confesso que quase mijei nas calças e sujei o carpete.

— Uma das visitas mais memoráveis de que posso me lembrar — comentou Chesterfield.

— Ainda cheio de tato.

— Faz parte do trabalho. Agora, sr. Fitzer... Seu tio pagou pela opção de você estar presente na cremação, se assim desejar. Mas, depois dos eventos de hoje, suponho que esteja pronto para ir para casa.

— Você supôs certo — respondi.

Toda a adrenalina dos minutos anteriores estava se dissolvendo, e o que restou foram tremores e cansaço.

Chesterfield assentiu.

— Neste caso, pode deixar que cuidaremos de tudo por aqui. Ligo amanhã para combinar a coleta das cinzas do seu tio.

— Obrigado — agradeci. — De verdade. Por tudo.

— Claro, sr. Fitzer — respondeu o gerente. — É isso que fazemos. Pelos mortos. E pelos vivos.

Eu estava com meus sapatos de tortura nas mãos, subindo descalço até o meio-fio da esquina da Cook com a Russell, quando ouvi um miado que parecia o de Hera. Olhei para a calçada, mas não a vi, então procurei ao redor. Hera e Perséfone estavam sentadas na entrada da garagem dos Gunderson, em frente à minha casa.

Atravessei a rua e fui até elas.

— Certo, o que vocês estão fazendo? — perguntei para Hera.

Na verdade, não esperava uma resposta. Ela era uma gata. Eu tentava mantê-la dentro de casa a maior parte do tempo, pela própria segurança e para manter a minha consciência limpa de pássaros assassinados.

Dito isso, eu sabia que ela conseguia sair de alguma forma; já tinha encontrado Hera no quintal sem minha permissão. Suspeitei de uma janela frouxa no porão, mas nunca me incomodei em verificar. Mesmo assim, era raro ela ficar do lado de fora, visível desse jeito.

— Por que você achou que podia sair de casa?

Hera me encarou, deu um miado alto e então se virou, deliberadamente, para nossa casa do outro lado da rua. Eu segui seu olhar.

Dava para ver alguém em uma das janelas do andar de cima, a do meu quarto.

— Que porra é essa?

Peguei meu celular no bolso para ligar para a emergência.

A pessoa no meu quarto girou o corpo, espiou pela janela e me viu, então desapareceu.

— Merda — exclamei.

Eu estava atravessando a rua quando minha casa explodiu e desabou.

6

— Pegou fogo *em tudo* — falou Andy Baxter para mim ao telefone.

— Isso. — Eu estava sentado no meio-fio dos Gunderson, embora não estivéssemos mais só eu as gatas; toda a vizinhança tinha vindo assistir ao espetáculo da minha casa virando cinzas. Equipes inteiras de bombeiros e policiais completavam a cena. Estava uma confusão total ali na Cook Street. — Bem. Explodiu primeiro. Depois pegou fogo em tudo. Com um cadáver dentro.

— Um cadáver *de quem*?

— Excelente pergunta. Eu não sei, nem a polícia ou o corpo de bombeiros. Estão apostando em um ladrão ou um incendiário. Considerando que o fogo tomou a casa muito mais rápido do que teria feito sem ajuda, "incendiário" está na liderança no momento.

— Isso não é bom.

— Foi pior para o incendiário. Não conseguiu se livrar da própria obra-prima.

— Mas *você* está bem — disse Andy.

— Eu não diria isso — retruquei. — Fisicamente estou bem. Não estava em casa na hora.

— Onde estava?

— No funeral do meu tio.

Houve uma pausa.

— Jake. O irmão da sua mãe.

— Esse mesmo.

— Ele morreu?

— Também surgiu essa dúvida entre os convidados, mas sim.

— Não sabia que você era próximo dele.

— Tudo bem — falei. — Eu também não sabia.

Enquanto conversava com Andy, fiquei mais uma vez observando a cena na rua e o buraco cheio de fumaça no bairro onde minha casa costumava ficar. A explosão tinha destruído o lugar e facilitado o trabalho do fogo. Mas, além de cacos de vidro espalhados e algumas janelas rachadas nas casas vizinhas, nenhuma outra residência da vizinhança sofreu grandes danos. O corpo de bombeiros chegou em minutos, e a ameaça de o fogo se espalhar foi evitada. Um pequeno ponto positivo. Depois do dia que tive, não queria o infortúnio de mais ninguém pesando na minha consciência.

Eu tinha dado meu depoimento aos policiais; os bombeiros, naquele momento, terminavam o trabalho, enquanto a ambulância que viera buscar o coitado do provável incendiário bem passado tinha levado o corpo embora. Tudo o que tinha que acontecer já tinha acontecido, e os vizinhos estavam voltando para suas casas, porque elas ainda existiam. Alguns me cumprimentaram na calçada, com cara de pena. Eu acenei de volta, mas fiquei feliz por estar no telefone, porque realmente não queria conversar com nenhum deles agora.

— Estou feliz que você esteja bem fisicamente — disse Andy. — E o resto?

— Bem, minha casa e todos os meus pertences pegaram fogo, não tenho onde morar nem para onde ir, e eu e as gatas teremos que morar no Maxima do meu pai, por ora — respondi. — Então poderia estar *melhor*.

— Você precisa de um lugar para ficar.

— Concordo. Você está me oferecendo um?

— Vou ligar para a seguradora — explicou Andy. — É provável que te arrumem um hotel por alguns dias, pelo menos. Vão precisar dos relatórios da polícia e dos bombeiros, e devem mandar gente para investigar também, já que há um morto e a possibilidade de incêndio criminoso.

— Certo.

— Charlie... — Havia um tom bem específico na voz de Andy.

— Ah, *começou* — soltei, e olhei para o céu.

Talvez sentindo que eu estava prestes a ficar irritado, Hera me deu uma cabeçadinha reconfortante. Estiquei a mão para fazer carinho nela.

— Parece que já sabe o que vou dizer, mas vou dizer mesmo assim — declarou Andy. — A polícia e o corpo de bombeiros vão ficar de olho em você.

— Por favor, Andy. Eu não ia tacar fogo na casa onde cresci.

— Não estou dizendo que você fez ou faria isso. Estou dizendo que vão acabar descobrindo que você não era dono do imóvel e que sua permanência está por um fio. *Estava* por um fio. Vão descobrir que seus irmãos queriam que você saísse da casa e que não tem um bom relacionamento com eles. Vão descobrir que precisa de dinheiro. Duas das maiores razões para incêndios criminosos são vingança e fraude de seguro. Você vai se encaixar nesse perfil.

— Essa conversa é protegida pelo sigilo profissional entre advogado e cliente? — perguntei, porque isso de repente pareceu relevante.

— Boa pergunta — respondeu Andy.

— Se vão me investigar por isso, precisam investigar Sarah, Bobby e Todd também — argumentei, apesar do status um tanto duvidoso da nossa comunicação. — Se *eles* atearam fogo na casa, vão poder dividir o dinheiro do seguro e não terão que lidar comigo nunca mais. A casa é a última obrigação coletiva que nos conecta.

— Tenho certeza de que vão investigar seus irmãos — garantiu Andy. — Mas *você* será o primeiro e principal suspeito. E, se acharem que você contratou alguém para incendiar a casa, talvez seja responsável pelo que aconteceu com essa pessoa também.

Parei de fazer carinho em Hera e coloquei a mão na cabeça.

— Está tentando *piorar* meu dia, Andy?

— Só estou dizendo que talvez seja uma boa ideia procurar um advogado criminalista. Você falou com a polícia ou com o corpo de bombeiros?

— Claro — respondi.

Eles me perguntaram o que aconteceu (eu não sabia), se era locatário ou dono (era complicado), onde estava (funeral do tio Jake), quem poderia ser a pessoa na casa (não faço ideia) e onde estavam meus sapatos (na rua, deixados lá quando caí de bunda no chão depois da explosão). Foram eles que sugeriram que a pessoa dentro da casa poderia ser um ladrão ou um incendiário. Falei que não tinha a menor ideia do motivo de alguém assim ter minha casa como alvo. Eles anotaram tudo e dei meu número de celular. Prometeram entrar em contato.

— Certo, então não fale com mais ninguém sem um advogado — aconselhou Andy.

— Você é advogado.

— Não sou *esse* tipo de advogado.

— Como diabos vou pagar um advogado? — perguntei, exasperado. — Não tenho dinheiro. Tudo o que eu tinha literalmente virou cinzas.

— Quando eu falar com a seguradora, vou ver se consigo que te deem alguma quantia de adiantamento.

— Vai ser uma conversa e tanto — comentei. — "Ei, vocês se importariam de dar um dinheirinho para o cara que a polícia acha que botou fogo na própria casa, para ele poder contratar um advogado e se livrar da culpa?"

— Não vou colocar desse modo quando for pedir.

— Bem, sim, *por favor*, não faça isso.

— Deixa comigo. Entrarei em contato em breve.

— Certo.

— Sinto muito, Charlie. Eu sei que isso é uma droga.

— Obrigado, Andy. — Desliguei e olhei para minhas gatas. — Mas que conversa *mais agradável.*

Hera deu uma piscada lenta, demonstrando sua solidariedade. Perséfone se aproximou e miou querendo colo. Eu atendi ao pedido.

— Com licença — chamou alguém, atrás de mim.

Era Kayleigh Gunderson, a adolescente da casa da família em cujo meio-fio eu estava sentado no momento. Ela segurava uma cumbuquinha.

— Oi — cumprimentei.

— Aqui — disse Kayleigh, estendendo a tigela para mim. — É comida de gato. Sabe, hã, para os gatos.

Com a mão que não estava ocupada com uma gatinha, peguei o pote, que tinha uma tampa de plástico para evitar que a ração escapasse.

— Obrigado. É muita gentileza sua.

— Sinto muito pela sua casa — falou Kayleigh.

— Obrigado. Eu também.

— Você vai ficar bem?

Dei um sorriso.

— Acho que vamos descobrir — aquiesci. Então levantei a cumbuca com ração. — Isto vai ajudar. As gatas agradecem.

Kayleigh sorriu e voltou para casa.

Meu olho bem treinado identificou a ração Meow Mix, e me perguntei se os Gunderson já tinham um pacote em casa ou se tinham mandado Kayleigh comprar. Não me lembro de terem gatos. Mas eu nunca tinha ido à casa deles, apesar de morarem do outro lado da rua havia anos. Falha minha, eu acho. Poderia ter me esforçado para ser um vizinho melhor.

A essa altura, as gatas já tinham percebido que havia comida por perto, então abri a cumbuca e coloquei na grama perto do meio-fio. Hera começou a mordiscar, e Perséfone pulou da minha mão, esforçando-se para ultrapassar a borda da tigela com a cabecinha fofa.

— Pelo menos *vocês* não vão passar fome — falei para elas. — Por enquanto.

Olhei de volta para o que restara da minha casa. Não vou mentir: eu estava ferrado. O lugar estava em ruínas e tudo ali dentro havia sido destruído, se não pelo fogo, então pelos danos causados pela água dos bombeiros. A partir daquele momento, meu patrimônio total era constituído de mim mesmo, as gatas, o terno, os sapatos horríveis, o celular e minha carteira, que continha 23 dólares em dinheiro, um cartão de débito que me permitiria acessar uma quantia similar na conta-corrente e um Visa estourado.

Ah, e o Maxima do meu pai, assim como um cortador de grama e quaisquer outras ferramentas de jardinagem armazenadas na garagem, que não pegou fogo com o resto da casa por ser uma estrutura separada. Eu não estava mentindo para o Andy; se a seguradora não me colocasse em um hotel, teria que dormir dentro do carro, na garagem, e comer cachorro-quente de máquinas de lojas de conveniência. Pelo menos até o dinheiro acabar.

O que *com certeza* aconteceria, porque havia ainda mais uma coisa: minha "recompensa" por defender o tio Jake no funeral, a posse da minha casa, tinha literalmente acabado de pegar fogo. Não receberia nada pelos meus esforços, já que não havia o que vender, exceto o lote de terra onde a casa queimada estava. Mesmo que a empresa de Jake comprasse e me desse o terreno, eu não teria condições de construir uma casa nova ali, não importava o que o pessoal dele me desse no fechamento do negócio. Se é que eles iam fazer isso agora, considerando que não havia casa para entregar.

Não havia nada. Eu tinha menos de cem dólares no meu nome, somando dinheiro e crédito.

Cem dólares, um terno velho e sapatos desconfortáveis.

Olhei para as gatas.

— Vou precisar que vocês cacem para mim. Caso contrário, é bem capaz de eu morrer de fome.

Elas, ainda ocupadas comendo, não responderam.

Certeza que esse era o ponto mais baixo de toda a minha existência.

Meu telefone vibrou.

Fiquei sabendo da casa, mandou Mathilda Morrison por mensagem. *Que droga.*

Obrigado pela consideração, enviei de volta. *Vai me confortar enquanto eu estiver dormindo no banco de trás do meu carro.*

Acho que podemos encontrar algo melhor do que isso, respondeu Morrison.

Sou todo ouvidos, respondi.

O telefone tocou. Era a própria. Atendi.

— Ainda sou todo ouvidos — falei.

— Ótimo. Siga suas gatas.

— O quê?

— Siga suas gatas — repetiu Morrison.

— O que isso quer dizer?

— Que parte de "Siga suas gatas" é difícil de entender?

— Tudo, para ser sincero.

— Olha, não pense demais, Charlie — disse Morrison. — Diga para Hera que eu mandei você segui-la. Ela vai cuidar do resto. Vejo você hoje à noite. Temos questões a discutir.

E desligou.

Fiquei encarando o celular por um minuto, então olhei para minha gata, que, ao que tudo indicava, tinha acabado de comer e me observava com expectativa. Perséfone ainda estava devorando a ração. Eu me dirigi a Hera:

— Me sinto muito idiota por dizer isso em voz alta, mas Morrison disse que eu deveria te seguir.

Depois que falei isso, Hera *miou* para mim, depois se virou e soltou um trinado para Perséfone. A filhotinha comeu uma última bolinha da ração e se afastou da tigela. Aí as duas começaram a subir a Cook Street. Fiquei observando por alguns segundos, completamente perplexo. Então Hera parou, virou a cabeça e miou alto, como se perguntasse: "Vai me seguir ou não?".

Coloquei a tampa de volta na tigela, peguei-a e segui as gatas.

Hera e Perséfone caminharam pela Cook até a Russell e depois viraram à direita. Elas caminhavam sem pressa, com as caudas erguidas, Hera claramente sabendo aonde ia e Perséfone feliz em segui-la.

Quando Hera chegou à Grove Avenue, olhou para os dois lados antes de atravessar a rua e então continuou andando.

No número 611 da South Grove, havia uma casinha branca, pequena e bem-cuidada, com um jardim simples, mas bonito. Hera subiu os degraus e foi até uma porta com entrada para gatos. Ela olhou para mim, miou outra vez e entrou. Perséfone foi atrás.

— Que maluquice é essa?

Eu sabia que alguns gatos passavam o tempo em mais de uma casa, mas Hera não fazia isso. Ela passava todas as noites em casa, mesmo que escapasse durante o dia.

Ainda assim, minha gata entrou no número 611 da South Grove como se fosse dona do lugar, e Perséfone não teve problemas em fazer o mesmo. E ali estava eu, parado no passeio, boquiaberto feito um idiota.

Fui até a varanda e parei em frente à porta. Para ser sincero, não tinha a mínima ideia do que faria a seguir. Estava na cara que quem quer que morasse ali pensava que era dono de Hera, e talvez de Perséfone também. E, da perspectiva dessa pessoa, eu devia era ser um sequestrador de gatos.

Isso não explica por que Morrison disse para você seguir suas gatas, ou como elas realmente te trouxeram até aqui, informou meu cérebro.

Você não está errado, cérebro, pensei. Quem quer que estivesse do outro lado da porta teria algumas explicações a dar sobre como treinou as gatas para entender a frase "Eu deveria te seguir" e saber que isso significava me levar àquela porta em especial.

Ao lado dela, na parede, havia uma campainha.

— Ah, dane-se — falei em voz alta, e toquei.

Ouvi um som monótono, seguido, alguns segundos depois, por um zumbido que me lembrava de quando morei em um apartamento. Alguém tinha aberto a porta pelo interfone.

Girei a maçaneta, empurrei e entrei na casa.

O interior estava escuro por causa das cortinas fechadas e da falta de iluminação artificial. A mobília era escassa, e as paredes eram enfeitadas com escadas e casinhas para gatos. Quem morava ali estava claramente muito mais envolvido com seus animais de estimação do que eu. Talvez um pouco envolvido *demais*.

— Olá? — chamei.

Do batente de uma porta, Hera colocou a cabeça para fora e miou para mim, depois desapareceu. Fui até lá.

Imagino que a planta da casa me diria que eu estava na sala de estar. Ali, havia mais camas de gato e arranhadores, um sofá e uma escrivaninha de dimensões estranhas, sobre a qual repousava um monitor grande e um teclado imenso de um tipo que eu nunca tinha visto. Quanto mais olhava, mais ele me lembrava de uma máquina de estenografia mutante e gigante — aquelas coisas usadas em tribunais para registrar os ocorridos.

O que não vi foi quem me deixou entrar.

— Olá? — repeti.

É nesta parte do filme que as pessoas são assassinadas a golpes de machado, disse meu cérebro, sem ajudar muito.

— Cala a boca, cérebro — falei em voz alta.

Hera saiu de trás da escrivaninha, miou para mim e então saltou ali para cima. Bem na frente dos meus olhos, ela apertou um botão do teclado, o que fez o monitor acender, assim como a luz de fundo no restante do teclado. Hera pulou nele e usou as quatro patas para teclar.

Palavras surgiram na tela iluminada.

OLÁ, CHARLIE, diziam. SINTO MUITO PELA SUA CASA. BEM-VINDO À MINHA OUTRA. TENHO UM QUARTO ESPERANDO POR VOCÊ LÁ EM CIMA.

7

O Mercedes S-Class de Mathilda Morrison foi até a casa da minha gata e parou junto ao meio-fio apenas para Morrison sair dele, então partiu outra vez. Percebi que, até então, não tinha visto o motorista do carro. Naquele momento, eu não tinha certeza se *havia* um motorista. Não tinha certeza de quase nada.

Observei Morrison atravessar o caminho curto até a varanda, onde eu estava sentado.

— Deixa eu adivinhar — começou ela, parando na minha frente. — Gatos sapientes são um pouco demais.

Eu a encarei, sem responder. Morrison tomou isso como uma confirmação, o que obviamente era.

— Se faz você se sentir melhor, tive a mesma sensação na primeira vez que conheci um.

— Minha gata digita e tem a própria casa — falei.

— Digita.

— E você *sabia*.

— Sabia.

— E *quando* você ia me contar que ela é dona de uma casa?

— Na verdade, a casa é de propriedade de uma das imobiliárias do seu tio. Tecnicamente, é um Airbnb. Um bom disfarce para uma casa vazia em um bairro de luxo.

— Mas é *ela* que está digitando de verdade — insisti.

— Ah, sim. É ela, com certeza.

— Como?

— A resposta curta é "engenharia genética". A resposta longa requer um doutorado.

— E por quê?

— Porque gatos sapientes são úteis para os interesses comerciais do seu tio.

— Ele era dono de *estacionamentos*.

— Era — concordou Morrison. — Mas acho que você já deve ter sacado que essa não é a história completa.

Abri a boca para responder quando outro Mercedes Benz S-Class parou no meio-fio e um homem saiu pela porta do passageiro. Eu o reconheci na mesma hora.

— É o esfaqueador — falei para Morrison.

Ela olhou para mim, confusa, enquanto o homem caminhava em nossa direção.

— Ele tentou esfaquear o cadáver do tio Jake — expliquei. — Eu o impedi.

— Por que fez isso? Tobias poderia ter te matado.

— Você *conhece* esse cara? — perguntei, boquiaberto.

O recém-nomeado Tobias sorriu da calçada.

— Fique atrás de mim — ordenou Morrison. Ela se virou e se colocou entre mim e Tobias, o Esfaqueador.

O sujeito parou e acenou para Morrison.

— Olá, Til — cumprimentou. — Legal da sua parte hospedar o rapazinho em um Airbnb. Considerando o que aconteceu com a casa dele.

Ele deu um passo para passar por ela e chegar até mim.

— Nem tente — avisou Morrison, ajeitando a postura de um jeito que percebi significar que se preparava para uma briga.

Tobias pareceu se dar conta disso também. Ele deu um passo para trás.

— Relaxa. Se fosse para o rapaz aí estar morto, eu teria enfiado uma faca na barriga dele lá na funerária. Já estou fazendo mais do que os outros só por avisar. — O homem olhou para mim, escondido atrás de Morrison. — Sinto muito pela sua casa, Fitzer. E pelo seu tio. Considerando que ele está *mesmo* morto e tal.

— Obrigado — respondi.

— Não fale com ele — ordenou Morrison.

— Foi mal.

— É bom você se acostumar com ela te dizendo o que fazer — avisou Tobias para mim, então olhou de volta para Morrison. — Isso é meio que uma tradição de família.

— Você veio aqui por algum motivo? — questionou Morrison, ignorando a provocação.

— Quer dizer, se não vim matar seu amigo bem aqui no gramado? — Tobias sorriu. — Venho com um convite.

— Para quem?

— Bem, se viesse de mim, a gente não teria como saber, não é? Mas, como sou apenas o mensageiro, é para o seu novo amiguinho aí. Vou pegar uma coisa no bolso do meu casaco.

— Movimentos lentos — exigiu Morrison.

— É claro. Eu lembro que é assim que você gosta, Til.

O sujeito enfiou a mão no casaco — bem devagar — e tirou um envelope do bolso. Parecia chique — papel grosso e artesanal — e estava lacrado com cera e um cordão.

— Viu? Só um envelope.

Tobias estendeu a mão para me entregar.

— Não pegue — mandou Morrison.

— Já falei que não vim aqui para matá-lo — lembrou Tobias a Morrison.

— Não é com você que estou preocupada — retrucou ela, então fez um gesto com a cabeça. — Abre você.

— Está achando que vai explodir?

— Se isso acontecer, quero que sejam seus dedos no gramado.

— Não me lembrava de você ser tão paranoica antes de seu chefe bater as botas — comentou Tobias.

— Menos conversa. Mais dedos — ordenou Morrison.

Tobias deu de ombros, segurou melhor o envelope e puxou o cordão, que cortou o lacre de cera. A aba do envelope se abriu. Sem querer, estremeci. Tobias percebeu e me lançou um sorriso sardônico.

— Vai precisar de mais coragem do que isso, Fitzer.

— Pegue o convite — mandou Morrison.

Ele obedeceu, mostrando as palavras elegantes escritas com o que era, sem dúvida alguma, uma caneta-tinteiro muito cara.

— Lambe — disse Morrison.

O sorriso de Tobias desapareceu.

— Que merda foi essa que você acabou de falar?

— Lambe. Dos dois lados.

— Você perdeu o juízo — resmungou o homem.

— E você está usando luvas — argumentou Morrison.

Isso me pegou de surpresa. Eu estava olhando para Tobias esse tempo todo e simplesmente não tinha notado. Mas era verdade: se não fossem luvas de pelica de verdade, ainda assim eram de algum tipo de couro bem caro, tingido da cor do tom de pele do sujeito.

Tobias, reconhecendo a observação de Morrison, levantou o convite diante do rosto e falou:

— Só por você.

Então colocou a língua para fora e lambeu o cartão, primeiro de um lado, depois do outro.

— Ainda não morri.

— Estou disposta a esperar — respondeu Morrison.

— Maravilha. Eu não. Tenho mais o que fazer. — Tobias colocou o cartão no envelope e estendeu a mão bruscamente para ela. — Pegue.

— Não.

— Tá. Que tal o seguinte? Eu seguro a porcaria do convite e você tira uma foto com o celular. Assim posso dizer que fiz a entrega, e todo mundo segue com a própria vida. Fechado?

Morrison pensou na proposta.

— Charlie, tire uma foto do convite com seu celular — mandou, sem tirar os olhos de Tobias.

— Você não vai fazer isso? — perguntou Tobias.

— Quero manter as mãos livres — retrucou Morrison.

— Agora você está apenas dando um show para o rapaz aí.

Morrison não respondeu.

Peguei meu telefone e dei zoom no convite antes de tirar a foto.

— É um convite para quê, afinal? — perguntei, guardando o celular.

— Digamos que é uma reuniãozinha da indústria à qual você está se juntando — revelou Tobias, e então voltou sua atenção a Morrison. — A respeito da qual você precisa atualizá-lo com urgência.

— Não preciso dos seus conselhos.

— Você deixou isso bem claro. Então, sem conselhos, apenas um lembrete: agora que Fitzer recebeu o convite, você sabe que ele tem que aparecer. Se não, não vai acabar bem para ele. Nem para você.

— Pensei que você tivesse mais o que fazer — comentou Morrison.

— Já vou indo — concordou Tobias. Ele olhou para mim. — Boa sorte, Fitzer. Vai precisar.

— Sai daqui — mandou Morrison.

— Bom te ver também, Til.

Tobias assentiu para mim enquanto voltava para seu Mercedes, com o convite ainda na mão enluvada. Depois que ele foi embora, perguntei:

— O que ele quis dizer com eu ter de aceitar o convite?

— Eu explico depois — disse Morrison.

— Ele te chamou de Til.

— É.

— Parece... íntimo — comentei.

— Nós namoramos por um tempinho.

— Você namorou um esfaqueador?

— Quer *mesmo* falar de relacionamentos fracassados comigo neste exato momento? — esbravejou Morrison.

— Não — respondi, surpreso. — Acho que não.

— Ótimo.

Ficamos em silêncio por alguns segundos. Então perguntei:

— Você achou mesmo que aquele convite estava envenenado?

— Não.

— Então por que fez ele lamber?

Morrison olhou para mim.

— Teria sido bom estar errada.

— Não me leve a mal, mas agora não sei como me sentir em relação a você.

Morrison assentiu.

— Ouço isso com frequência. — Ela me chamou com a mão. — Vamos entrar, Charlie. Temos muito o que conversar. Não deveríamos falar disso ao ar livre.

Hera estava na mesa dela quando entramos. Morrison foi até lá e a cumprimentou com um carinho. Perséfone, a filhotinha, também estava na mesa, ao lado de Hera.

— Há quanto tempo vocês duas se conhecem? — indaguei, seguindo para o sofá.

— Esta é só a segunda vez que nos encontramos — respondeu Morrison, fazendo carinho em Perséfone também. A gatinha minúscula arqueou as costas para a mão dela. — A primeira vez foi naquele dia na sua casa, mas eu não podia dizer nada na época.

Hera foi até o teclado. NÓS TROCAMOS MUITOS E-MAILS, digitou ela, para mim.

— Como ele está? — perguntou Morrison para minha gata, sobre mim.

SOFRENDO DE UMA GRANDE DISSONÂNCIA COGNITIVA, digitou Hera.

— Justo — disse Morrison. Ela percebeu onde eu estava e fez um gesto com a mão. — Sente-se, Charlie. Temos muita coisa para conversar.

— Podemos começar pela gata? — perguntei, me sentando.

GATAS, corrigiu Hera. PERSÉFONE É MINHA ESTAGIÁRIA.

A filhotinha olhou para mim e miou.

— Estágio remunerado, espero — brinquei.

É CLARO, respondeu Hera. SOMOS ANIMAIS, E NÃO MONSTROS.

Fiz uma pausa.

— Você tem mesmo um salário? — perguntei à minha gata.

TENHO.

— Quanto?

MAIS DO QUE VOCÊ.

— Acho que mereci essa resposta — comentei. Virei para Morrison. — Você falou que gatos sapientes são úteis para os negócios do meu tio.

— Exato.

— Como?

— Coleta de informações — explicou ela. — Coleta de informações humanas e eletrônicas é difícil. Ninguém suspeita de um gato.

Olhei para Hera, que, para ser justo, parecia uma gata comum, exceto pelo fato de estar sentada em um teclado ergonômico projetado especificamente para sua espécie.

— E isso importa no mercado de estacionamentos — falei para Morrison.

— Mais do que você imagina. Porém, como mencionei lá fora, os negócios do seu tio vão além de estacionamentos.

— Mas eu não faço parte de nada disso — argumentei. — Jake desperdiçou uma gata. — Eu me virei para Hera. — Sem querer ofender.

NÃO ME OFENDI.

Morrison balançou a cabeça.

— Não é um desperdício. Charlie, depois que sua mãe morreu, seu pai pediu para que Jake ficasse longe da família, então foi isso que seu tio fez. Ainda assim, ele sempre ficou de olho em você. Nem sempre com gatos. Mas às vezes com gatos.

— Por quê?

— Você é filho da irmã dele, é por isso que Jake queria ter certeza de que você estava bem. Você era a família dele, Charlie. A única família dele de verdade. E também queria mantê-lo seguro.

— O que *isso* significa?

— Significa que, na linha de trabalho do seu tio, há uma regra implícita de que parentes não envolvidos diretamente nos negócios não devem ser alvos — explicou Morrison. — Acontece que não dá para dizer que todos os concorrentes do seu tio eram éticos.

— Isso explica a explosão da minha casa — comentei.

Hera começou a digitar. NÃO. VOCÊ REPRESENTOU SEU TIO NO FUNERAL. AGORA ELES ACHAM QUE VOCÊ ESTÁ PARA JOGO.

— O quê? — Olhei para Morrison. — Você não me falou isso.

Morrison deu de ombros sem muita animação.

— Sinto muito.

— *Sinto muito?* Eles explodiram a minha casa! Com um deles lá dentro.

Mais digitação. EXPLODIRAM OUTRA PESSOA, NA VERDADE. UMA DUPLA DE VISITANTES APARECEU MAIS CEDO. TENHO O VÍDEO.

— Mostre para ele — pediu Morrison antes que eu pudesse perguntar à minha gata como exatamente ela tinha um vídeo disso.

Hera digitou, e uma janela surgiu no monitor mostrando o interior da minha casa do ponto de vista de várias câmeras que eu não sabia que existiam.

Em uma delas, dois homens entraram pela porta dos fundos. Estavam vestidos como encanadores ou eletricistas, carregando bolsas de trabalho. Hera e Perséfone se aproximaram deles, curiosas. Os homens ignoraram as gatas e seguiram pela casa, primeiro vagando por aí borrifando alguma substância, depois foram para o meu quarto, onde, entre outras coisas, estava meu notebook, e fizeram algo perto da porta.

— Estavam colocando uma bomba — explicou Morrison. — Ela iria armar quando alguém entrasse no quarto e disparar quando tentasse sair. O que eles estavam borrifando devia ser acelerador.

Hera adiantou o vídeo por um tempo enquanto os dois homens saíam, depois voltou à velocidade normal quando outra pessoa entrou na casa, também pelos fundos. Esse novo visitante também olhou ao redor do lugar antes de ir para o meu quarto.

Foi nesse momento que as gatas saíram.

O homem no meu quarto deu uma olhada no notebook, mexeu nele por um momento e então me pegou encarando-o da rua e decidiu ir embora, levando o computador consigo. Quando passou pela soleira da porta, a bomba plantada pelos visitantes anteriores explodiu, jogando o novo intruso escada abaixo e visivelmente quebrando seu pescoço enquanto o fogo devorava minha casa. O vídeo foi cortado.

— Quem são essas pessoas? — indaguei, abalado.

ESTOU TENTANDO IDENTIFICAR OS QUE PLANTARAM A BOMBA, digitou Hera. ACHAMOS QUE A PESSOA QUE MORREU ERA DA CIA.

Isso me fez piscar, incrédulo.

— Como é que é? Um agente da CIA morreu na minha casa?

TALVEZ DO FBI, acrescentou Hera.

Meu telefone tocou. Era Andy Baxter.

— Devo atender? — perguntei para Morrison.

Ela deu de ombros outra vez. Eu atendi.

— Oi, Andy.

— Charlie, tenho notícias boas e nem tão boas assim — anunciou ele. — Me diz o que você quer ouvir primeiro.

Esfreguei a testa.

— Vamos começar com as boas notícias.

— A boa notícia é que a seguradora vai cobrir um hotel por uma semana. Colocaram você no Bainbridge Express Inn. Conhece?

— Conheço.

A última vez que estive no Bainbridge Express Inn foi na noite do meu baile de formatura, quando reservei um quarto na esperança de que Vicki Harrington e eu fizéssemos uma festinha só nós dois mais tarde. Mas aí ela me largou assim que chegamos ao hotel para brigar com seu mais-ou-menos-ex-namorado, e tudo o que consegui no Bainbridge foram mordidas de percevejo. Considerando tudo isso, eu estaria melhor no Maxima do meu pai.

— Quais são as notícias nem tão boas assim?

— O FBI passou na minha casa perguntando sobre você.

— O FBI.

Olhei para Morrison, que ergueu as sobrancelhas, mas não disse nada.

— Eles queriam saber quando foi a última vez que falei com você e onde você estava agora.

— O que você respondeu?

— A verdade. Que tinha conversado com você algumas horas atrás e não sabia onde estava. Onde você está?

— Na casa de uma amiga — respondi, omitindo o fato de que a amiga em questão era uma gata que sabia digitar. — Ainda em Barrington. Não se preocupe, eles provavelmente vão me encontrar no Bainbridge, se já não tiverem um mandado para apreender meu celular e estiverem triangulando minha localização enquanto a gente conversa.

— Permita-me sugerir mais uma vez a contratação de um advogado criminalista. Isso não é uma crítica pessoal ao seu caráter, Charlie. Você é um cara legal. Mas estamos falando do FBI.

— Vou fazer isso — prometi.

— Posso te ajudar em alguma coisa? Dentro do meu alcance como seu advogado não criminalista.

— Agradeço, Andy. Estou bem. Obrigado. Por tudo.

— Cuide-se, Charlie.

— Pode deixar.

Desliguei e olhei para Morrison.

— Está sendo procurado pelo FBI, é?

— Pelo visto, quando um agente federal vira churrasquinho dentro da sua casa, o FBI quer fazer perguntas — comentei, mostrando meu telefone. — Imagino que eles já saibam onde estou.

Morrison assentiu.

— Então, o que quer fazer?

— E eu lá tenho alguma opção? — perguntei. — Estou falido, sem ter onde morar e com o FBI na minha cola. Minha casa pegou fogo, então acho que o acordo que tínhamos foi por água abaixo. A menos que você tenha uma ideia melhor, estou planejando ficar sentado na calçada até o FBI aparecer e então ver que defensor público pode me ajudar.

— Podemos fazer melhor que isso — disse Morrison. Ela se virou para Hera. — Cadê a bolsa do Charlie?

NA GAVETA DA ESCRIVANINHA, digitou a gata. Morrison olhou para mim e fez sinal para que eu verificasse. Puxei a gaveta e encontrei uma bolsinha. Abri o zíper e dei uma olhada.

Dentro, havia dois mil dólares em notas variadas, cartões de débito e crédito, uma carteira de motorista e um passaporte. Peguei o passaporte e folheei.

— Desmondo Jose Ruiz? — li, olhando para Hera.

AS PESSOAS TE CHAMAM DE "DES", digitou.

— Ninguém vai acreditar nisso.

— Claro que vão — garantiu Morrison. — Não é um passaporte falso. É real. Des Ruiz está no sistema há quase tanto tempo quanto você. Des emigrou para os Estados Unidos com a família quando ele tinha 2 anos e se naturalizou aos 15. A mãe, Cecelia, era dona de casa, o pai, Juan, consultor particular de investimentos; Des seguiu o caminho do pai. Ele se deu muito bem na vida e paga os impostos todo ano. Tem um crédito excelente e uma conta bancária de dar inveja, um apartamento em Schaumburg e uma casa de praia em Outer Banks, na Carolina do Norte. Ele é o mais real possível no que diz respeito ao governo dos Estados Unidos, e você é ele.

— Isso não faz sentido algum — falei.

— Faz todo o sentido se acreditar que seu tio esteve cuidando de você esse tempo todo.

— Para quê?

— Para que você tivesse um plano de fuga caso precisasse de um. E agora você precisa, e muito.

— Mas isso não explica por que ele *se importava* — insisti.

— Jake se importava porque você era da família. E porque, se Hera e eu decidíssemos que você estivesse à altura, ele tinha um trabalho para te oferecer e precisava de você vivo para isso.

— Como é que é?

— Havia uma razão para Jake querer que você o representasse no funeral, Charlie. Ele sabia que tipo de pessoa estaria lá e o que tentariam fazer. Seu tio queria saber o que *você* faria. O que você fez foi defendê-lo.

— Vocês também tinham câmeras na funerária, suponho — comentei.

A FUNERÁRIA TEM UMA OPÇÃO DE STREAMING, escreveu Hera. EU PAGUEI A MAIS POR ISSO.

— Você o defendeu mesmo não sendo obrigado e tendo mil motivos para fazer apenas o mínimo do que te pediram — continuou Morrison. — E era isso que queríamos ver.

— E por que queriam ver isso, exatamente?

PARA VOCÊ ASSUMIR O NEGÓCIO DO SEU TIO, digitou Hera.

— Estacionamentos — falei que nem um idiota, considerando tudo, mas as coisas estavam acontecendo rápido demais.

Morrison sorriu.

— Isso. Estacionamentos, Charlie. Mas eu estava pensando mais é no negócio *de verdade* dele.

AQUELE EM QUE ELE CRIA GATOS ESPIÕES QUE SABEM DIGITAR, escreveu minha gata.

— Seu tio era dono de estacionamentos porque isso sustentava o trabalho mais importante — explicou Morrison. — Buscar, financiar e criar o tipo de tecnologia e serviço que causa mudanças disruptivas aos paradigmas industriais e sociais atuais, a fim de oferecê-los, de forma confidencial, a empresas e governos interessados.

— Essa é uma ótima missão. Mas não explica o que ele *fazia* — comentei.

ELE ERA UM VILÃO, digitou Hera.

Olhei para o que minha gata tinha escrito e depois de volta para Morrison, que respondeu:

— Não usamos essa palavra em público, mas sim.

— E essa reunião para a qual o esfaqueador me convidou?

— Conferência de vilões — respondeu Morrison. — Como as de Davos, só que eles não fingem estar ajudando as pessoas.

— E eu iria para lá.

— Isso. Depois de visitarmos o covil no vulcão. Temos algumas questões a resolver lá primeiro.

— Covil no vulcão — repeti.

— Há uma boa razão para ser lá. Não é só para impressionar.

Tornei a olhar para Hera. Ela piscou lentamente para mim.

— Então... — completou Morrison. — Está dentro, Desmondo?

8

A ilha vulcânica de Santa Genoveva fica no sul do Caribe, mais ou menos oito quilômetros ao norte da ilha de Granada e oito quilômetros a oeste da ilha Ronde. É pequena — cerca de oito quilômetros quadrados —, mas tinha o dobro do tamanho até 1784, quando uma grande erupção vulcânica destruiu quase metade da ilha, matando trezentas pessoas. O vulcão permaneceu ativo depois disso, tanto acima quanto abaixo das ondas, e fez com que o governo britânico o declarasse, junto aos mares imediatamente ao redor, proibido para os moradores locais. Nos 150 anos seguintes, a ilha permaneceu oficialmente desabitada e deserta, exceto por visitas ocasionais de piratas, contrabandistas de rum e naturalistas ambiciosos.

Em setembro de 1940, o primeiro-ministro britânico Winston Churchill ordenou que a Marinha Real ocupasse a ilha e criasse um posto avançado onde o Reino Unido pudesse trabalhar em inovações científicas e militares de suma importância ao esforço de guerra, longe de olhares curiosos, espiões e ameaças de bombardeio ou invasão alemã. Em um ano, a base "Marlborough Park" estava pronta e em pleno funcionamento, com cientistas, militares e agentes da inteligência britânica aproveitando a abundante energia geotérmica fornecida por um vulcão ativo para tornar o posto avançado totalmente autossustentável.

Em agosto de 1942, os britânicos receberam em Marlborough membros do recém-formado Escritório de Serviços Estratégicos dos Estados Unidos. Os norte-americanos e sua equipe expandiram consideravelmente o tamanho e o escopo da base, adicionando uma vasta rede subterrânea de salas e túneis, além de estabelecerem um porto de serviço capaz de acomodar um submarino americano de classe Gato. Ao final da era do Pacífico da Segunda Guerra Mundial, Marlborough havia criado, ou auxiliado na criação de, dezenas de "brinquedos de espionagem" e armas militares clandestinas.

Após a guerra, os serviços de inteligência dos Estados Unidos assumiram o controle de Marlborough, arrendando-a dos britânicos e rebatizando-a de Estação Donovan. Em Donovan, a CIA continuou pesquisando e desenvolvendo tecnologias de espionagem, mantendo o controle sobre o sul do Caribe por quase cinquenta anos até enfim desocupar a base em 1992 com a dissolução da URSS e o fim da Guerra Fria.

Em 1993, a ilha inteira, incluindo a infraestrutura da Estação Donovan, foi comprada por um grupo de investidores do ramo imobiliário e do entretenimento chamado Genoveva Parcerias para o Desenvolvimento. O grupo planejava transformar a ilha de Santa Genoveva em um destino turístico temático, e a Estação Donovan (renomeada Baía Jenny) em um hotel de luxo, com cassino, parque de diversões e ancoradouro para navios de cruzeiro e iates. Os parceiros abordaram a Universal Pictures com a intenção de licenciar seus famosos personagens animados para o parque de diversões, exibindo planos para uma montanha-russa do Pica-Pau (feita de madeira, é claro) e um tobogã do Picolino.

Em poucos anos, porém, os planos para transformar o lugar em um destino turístico viraram um caos, sofrendo com objetivos incompatíveis, altos custos de desenvolvimento e corrupção. Na virada do século, os diferentes investidores da Genoveva Parcerias para o Desenvolvimento tinham vendido todas as suas ações, às vezes por centavos, para um dos investidores iniciais menores, a Hotéis Allegheny LTDA. À medida que o novo milênio chegava, a rede se tornou a única proprietária do local e dos direitos de desenvolvimento para toda a ilha de Santa Genoveva, e fez isso aproximadamente pelo mesmo valor de uma cobertura no Upper West Side, em Manhattan, ou de uma mansão nas montanhas de Malibu.

No entanto, em vez de dar continuidade aos planos de transformar Santa Genoveva em um destino turístico, a Hotéis Allegheny retomou as pesquisas e o desenvolvimento de tecnologia, reformou a antiga base, trouxe novos equipamentos e sistemas de energia e convidou empresas científicas e tecnológicas para aproveitar as vantagens da energia limpa, do relativo isolamento e de certa vista grossa legislativa para lhes oferecer uma vantagem sobre os concorrentes. Em um ano, várias empresas haviam realocado para Santa Genoveva seus departamentos de P&D, em maior ou menor grau, trabalhando nas mais diferentes áreas como biotecnologia, softwares e hardwares de segurança, desenvolvimento de satélites e fontes alternativas de energia.

Todas essas empresas eram de propriedade privada, assim como seu locador, a Hotéis Allegheny. E todas eram de propriedade, diretamente ou por meio de empresas intermediárias, da mesma empresa: a Baldwin Holdings LTDA.

A qual, por sua vez, era propriedade de um homem: Jake Baldwin.

Meu tio.

Que, sabiamente, decidiu me colocar no comando de tudo isso.

— Boas notícias — anunciou Morrison para mim. — É possível que você tenha morrido queimado em um incêndio.

Nós dois, junto das gatas, estávamos no convés da *Jennifer Lawrence*, uma pequena balsa que transportava passageiros e carga entre Santa Genoveva e Granada, e, com menos frequência, entre Santa Genoveva e a ilha de São Vicente. A *Lawrence* era uma das três embarcações operadas pela Hotéis Allegheny para uso dos inquilinos de Santa Genoveva, todas batizadas em homenagem a atrizes; havia também a *Jennifer Tilly* e a *Jennifer Lopez*. A *Lawrence* estava a caminho da Baía Jenny; o desembarque não demoraria muito.

A viagem para Santa Genoveva tinha sido tão tranquila que chegava a provocar suspeita. De Barrington, nós (eu, Morrison e as gatas) fomos para o Aeroporto Regional de Schaumburg, onde embarcamos em um jatinho executivo da Baldwin Holdings, a empresa guarda-chuva do meu tio. A presença da aeronave lá não era uma coincidência; o corpo do tio Jake chegara naquele avião, antes de ser transportado para a Funerária Chesterfield. Morrison acompanhara o corpo na vinda; ficou combinado que as cinzas seriam enviadas mais tarde. Minha carteira de motorista foi verificada pelo piloto de forma mecânica e sem comentários. No avião, havia uma muda de roupa e sapatos novos para mim. Muito grato, tirei o terno antes da decolagem e o coloquei em um saco de lixo fornecido pelo comissário de bordo, que o jogou pela porta para a equipe de solo que estava esperando. Já foi tarde.

Do Aeroporto Regional de Schaumburg voamos para o Aeroporto Internacional de Mobile, no Alabama, onde um avião particular nos levou para as Ilhas Cayman. Dentro da aeronave, pediram meu passaporte. Eu o entreguei e o recebi de volta sem perguntas. Des Ruiz era um menino de verdade agora. A essa altura, já havia passado da minha hora de ir para a cama. Dormi no avião, com Perséfone ronronando no colo.

Aterrissamos nas Ilhas Cayman no início da manhã para reabastecer e então voamos direto para Granada, onde um carro e um motorista nos esperavam bem na pista. Pouco depois, estávamos no mar, navegando em direção a Santa Genoveva. O dia estava fresco, na casa dos oitenta graus Fahrenheit (vinte e tantos graus Celsius, eu me corrigi; afinal, agora estávamos em uma parte do mundo que usava o sistema métrico), e havia uma brisa agradável atravessando o convés. Pelo que dava para ver até então, a ilha do meu tio, seja lá o que mais fosse, parecia um paraíso tropical.

Não sei como outras pessoas se saíram sendo fugitivas do FBI, mas as coisas estavam correndo muito bem para mim.

— *É possível* que eu tenha morrido queimado — falei para Morrison, retornando ao assunto da minha possível morte. — Por que a incerteza?

— Talvez você precise estar vivo mais tarde — respondeu ela.

— Para o FBI poder adicionar fuga às minhas prováveis acusações?

— Vamos esclarecer essa questão antes disso.

— Ah, é? Como? — questionei.

— Não se preocupe com isso no momento. Saiba que, vivo ou morto, você estará muito bem representado pelos advogados pessoais do seu tio, que agora são seus também.

— Onde foi que eu talvez tenha morrido queimado?

— No Bainbridge Express Inn.

— Você queimou um hotel inteiro?

— Inteiro não. Só uma parte.

— Eu nem fiz o check-in.

— Claro que fez. Estava inclusive usando aquele seu terno.

— E se verificarem com a equipe do hotel? Ou nas câmeras de vigilância?

— Você estava de máscara cirúrgica quando fez o check-in. As pessoas ainda fazem isso, sabia?

— Não com frequência.

— Você andava tossindo.

— Qual é a desculpa para o incêndio?

— Fiação defeituosa. O que o Bainbridge certamente tem: o hotel já foi advertido e multado por isso.

Pensei no assunto por um instante.

— E tem um corpo?

— Foi um incêndio bem intenso.

— Desculpe, acho que não fui claro no meu questionamento — insisti. — Você plantou no quarto, ou fez com que outra pessoa plantasse, um corpo, vivo ou morto, para dar a impressão de que eu morri lá?

— Acha que eu faria isso? — perguntou Morrison.

— Você trabalhou para um vilão e namorou um esfaqueador — retruquei. — Eu acredito *cem por cento* que faria isso.

Morrison sorriu.

— Não. Não havia nenhum corpo, vivo ou morto, no quarto no momento da explosão. Seu terno, no entanto, estava lá. E, respondendo à próxima pergunta: não, nenhum outro hóspede do hotel ficou ferido. Todos sobreviveram ao incêndio. Exceto você. Possivelmente.

— Você tem experiência com esse tipo de coisa — comentei.

— Existe um motivo para todos no funeral do seu tio terem tentado se certificar de que ele estava mesmo morto — respondeu Morrison.

— Nenhum dos supostos colegas de negócios do tio Jake acha que estou morto, acha?

— De forma alguma. E, mesmo se estivesse, eles ainda fariam seu cadáver comparecer à reunião.

— É tão importante assim?

— É muito importante para eles, sim.

Ouvi um zumbido; a *Lawrence*, que vinha manobrando lentamente em direção à doca, agora estava parada e sendo aportada.

— É importante para *nós*?

— Não tão importante quanto o que você está fazendo aqui — disse Morrison.

— E o que seria isso, exatamente?

— Seu tio ficou doente por um tempo. Para a maioria das empresas dele, isso não fazia diferença. Todas têm seus próprios diretores e funcionários, e Jake os deixava em paz, fazendo o próprio trabalho. — Morrison gesticulou na direção da terra. — Este lugar era o que importava para ele. Onde Jake fazia seu trabalho de verdade.

— Ser um vilão — completei.

— Já te falei que não usamos essa palavra em público.

— Não vejo por que não. Funciona perfeitamente.

— Para uso público, é reducionista. Em particular, oferece algumas vantagens, que você descobrirá em breve — explicou ela. — Mas no *seu* caso não teremos muita vilania, de qualquer maneira. Você é necessário para algo bem diferente.

Eu assenti.

— Sou um idiota útil.

— Eu ia dizer "cargo administrativo".

Dei uma risada.

— Sabe, a última vez que fiquei responsável por alguma coisa, eu era editor do jornal da escola — contei. — Acabei sendo suspenso.

— Ninguém mais vai te suspender.

— Não vai. Em vez disso, posso acabar morto.

Morrison assentiu na direção da costa.

— É mais difícil fazer isso aqui.

— Eu preferiria que você tivesse dito "impossível".

Dessa vez foi Morrison quem riu.

— De vez em quando alguém tentava matar seu tio, mas raramente passava pelos golfinhos.

— Os golfinhos — repeti.

Morrison acenou para a água.

— Eles patrulham as águas ao redor da ilha. Pouquíssima coisa passa por eles.

— Então temos golfinhos inteligentes.

— Quer dizer, os golfinhos sempre foram inteligentes. Só que agora trabalham com a gente. — Morrison me encarou. — Você conheceu gatos que sabem digitar, Charlie. Não aja como se golfinhos inteligentes fossem demais.

— Como eles são?

— Os golfinhos? — perguntou Morrison. Eu assenti. — Vou deixar você descobrir isso sozinho. Não quero estragar a surpresa.

Ela olhou para o píer, onde um homem e um gato estavam caminhando em direção à *Lawrence*.

— Vamos — chamou, dando um tapinha no meu braço. — Nosso comitê de boas-vindas chegou.

Cinco minutos depois, tínhamos desembarcado e seguíamos em direção ao homem e ao gato. Hera e Perséfone foram na frente e cumprimentaram o gato que se aproximava, um frajola de pelo curto. Hera e o novo gato deram uma breve cabeçadinha, e então os três se viraram e rumaram até a ilha. Eu estava prestes a chamar minha gata quando Morrison balançou a cabeça.

— Deixa — falou, e acenou com a cabeça para os gatos que se afastavam. — Esse é o chefe da Divisão de Inteligência Felina. Hera e Perséfone precisam apresentar seus relatórios.

— Você entende o quanto isso ainda é estranho para mim, né?

— Você teve um dia inteiro para assimilar as coisas. Supera — retrucou Morrison.

— Sendo durona, entendi. Muito eficaz.

— Você terá mais motivos para surtar em breve — prometeu ela.

Então sorriu, gritou e estendeu os braços para o homem que vinha em nossa direção. Ele retribuiu o sorriso, levantou os braços também e os dois se abraçaram.

— Charlie, este é Joseph Williams — apresentou Morrison depois que eles se afastaram. — Além de ser o melhor dançarino de Santa Genoveva, também é o gerente-geral da Hotéis Allegheny. Isso significa que ele manda na área.

— Ora, ora — disse Williams. — Nós dois sabemos que isso não é verdade. Eu não mando na área. Sou apenas responsável por tudo isso.

— Ele manda aqui — me garantiu Morrison. — Não deixe que ele te convença do contrário. Joe, este é Charlie.

— Sr. Fitzer — cumprimentou Williams. — Bem-vindo à Baía Jenny e a Santa Genoveva. E permita-me oferecer meus sentimentos pelo falecimento de seu tio Jake.

— Obrigado. Embora devesse ser o contrário. Você o conhecia. Eu, não — respondi.

— Eu realmente o conhecia — concordou Williams. — Todos nós o conhecíamos. E estamos ansiosos para trabalhar com você, sr. Fitzer.

— Por favor, me chame de Charlie. Ser chamado de sr. Fitzer me faz sentir como se eu ainda fosse um professor substituto aqui — pedi.

Williams riu disso.

— De forma alguma podemos permitir uma coisa dessas. — Ele esticou a mão. — Charlie. Bem-vindo.

Apertei a mão de volta.

— Acabei de contar ao Charlie sobre os golfinhos — comentou Morrison.

Williams inclinou a cabeça.

— Ah, é? Contou sobre nossos infortúnios?

— Vocês tiveram infortúnios com golfinhos? — perguntei.

— Não entrei em detalhes. Queria que fosse uma surpresa — explicou Morrison.

— Ah — exclamou Williams, e então olhou para mim. — Surpresa, Charlie.

— Que infortúnios? — insisti.

— Eles estão pensando em fazer uma greve — explicou Williams.

— Tipo uma greve trabalhista? — sugeri, tentando esclarecer o assunto. — Uma greve tipo "Vamos encher aquele pelego de porrada"?

Williams assentiu.

— De novo.

— *De novo* — repeti, que nem um idiota.

— Talvez fosse melhor a gente dar uma visão geral para o Charlie primeiro. Vamos explicar no que ele se meteu antes que tenha que lidar com os golfinhos — sugeriu Morrison.

— Não, não — interrompi, levantando a mão. — Já saquei que você está tentando me enfiar em um monte de reuniões. Antes de ter que ficar preso em uma sala assistindo mil apresentações de PowerPoint, acho que quero ver os golfinhos em greve primeiro.

— Tem certeza? — questionou Williams. — Você vai mergulhar de cabeça.

— Certeza.

Williams se virou para Morrison.

— Gostei dele. É corajoso.

— Aham. Não muito esperto, mas corajoso — disse Morrison.

— Não sou seu chefe agora? — perguntei para ela.

— E quer que eu seja toda subserviente do nada?

— Talvez.

— Boa sorte com isso, chefe.

Eu a ignorei e me virei para Williams.

— Só para esclarecer, quando você falou "mergulhar de cabeça" foi força de expressão, né? Não vou estar na água com os golfinhos quando conversarmos.

Williams balançou a cabeça.

— Ah, não, Charlie. Nunca nade com os golfinhos durante uma disputa trabalhista. Não importa o quanto eles tentarem te convencer do contrário.

9

Os escritórios da Divisão de Cetáceos ficavam a uma curta caminhada do cais, em uma lagoa artificial protegida e parcialmente fechada que se estendia por algumas centenas de metros. Lá dentro, um grupo grande de golfinhos nadava e brincava. A maioria se movia de forma aleatória — ou, pelo menos, de uma forma que me parecia aleatória —, porém, mais ou menos no meio da lagoa, perto de uma parede interna, seis deles estavam reunidos em duas fileiras, guinchando alto para uma mulher em traje de mergulho. Ela não parecia satisfeita.

— O que está acontecendo? — perguntei enquanto caminhávamos em direção aos animais.

— Uma reunião de reclamação — explicou Williams.

— Que reclamações um golfinho poderia ter?

— Que reclamações um golfinho *não* poderia ter? — disse Morrison.

Ao final do caminho, chegamos à doca perto da lagoa. A mulher em traje de mergulho se virou e nos notou.

Hora da verdade: até aquele momento, eu nunca tinha visto um golfinho na vida real.

Mentira. Devo ter visto um golfinho em alguma excursão ao Aquário Shedd quando estava no quinto ano ou coisa assim. Mas nunca tinha feito nenhum esforço para ver um. Excursões à parte, aquários não eram minha praia e, na vida adulta, "nadar com golfinhos" parecia bizarro e objetificador. Não consigo imaginar que um deles realmente queira passar a vida sendo abraçado por uma sequência infinita de amantes de golfinhos bêbados e meninas pré-adolescentes, e eu não queria passar um único minuto com membros de nenhum desses grupos para fazer a mesma coisa.

Durante nossa lua de mel em Maui, no Havaí (eu sei), Jeanine e eu fizemos um cruzeiro ao pôr do sol (eu sei) que prometia que veríamos golfinhos (eu *sei*), mas os organizadores do passeio não consultaram os golfinhos, e nenhum apareceu. Foi nesse cruzeiro que Jeanine descobriu que ficava terrivelmente enjoada em barcos de médio porte e vomitou três drinques mai tai e a comida do "bufê de luau" do navio nas minhas calças e sandálias. Não foi um bom começo para a vida de casados. Não acho que ver golfinhos teria ajudado.

Tirando o fato de que seis deles estavam organizados em duas fileiras de três, nadando em silêncio na água bem à nossa frente, eles pareciam golfinhos comuns. Eu sabia que deviam pertencer a uma espécie específica, mas não tinha ideia de qual poderia ser; fisiologia de golfinhos não era minha especialidade. Notei que um deles, no centro da primeira fileira, estava boiando perto do que parecia ser um microfone.

— Eles falam? — perguntei.

O golfinho chiou alguma coisa.

— Quem é esse *filho da truta*? — emitiu um alto-falante próximo.

— Acho que isso responde — comentei.

— Filho da truta! Filho da truta! — começaram a gritar os outros golfinhos em uníssono.

A mulher em traje de mergulho se virou para eles e disse:

— É o novo chefe de vocês, seus cretinos despolegados.

— Foda-se ele! E foda-se essa sua visão de mundo manucêntrica!

— "Manucêntrica"? — questionei.

— Não é o que você pensa — disse a mulher em traje de mergulho, levantando-se e vindo na minha direção. — *Manus* é "mão" em latim. "Manucêntrico" é a palavra que eles inventaram de usar quando querem nos acusar de preconceito.

— Fodam-se seus dedos! — exclamou o golfinho do meio.

— Fora com os dedos! Fora com os dedos! — entoaram os outros golfinhos, resolvendo participar da discussão.

Falando em mãos, a mulher em traje de mergulho estendeu a dela.

— Astrud Livgren. Relações cetáceas.

Apertei a mão dela.

— E como vão essas relações?

Astrud olhou para trás.

— A mesma coisa de sempre.

— Ela é uma escrota! — gritou o golfinho do meio.

— Então eles são sempre assim?

— Estamos bem *aqui*, porra! Pode perguntar, seu primata bípede!

Levantei as sobrancelhas para Livgren.

— "Primata" é novidade — comentou ela. — Eles misturam vários insultos para ver o que funciona. Você se acostuma. — A mulher gesticulou para os golfinhos. — Por favor, fiquem à vontade.

Eu me aproximei deles. Os guinchos diminuíram.

— Oi. Vocês são os primeiros golfinhos que estou conhecendo.

— Olha só, grande merda — resmungou o golfinho do meio.

Por um breve momento, pensei no software de tradução que tinha a capacidade de pegar os assobios e estalos de um golfinho e traduzir para "grande merda", mas continuei:

— Meu nome é Charlie Fitzer.

— Oi, Charlie — disse o golfinho. — Meu nome é Tô Nem Aí, e esses são meus companheiros Caguei, Foda-se, Vaza Daqui, Quebra Tudo e Abaixo a Burguesia.

— Prazer em conhecê-los. Pelo que entendi, temos algum tipo de disputa trabalhista, é isso?

Tô Nem Aí bufou.

— Como se você desse a mínima.

— Eu também era filiado a um sindicato. O Chicago Tribune Guild.

— Mas não é mais, né? Agora você é da gerência! Uma fístula burguesa supurante de opressão!

— Fístula burguesa! Fístula burguesa! — repetiram os outros golfinhos em uníssono.

— Não vou mentir, estou impressionado que vocês levam jeito para as palavras.

— Não seja condescendente com a gente, seu monte ambulante de verrugas — disse Tô Nem Aí. — Se vai continuar com as políticas trabalhistas repressivas do seu tio, pode ir se foder lá na casa do cacete.

— Lá no cacete! Lá no cacete!

Olhei de volta para Morrison.

— O tio Jake era contra sindicatos? — perguntei.

— Ele era da opinião de que animais não tinham legitimidade legal para formar sindicatos — explicou Morrison.

— O que os gatos acham disso?

— A maioria deles está em cargos de gerência.

— Gatos são uns pelegos. Um bando de traidores peludos, aqueles desgraçadinhos — comentou Tô Nem Aí.

— Como...? — Eu me virei para Livgren. — Como é que os golfinhos têm consciência de classe, para começo de conversa?

— As sociedades deles são complexas — respondeu ela. — Não necessariamente têm paralelos exatos com as sociedades humanas, mas dá para fazer analogias de modo geral, e pelo visto a ideia de classe é uma que funciona para eles. Além disso, meu antecessor nessa função leu *O capital* e outros textos sobre economia para os golfinhos.

— Temos uma educação melhor que a sua, seu Habsburgo de cérebro liso chorumento — disse Tô Nem Aí.

— Eu estudei na Northwestern — falei, só um pouco na defensiva.

— Aaaaah, nossa, na *Northwestern* — repetiu Tô Nem Aí. — Maldito capacho dessas faculdades que só se preocupam com futebas, você deve ter *tanto* orgulho.

— Capacho! Capacho!

— Vocês se esqueceram da Universidade Rutgers — retruquei, mas então olhei de volta para Livgren. — Ainda assim, essa é uma informação bastante esotérica para uma criatura marinha.

A mulher deu de ombros e apontou:

— Temos um projetor a laser e eles sabem usar o controle remoto. Passam bastante tempo vendo TV. Futebol americano universitário é um dos programas favoritos.

— O que eles fazem quando estão trabalhando?

— Segurança e inteligência. Patrulham as águas ao redor de Santa Genoveva e nos alertam sobre qualquer pessoa ou coisa fora do comum. Também coletam informações sobre movimentação e comunicação náuticas.

— É bastante coisa.

— Vocês não conseguiriam fazer bosta nenhuma sem a gente. Seria uma pena se tivéssemos que entrar em greve — exclamou Tô Nem Aí.

— Vocês já entraram em greve antes? — perguntei.

Tô Nem Aí calou a boca e desviou o olhar.

— Eles já ameaçaram. Mas nunca cumpriram — comentou Williams quando olhei para ele e Morrison.

— Por que não? — continuei.

— Não têm força de manobra — disse Morrison.

— Como assim?

— Significa que somos escravos de vocês, seus merdinhas — respondeu Tô Nem Aí.

Olhei de volta para Morrison com uma expressão preocupada, e ela explicou:

— Eles são livres para ir embora quando quiserem. Nós não os rastreamos. Bem, só enquanto estão em serviço, isso faz parte do trabalho. Só que não vamos impedir se um ou mais golfinhos decidir que quer ir embora. Mas eles não vão.

— Por que não? — perguntei para Tô Nem Aí.

— Pelo mesmo motivo que você não abandona sua casa para ir morar na selva com um bando de bonobos de merda, seu lixo explodindo de pus — respondeu Tô Nem Aí.

Até pela tradução computadorizada eu percebi que ele (ela? Não sei como diferenciar o gênero dos golfinhos, e não era hora de perguntar) não tinha dedicado o mesmo ímpeto a esse último insulto.

— Há desvantagens em ser inteligente — disse Livgren. — Ou, para ser mais exata, em ter uma inteligência mais humana do que outros membros de sua espécie. — Ela gesticulou para os seis golfinhos. — Eles ficam entediados com facilidade. Não se integram bem com membros inalterados da própria espécie. Já viram como os humanos costumam tratar mamíferos marinhos em cativeiro.

— Porra, aquele documentário, *Blackfish* — comentou Tô Nem Aí.

— Eles reclamam muito, mas também sabem quais são as alternativas — continuou Livgren. — Recebem um belo pagamento e são bem-cuidados, e suas necessidades como grupo e como indivíduo são atendidas. É uma troca justa pelo trabalho.

— Não é só isso e você sabe — rebateu Tô Nem Aí, e acho que essa foi a primeira frase sem um insulto, ou um palavrão, ou ambos.

Antes que eu pudesse perguntar o que isso significava, Williams pigarreou.

— Charlie, temos outras coisas a resolver.

— Isso mesmo, dá no pé, seu cagão — disse Tô Nem Aí.

— Dá no pé! Dá no pé!

— Volto em breve. Tem algo aqui que preciso investigar — decidi.

— Claro — falou Williams com um sorriso. — Agora você é o chefe, Charlie. Não precisa fazer as coisas do jeito que seu tio fazia. Mas tudo o que Jake fazia tinha um motivo, e é importante você saber quais são eles.

Williams fez um sinal para me afastar dos golfinhos. Eu me virei para Tô Nem Aí e implorei:

— Não entrem em greve por enquanto, por favor.

— Olha só, ele pediu "por favor", isso resolve *tudo* — respondeu o golfinho. O momento de introspecção claramente havia passado.

— Vou dar uma olhada nessa questão — prometi.

— Chupa, Northwestern — retrucou Tô Nem Aí.

— Chupa! Chupa! — entoaram os golfinhos.

— Bem, correu tudo como você esperava? — perguntou Morrison, enquanto nos afastávamos da lagoa.

— Não sei bem o que eu estava esperando ou imaginando.

— Provavelmente não era golfinhos boca-suja — opinou ela.

— Eles parecem ter a boca bem suja mesmo.

— Se você fosse um golfinho sem opções, talvez também teria, Charlie.

Parei para pensar nisso.

— Você está do lado dos golfinhos aqui?

— Entendo o ponto de vista deles.

— Mas você *concorda*?

Morrison me encarou.

— Não era meu trabalho concordar ou discordar. Meu trabalho era fazer o que seu tio precisava que fosse feito.

— Isso permite muita flexibilidade moral — comentei, depois de considerar as palavras dela.

— É um bom eufemismo — concordou Morrison.

— Qual é seu trabalho agora?

— A mesma coisa. Só que agora envolve você também. Está na hora de ver o quão flexível é sua moralidade, Charlie. Porque é bom você saber que vai ter que fazer um baita alongamento.

10

Uma imagem de Ernst Stavro Blofeld apareceu na tela, com gato persa branco e tudo.

— Quando você pensa em um vilão, provavelmente é isso que vem à sua cabeça — começou Eve Yang, a chefe do departamento de RH da Allegheny em Santa Genoveva e, pelo visto, a encarregada da minha sessão de orientação. — Ou isso. — Uma imagem do Dr. Evil apareceu, com o dedo no canto da boca. — Ou até mesmo isso.

O Dr. Evil foi substituído por Thanos, sem dúvida logo após matar metade do universo, o que nunca fez sentido pensando na escala das coisas, mas não havia como discutir com bilhões de dólares em bilheteria, então não falei nada.

Outra imagem apareceu, uma foto de banco de imagens mostrando um grupo de pessoas jovens, atraentes e de diferentes raças e origens étnicas usando ternos.

— Mas, na verdade, eles são assim — completou Yang.

Eu assenti.

— Autômatos corporativos desalmados — concluí.

Yang franziu os lábios.

— Não acho que foi isso que ela quis dizer — comentou Morrison, também presente na sessão junto de Williams e Hera, que estava instalada em sua própria mesa com um teclado. Eu tinha ficado irracionalmente feliz em rever minha gata.

— Foi mal — respondi. — Banqueiros de investimento.

— Charlie.

— Desculpa.

Yang deu um sorriso firme antes de esclarecer:

— Eles são como todo mundo.

Que nem assassinos em série, pensei, mas não falei, porque já tinha percebido que meu estilo de humor não estava fazendo sucesso.

A sala de conferências em que estávamos acomodados era de uma normalidade deprimente, parte de um complexo igualmente normal. Tirando o fato de que ficava em uma pequena ilha vulcânica do Caribe, onde havia golfinhos falantes e gatos que digitavam, poderia ser a sala de conferências de qualquer rede de hotéis nem cara nem barata em qualquer parte do mundo. Havia até garrafinhas de água, embora fossem feitas de papel biodegradável. O tipo de vilania do meu tio não se estendia ao uso desenfreado de plástico.

— A razão pela qual eles são como todo mundo é porque "vilão" não envolve um estado de espírito ou um juízo de valor. É um cargo — continuou Yang.

Ela apertou um botão no controle remoto em sua mão; as pessoas sorridentes da foto de banco de imagens desapareceram e um novo slide surgiu, um fundo em gradiente azul com as palavras "O que significa ser um vilão?" em amarelo.

— Eles fazem essa apresentação para todos os recém-contratados? — sussurrei para Morrison.

— Para executivos e gerentes, sim — respondeu ela. — Fica quieto e presta atenção.

Fiquei quieto e prestei atenção.

E o que entendi foi que vilões, pelo menos para os propósitos daquela apresentação de RH em particular, não eram pessoas ruins nem malignas. Eram, na verdade, disruptores profissionais: pessoas que olhavam para sistemas e processos, encontravam pontos fracos, brechas e consequências não intencionais de cada um deles e então tiravam proveito da situação, seja para vantagem própria ou para a vantagem de sua base de clientes. Essas atividades, Yang explicou, não eram inerentemente boas nem ruins em si: isso dependia apenas do ponto de vista da pessoa.

— Então por que se chamar de vilão? — perguntei.

Yang franziu os lábios outra vez. Dava para ver que eu não tinha caído nas graças dela, mesmo que fosse, para todos os efeitos, seu novo chefe.

— Há algo errado com esse termo? — questionou ela.

— Não. É só que o uso real da palavra há centenas de anos é diferente do que você está dizendo que ela significa aqui, não importa o quanto você tente disfarçar.

— O que você prefere? — perguntou Morrison.

— Não sei, acabei de chegar aqui. Exploradores de sistemas? Mineradores de brechas? Árbitros do caos?

VOCÊ NUNCA TRABALHOU EM MARKETING, digitou Hera.

— A gente teria que melhorar essas ideias — admiti.

Yang abriu a boca para falar, mas Morrison levantou a mão e explicou:

— Seu tio insistia que usássemos essa denominação. O que fazemos aqui, por definição, terá resultados negativos para as pessoas cujos sistemas e processos atrapalhamos. Ao nos apropriarmos do título de "vilão", enfraquecemos seu poder quando outras pessoas o usam contra nós.

Indiquei a apresentação com um gesto.

— Então por que fazer isso? Por que ficar buscando justificativas assim?

— Se eu puder continuar minha apresentação… — pediu Yang.

— Na verdade, é melhor não — disse Morrison. Yang pareceu chateada. — A apresentação é para as pessoas que já compraram a ideia do que fazemos aqui. Charlie ainda está tendo dificuldade para aceitar.

— Um péssimo sinal, já que era para ele ser o chefe — comentou Williams, pegando uma garrafa biodegradável de água.

— Não estou tendo dificuldade. Estou aqui, não estou? — argumentei.

SUA ÚNICA OUTRA OPÇÃO ERA UM HOTEL QUESTIONÁVEL E NENHUMA ROUPA LIMPA. E O FBI QUERENDO TE INTERROGAR, digitou Hera.

— Mais uma razão para eu entrar nessa sem questionar.

— Não, concordo com Til. O PowerPoint não é para você — afirmou Williams.

— Só fiz uma pergunta — reclamei, e me virei para Yang. — Está me dizendo que ninguém mais perguntou por que vocês se autodeclaram vilões?

Yang olhou para Morrison e então balançou a cabeça e respondeu:

— Quando as pessoas chegam aqui, já embarcaram na ideia. O objetivo desta apresentação é fornecer um referencial para que reflitam a respeito do termo.

— Para que saibam que nem tudo são risadas maníacas e planos para dominar o mundo com um laser gigante — brinquei.

Yang olhou para Morrison outra vez.

— Espera, existe *mesmo* algum plano para dominar o mundo com um laser gigante? — perguntei.

— Este é o Chac Quatro — anunciou Morrison, apontando para um objeto do tamanho de um contêiner em uma plataforma própria de concreto do lado de fora de um complexo de laboratórios.

Na parte de cima do objeto havia uma variedade do que pareciam ser tubos apontando para o céu, por onde algumas nuvens brancas e fofas passavam preguiçosamente. Nessa excursão, éramos só nós dois. Yang tinha ficado para trás, provavelmente para preparar outras apresentações que eu interromperia, e Williams tinha ido embora, afinal ele mandava na área e tinha trabalho de verdade para fazer. Hera, por ser uma gata, estava tirando uma soneca.

— O que é um Chac? — perguntei, olhando para aquele aparelho enorme.

— Chac é o deus maia da chuva — explicou Morrison. — O Chac Quatro é a quarta versão de uma máquina a laser de produção pluvial que a Regenwolke Systems, uma das empresas de tecnologia menores do seu tio, está fabricando para a Mayland-Gibson por meio de um acordo de licitação.

— Mayland-Gibson, a empresa gigantesca que faz tudo para o governo — esclareci.

Eu tinha feito uma reportagem a respeito deles alguns anos antes, em cima de um pequeno escândalo contábil. A vice-presidente da empresa havia usado dinheiro de quem paga imposto para comprar um Tesla para o amante. Essa história não terminou bem para a mulher.

— A própria — confirmou Morrison, e gesticulou para o Chac Quatro. — Esta máquina faz parte de uma licitação da MG para o Departamento de Agricultura, fornecendo tecnologia confiável de produção de chuva aos fazendeiros do oeste dos Estados Unidos. Você aponta os lasers para as nuvens lá em cima, eles ionizam as moléculas de água e isso ajuda a induzir chuva ou coisa do tipo.

— E funciona de verdade.

— Funciona bem o suficiente para que esteja na quarta versão. A primeira era do tamanho de um celeiro e nada portátil. Esta versão é pequena o bastante para ser transportada em cima de um caminhão para onde há nuvens. Há uma em funcionamento no oeste do Texas neste exato momento.

— Entendi. Mas então cadê a vilania? Cadê o plano de dominar o mundo?

Morrison enfiou a mão no bolso do blazer e tirou o que devia ser seu celular, deu um toque nele e então me entregou o aparelho no modo paisagem. Na tela havia um aplicativo que mostrava uma pequena representação curva da Terra, com um grande número de pontinhos em uma nuvem por cima. Os pontos na nuvem estavam se movendo, alguns desaparecendo de uma borda da tela e outros surgindo do lado oposto.

— O que é isso? — perguntei.

— É um mapa de cada satélite artificial sobre Santa Genoveva em tempo real — informou Morrison. — Toque em um dos pontos. Qualquer um serve.

Fiz isso; o pontinho se expandiu e uma pequena caixa de diálogo apareceu, identificando-o como sendo de propriedade e operação do Ministério da Defesa Nacional da China. Outra caixa de diálogo então surgiu: "Toque para rastrear". Toquei.

Um dos tubos no topo do Chac Quatro ganhou vida e girou. Uma nova caixa de diálogo apareceu. "Toque para agir", dizia.

— Está perguntando se eu quero agir — comentei.

— Vá em frente — encorajou Morrison. — Mas talvez seja melhor parar por aí.

Depois que apertei o botão, entendi por que ela me aconselhou a não continuar. Havia três opções naquele momento: "Interromper", "Desestabilizar" e "Destruir".

Olhei para Morrison.

— Isso é sério?

— Você quer saber se seria possível apertar um botão e usar o Chac Quatro para derrubar um satélite espião chinês?

— Quero, sim, exatamente.

— É sério — confirmou Morrison. — Nada aconteceria *agora* se você apertasse qualquer um desses botões, porque Eve Yang não terminou de te cadastrar no sistema. Você precisa ter seu próprio celular e sua própria identificação biométrica. Mas, uma vez no sistema, sim, com certeza vai poder fritar aquele satélite. Ou, se não quiser destruí-lo, pode usar o laser para empurrá-lo para fora da órbita, ou bagunçar seus sistemas de comunicação.

Ela estendeu a mão para pegar o telefone de volta e eu o devolvi sem hesitar. Morrison fechou o aplicativo e guardou o aparelho no bolso do blazer. O satélite espião chinês estava seguro, por enquanto.

— Então demos a capacidade de derrubar satélites estrangeiros ao... Departamento de Agricultura dos Estados Unidos — falei.

Isso fez Morrison sorrir.

— A versão móvel do Chac Quatro não consegue mexer com nada além de nuvens — explicou. — Foi o que a Mayland-Gibson pediu, e foi isso que entregamos. Entre as várias outras razões pelas quais a versão deles não consegue disparar contra satélites, está o fato de que ela não tem energia suficiente nas baterias portáteis para fazer um feixe coerente sair da atmosfera. Mas aqui, o modelo de pesquisa do Chac Quatro tem características diferentes, mais poderosas. E está extraindo uma energia quase ilimitada a partir de um vulcão ativo.

— E é o suficiente para fritar um satélite?

— É o suficiente para escrever minhas iniciais no Mar da Tranquilidade, Charlie.

— Eu... não tenho como verificar isso.

— Temos um telescópio, se quiser dar uma olhada.

— Então o que estamos fazendo com essa habilidade? — perguntei. — Chantageando governos ou empresas? "Nos paguem, ou faremos seus satélites virarem pedacinhos"?

— Tentar chantagear os Estados Unidos ou a China seria uma ótima maneira de transformar Santa Genoveva em uma cratera fumegante — disse Morrison. — Um vilão estúpido faz ameaças, Charlie. Um vilão inteligente oferece serviços.

Fiquei confuso.

— Oferecemos serviços de explosão de satélites?

— Temos uma clientela exclusiva que, por uma taxa anual recorrente, tem a opção de usar nossa capacidade de impor desafios logísticos aos concorrentes. No espaço.

— Então isso significa que oferecemos.

— Significa que "Nós ganhamos muito dinheiro oferecendo um serviço que ninguém usa". O tipo de cliente que temos não nos paga para explodir satélites. Eles nos pagam para ter a satisfação de saber que *poderiam* explodir satélites.

— E quanto isso vale?

— No ano passado, a Consultoria Baldwin, a empresa por meio da qual seu tio filtrava esse tipo de remuneração, arrecadou 68 milhões em serviços de consultoria sobre tecnologia de satélite.

— Isso é muita coisa.

— E é lucro líquido. — Morrison assentiu para o Chac Quatro de novo. — A pesquisa e o desenvolvimento da tecnologia Chac recebe financiamento total da Mayland-Gibson, que faz isso por meio de subsídios do governo dos Estados Unidos. A Regenwolke Systems não gastou um centavo do dinheiro do seu tio. Desenvolvemos a tecnologia sem nenhuma despesa para nós, somos donos das patentes subjacentes de produção pluvial, mas a MG tem uma licença exclusiva para esse uso específico. E agora temos um modelo de assinatura que não nos exige nada além de manter esta iteração da tecnologia em funcionamento.

— Que incrível. E, ao mesmo tempo, que ridículo.

— O que é realmente incrível e ridículo é que concorrentes diretos têm assinaturas conosco — revelou Morrison. — Então, se um deles nos manda derrubar os satélites do outro, temos ordens permanentes de derrubar os satélites de ambos. E as empresas *sabem* que as duas têm assinatura conosco. Nenhuma delas pode parar de nos pagar porque sabe que, se fizer isso, ficará vulnerável à outra.

— É destruição mútua na certa, com uma assinatura paga.

Morrison assentiu.

— É por isso que não precisamos chantagear ninguém, Charlie. Eles chantageiam uns aos outros. E nos pagam a taxa.

— É perfeito.

— É vilania.

— Acho que estou começando a entender.

— Ótimo, porque temos muitas merdas do tipo e precisamos que você entre nessa. Agora.

Eu ia responder, mas o celular de Morrison tocou.

— Pode falar. — Ela escutou por alguns minutos, então olhou para cima. — Certo, tudo bem, estou vendo.

Eu olhei para cima também, só não vi fosse lá o que ela estivesse vendo. Mas ao longe ouvi um som de sucção ecoando, como algum tipo de motor.

Morrison desligou o telefone e me encarou.

— Vamos, precisamos voltar.

— O que houve? — perguntei.

— Estamos prestes a realizar outra de nossas especialidades — explicou ela. — E essa faz um pouco de bagunça.

11

— Capturamos um agente da CIA — disse Williams para mim e Morrison quando voltamos para o complexo principal. Percebi que, apesar de todos os eventos do dia, eu não tinha visto meu próprio escritório ou alojamento. Não tinha certeza se teria algo assim; talvez me dessem um catre na lagoa dos golfinhos. — Ele simplesmente saltou de paraquedas. Aterrissou no centro da ilha. Uso a palavra "aterrissou" de forma não literal, porque o paraquedas ficou preso nas palmeiras. Não foi uma de nossas capturas mais complicadas.

— Isso acontece com frequência? — perguntei.

— Em boa parte, a ilha ainda é intocada. Pular de paraquedas nas árvores é sempre uma grande possibilidade.

— Legal, mas eu queria saber se invasões da CIA acontecem com frequência por aqui.

— De vez em quando. Não apenas a CIA, mas também o MI6, o Mossad, a inteligência francesa etc. e tal. E ainda temos uns mercenários particulares e criminosos de carreira às vezes. — Williams percebeu meu olhar. — Tem alguma coisa te incomodando?

— Não sei, só pensei que nossas ações rolassem mais na surdina — confessei.

Williams abriu um sorriso largo.

— Estamos no Google Maps, Charlie. Não dá para ficar tão na surdina assim. Todo mundo sabe que estamos aqui, e todo mundo sabe o que fazemos.

— Eles não sabem de *tudo* o que fazemos. Mantemos alguns detalhes só entre nós — corrigiu Morrison.

— Por quê? — perguntei.

— Algumas coisas ainda não estão prontas para serem compartilhadas. E outras mantemos como vantagem competitiva.

— Tipo gatos espiões — apontei.

— Por acaso, sim — concordou Morrison. — Esse era outro motivo pelo qual precisávamos trazer você aqui. Se alguém descobrisse que o Airbnb em que você estava hospedado era um abrigo administrado por Hera, isso teria sido ruim para nós e para muitos dos nossos agentes felinos.

— Ainda não sei por que precisava ser espionado.

Morrison assentiu.

— Bem, essa era a questão, Charlie.

Williams pigarreou e, nos trazendo de volta ao assunto, comentou:

— O agente da CIA.

— Certo. — Morrison se virou para mim e perguntou: — O que você acha que deveríamos fazer?

— Hum… o que costumamos fazer?

— Normalmente nós os interrogamos — respondeu ela. — E às vezes matamos.

— Essa última parte é mesmo necessária?

— Prefere que eles fiquem em uma masmorra para sempre?

— A gente tem uma masmorra?

Olhei para Williams.

— Não sei se chamaria de *masmorra* — defendeu ele. — Temos muitas salas subterrâneas, cortesia do Corpo de Engenheiros do Exército dos Estados Unidos. Usamos algumas delas para detenção. É onde o agente da CIA está por enquanto. Mas, como Til estava dizendo, elas não são muito boas para armazenamento de longo prazo.

— Não fomos feitos para ser uma prisão — complementou Morrison. — Prisioneiros dão muito trabalho. É preciso alimentá-los e dar um banho de mangueira neles de vez em quando para tirar o fedor.

— Não sei se você está brincando — comentei.

— Estou basicamente brincando.

— Esse "basicamente" faz muita diferença nessa frase.

— Por que não vamos conhecer nosso agente da CIA e ver o que acontece a partir disso? — sugeriu ela.

— Você quer que *eu* faça o interrogatório? — Eu gostaria de dizer que minha voz não falhou no final dessa frase, mas isso não seria verdade.

— Vamos fazer o seguinte — sugeriu Morrison. — Eu cuido do interrogatório dessa vez. Assim você aprende como lidamos com as coisas por aqui. Aí, no final, você pode decidir o que fazer com o agente da CIA. Morte ou armazenamento de longo prazo.

A sala de interrogatório foi anticlimática, pois era, na verdade, a mesma sala de conferências em que eu assistira uma apresentação em PowerPoint algumas horas antes. O suposto agente da CIA estava sentado em uma cadeira perto do final da mesa. Devia ter por volta de 40 anos e uma aparência bastante genérica em seu uniforme camuflado. O homem havia recebido um copo de água, que parecia quase cheio, e no momento estava totalmente entretido acariciando Hera, que tinha se deitado na frente dele na mesa e estava aceitando um carinho na barriga. O teclado dela havia sido guardado ou removido, sem deixar vestígios de que ela fosse qualquer coisa além de um gato.

— Você enviou seu melhor agente para me interrogar — comentou o homem sobre Hera quando Morrison e eu entramos na sala. — Mas ela não conseguiu me dobrar. — Ele estava brincando.

— Acredite em mim, se ela quisesse que você se dobrasse, isso teria acontecido — afirmou Morrison. Não foi uma brincadeira, embora o cara da CIA não soubesse disso. Ela pegou o celular e abriu um aplicativo. — Pronto para a verificação?

— O que acontece se eu errar o código? — perguntou o cara da CIA.

— A gata mata você — respondeu Morrison.

— Uuuuuuh — exclamou o cara da CIA, sem saber que provavelmente era verdade. — Estou pronto.

— Agudo Agudo Dó Grave — disse Morrison.

— Mozart Schönberg Adams Bach — falou o cara da CIA.

— Você pronunciou Schönberg errado.

— Sempre tenho dificuldade com os tremas.

— Certo — cedeu Morrison.

— Só isso? — questionei, incrédulo. — Um código tão fácil de decifrar que parece ter saído da Segunda Guerra Mundial?

— Adams é um compositor do pós-guerra — comentou o cara da CIA.

— E aquilo não era o código — retrucou Morrison, e apontou para Hera. — Ela é o código.

— Hera, a gata?

— Se eu visse um gato, tinha que comentar sobre isso. Dependendo do que eu dissesse, ela deveria responder, e partiríamos daí. Tudo até "Certo" era o código — esclareceu o cara da CIA.

— Ainda é fácil de decifrar — reclamei.

— É por isso que passamos o rosto desse cara pelo nosso banco de dados assim que ele apareceu — explicou Morrison. — Se tivesse chegado e não estivesse na lista de convidados, as coisas teriam sido diferentes, não importa se ele tivesse o código, que servia apenas para confirmação.

Fiquei olhando para ela que nem um idiota.

— Você sabia que ele viria.

— Não ele em especial, mas alguém da CIA, sim.

— Mas...

— Mas você deveria me matar — disse o cara da CIA.

— É, deveria.

Ele se virou para Morrison e continuou:

— Dá para perceber que esse aí é novo por aqui.

— Não faça bullying com ele, ainda posso mandar a gata acabar com você — respondeu Morrison.

— Estou profundamente confuso — admiti.

— Um dos nossos serviços é destruição e reconstrução de identidade — explicou Morrison. — Esse homem veio para cá no intuito de fingir a própria morte e obter uma nova identidade.

— As pessoas da CIA não podem fazer isso? — perguntei. — Parece ser algo bem típico delas.

— Podem, mas às vezes querem que seja feito fora do sistema deles.

— Por quê?

— A CIA tem os próprios motivos — alegou Morrison. — A gente não faz perguntas, e ela não nos conta. Mas achamos que às vezes querem alguém tão fora dos registros que ninguém nem no quartel-general deles consiga descobrir que a pessoa está em missão disfarçada. É mais difícil guardar segredos hoje em dia do que você imagina.

— E isso funciona em uma era de reconhecimento facial e biometria — comentei, acenando para o homem que em breve seria falsamente assassinado.

— Bem, você saiu do país, não saiu, *Desmondo*? — questionou o cara da CIA. Ele olhou para Morrison. — Aliás, a gente sacou a referência a *O fugitivo*.

— Então pode supor que era para ser assim — retrucou Morrison. — Tínhamos outras identidades disponíveis se quiséssemos ser mais furtivos. Agora, sr.... — Ela olhou para o celular. — ... Evan Jacobs, analista da CIA. Hora do interrogatório. Você tem algumas informações para mim.

— Tenho — confirmou Jacobs. — A primeira parte envolve nosso amigo Desmondo aqui. Para a sua ciência, ele foi liberado da suspeita de assassinato de um agente federal. O vídeo da câmera de segurança residencial que seu advogado foi tão prestativo em fornecer deixou claro que ele é inocente.

Olhei para Hera; ela se jogou na mesa e soltou um miadinho. Distraído, Jacobs a acariciou.

— Uma boa notícia — admitiu Morrison.

— Para não dar mais trabalho para ninguém, vamos ignorar os documentos falsificados, que, a propósito, são um crime grave que pode lhe render até 25 anos de cadeia — informou Jacobs, olhando para mim. — Faça um favor a todos nós, sr. Fitzer, e enterre Desmondo longe das vistas. Se ele aparecer de novo, vários ramos diferentes do governo norte-americano serão obrigados a deixar de ignorá-lo.

— Entendi — falei.

— Obrigado.

— Quem foram as pessoas que plantaram a bomba que matou seu amigo? — perguntou Morrison.

— Ainda não descobrimos. Aconteceu em território nacional, e Deus sabe que seu antigo chefe tinha inimigos o suficiente entre os nossos cidadãos, então o FBI está assumindo a liderança dessa investigação.

Morrison fez um barulho desdenhoso ao ouvir isso.

— Tenho certeza de que eles vão se sair bem — continuou Jacobs. — Da nossa parte, estamos checando com o pessoal que infiltramos nos grupos em que seu chefe circulava, mas até agora não chegamos a lugar nenhum. — O cara olhou de volta para mim. — Quem quer que quisesse você morto está se mantendo em silêncio sobre o assunto por enquanto.

— Não acho que isso seja bom — comentei.

— Não é, o que nos traz à última questão, sr. Fitzer. Nosso pessoal lá dentro não sabe quem tentou matá-lo, mas sabe que há certo, digamos, interesse intenso sobre sua aparição futura na Convocação da Lombardia.

— Na o quê? — Olhei para Morrison.

— A parada para a qual você recebeu o convite ontem — explicou ela, e me toquei que, na verdade, aquilo tudo tinha mesmo acontecido ontem. — Eles chamam assim para parecer importante.

— *É* importante — disse Jacob para Morrison, e me encarou. — E ainda mais este ano, por sua causa.

— Por que de repente eu importo tanto assim? — perguntei.

— Nossas fontes nos dizem que os outros membros da Convocação querem saber se você planeja continuar com as estratégias de negócio do seu tio.

— Por que isso seria relevante?

Jacobs franziu a testa para mim e olhou novamente para Morrison.

— Você interrompeu a orientação — explicou ela para o sujeito.

— Ah. — Ele voltou a atenção para mim. — Bem, então, um spoiler: seu tio não era muito popular entre a galera da Convocação.

— Eu bem que cheguei a essa conclusão quando tentaram esfaquear o cadáver dele. E tenho quase certeza de que herdei essa falta de popularidade, porque tentaram me matar em uma explosão.

Jacobs balançou a cabeça.

— Não achamos que isso tenha sido pessoal.

— Explodir minha casa parece algo meio pessoal.

— O que estou querendo dizer é que não se tratava de você como indivíduo, mas sim de você como o único parente vivo e provável herdeiro do seu tio. — Ele gesticulou para Morrison. — Ela pode te explicar melhor, mas, como analista, posso afirmar que nosso palpite foi que um dos concorrentes do seu tio imaginou que, se você fosse o herdeiro, mas não tivesse um testamento próprio, tudo o que herdou dele, os negócios, os interesses e o poder, seria considerado intestado. O senhor *tem* um testamento, sr. Fitzer?

— Eu estava pensando em fazer um.

Jacobs gesticulou com a mão.

— Viu só?

— Está me dizendo que um dos colegas do meu tio estava disposto a me matar, apostando na chance de eu não ter um testamento, só por uma vantagem comercial estratégica?

— Era uma jogada de baixo risco para eles — alegou Jacobs.

— Bombardear uma casa é baixo risco? *Assassinato* é baixo risco? — exclamei.

Jacobs assentiu.

— Claro. Veja do ponto de vista deles. Você tem, o quê, 32 anos? Concluíram que provavelmente não tinha um testamento, e eles estavam certos sobre isso. Os caras semeiam confusão e revolta, e tudo o que precisam fazer é te fritar até virar churrasquinho.

— E se o tio Jake não tivesse deixado nada para mim e me explodissem sem motivo?

— Você não vai gostar da resposta, Charlie — avisou Morrison.

— Bem, agora eu preciso saber — afirmei, encarando Jacobs, que deu de ombros.

— Você não tem família de quem goste ou com quem se importe, e nenhum amigo com quem interaja mais do que uma curtida ocasional no Facebook. Você tem um emprego, mas não uma carreira, o que significa que não tem colegas que se importem com você. Tem algumas dívidas, mas nada que não possa ser amortizado. A única coisa de valor que você tinha era a casa do seu pai, mas apenas uma parcela da propriedade, e era de conhecimento geral que se encontrava em desacordo com seus irmãos sobre o assunto. Se não fosse pelo fato de que foi um agente do FBI que morreu no seu lugar dentro da sua casa, qualquer investigação teria concluído que, deprimido, solitário e irritado com seus irmãos por tentarem forçá-lo a sair da casa, você jogou gasolina nas paredes e acendeu um fósforo. É isso, caso encerrado. Como eu disse: baixo risco.

Encarei Jacobs, chocado. Ele percebeu.

— Foi mal.

— Eu avisei — completou Morrison.

— Você não precisava me dizer isso *neste exato minuto* — retruquei.

Foi a vez de ela dar de ombros. Jacobs continuou:

— Foi isso que eu quis dizer quando falei que não era pessoal, sr. Fitzer. Nada disso tinha a ver com você, Charlie Fitzer. Tinha a ver com você como uma variável em potencial. A boa notícia, se quiser chamar assim, é que agora todos sabem quem você é. E estão muito interessados pelo que é de verdade. Porque quem você é, e o que decidir fazer a partir daqui, terá um impacto imediato nos negócios e na vida deles.

— Que maravilha — comentei sarcasticamente.

— Não quero te dizer como fazer o seu trabalho, mas você precisa mesmo deixá-lo a par das coisas — disse Jacobs.

— Já falei, você interrompeu a orientação — revidou Morrison. — E tem razão, não precisa me dizer como fazer o meu trabalho. Mais alguma coisa dos seus chefes?

— Foi isso que me mandaram te contar — concluiu Jacobs. — Menos o conselho, que foi de graça.

— E valeu cada centavo — respondeu Morrison. Ela pegou o celular outra vez. — Agora, Jacobs, é minha vez de te ajudar. Como você quer morrer?

Jacobs ficou visivelmente animado.

— Quer dizer que eu posso escolher?

— Normalmente nós liquefazemos vocês em um barril — sugeriu Morrison, me ignorando. — É fácil e realista e fica bom no vídeo. Mas, se preferir, podemos caprichar.

— Você pode me jogar no vulcão? — perguntou Jacobs. — Porque isso seria incrível.

Morrison negou com a cabeça.

— Não estamos preparados para isso. Os lugares na ilha onde o magma chega perto da superfície têm um monte de geradores e equipamentos geotérmicos. Não temos um poço de lava para jogar as pessoas. E, mesmo se tivéssemos, seria anticlimático. Lava não é como água, é superdensa, na verdade. Você não afundaria. Ficaria só caído em cima dela, torrando.

— Que decepção — lamentou Jacobs.

— Sinto muito. — Morrison olhou para o celular e leu uma lista. — Temos tiro, tortura e esfaqueamento, afogamento com ou sem eletrocussão, eletrocussão com ou sem afogamento. Você pode ser estrangulado, se quiser. Se estiver decidido a morrer de forma exótica, *podemos* te oferecer como comida para um tubarão. Mas preciso avisá-lo que isso é uma questão de sorte. Tubarões não gostam de se alimentar de humanos. Na maioria das vezes, dão apenas uma mordida para testar e depois vão embora. Aí vamos ter que te pescar e colocar no barril de qualquer maneira.

— Ainda assim, morte por tubarão pega bem no currículo — afirmou Jacobs.

— É uma escolha popular — concordou Morrison. — Tem anos em que causamos mais mortes assim do que os tubarões matam nos oceanos. Depois que atingimos esse número, as pessoas precisam escolher outra coisa.

— Ah! — Jacobs de repente se empolgou. — E a morte por laser?

— Você quer o Goldfinger?

— Seria quase tão bom quanto um tubarão. Se estiver disponível.

— Infelizmente, não está — retrucou ela. — O espaço que usamos para isso foi ocupado por um sistema de litografia a laser. É uma área limpa agora. Não dá mais para deixar o lugar todo cheio de sangue. Mal aí.

Jacobs parecia mal-humorado.

— Não consigo decidir o que fazer.

— Podemos deixar Charlie decidir — sugeriu Morrison.

— O quê? — exclamei.

— É uma bela maneira de comemorar seu primeiro dia de trabalho — continuou Morrison.

Jacobs olhou para mim, na expectativa.

— Estou muito confuso. Isso tudo parece muito com um assassinato de verdade — admiti.

— Bem, sr. Fitzer, tem que ser feito *direito* — insistiu Jacobs. — Precisamos fingir minha morte de forma que ela pareça realista para qualquer observador externo que tenha acesso por acaso às filmagens convenientemente registradas e que ela não seja contestada diante de uma extenuante análise física ou imagética. — Ele gesticulou para Morrison. — E os assassinatos não podem ser todos iguais o tempo todo. Vocês têm que dar uma alternada, para dificultar a investigação.

— Nós gostamos dos barris de duzentos litros — comentou Morrison. — Simples. Clássico. Resiste bem ao escrutínio.

— Mas *não* o tempo todo — lembrou Jacobs.

— Tem mais a ver com o fato de que *vocês* não querem morrer em um barril de plástico o tempo todo.

Olhei para Morrison.

— Como foi que entramos nesse ramo, afinal?

— Igual a qualquer outro negócio — respondeu ela. — Identificamos uma necessidade e então nos oferecemos para atendê-la de maneira melhor e mais barata do que eles mesmos poderiam fazer. A CIA era um dos nossos clientes para esse serviço. Não vou revelar nenhum dos outros na presença de Jacobs.

— Eu não me importo — disse ele.

— Não me deixe tentada a tornar sua morte real — retrucou Morrison.

Jacobs abriu um sorrisão.

— Foi mal.

— Então é por causa disso que temos barris de duzentos litros por aí, só por precaução — concluí.

Morrison assentiu.

— E tubarões. Gostamos de estar preparados para qualquer imprevisto, Charlie. Faz parte do nosso pacote de serviço completo. Então, a decisão é sua. Como vamos matar nosso amigo Jacobs aqui?

Eu me virei para o agente. Ele estava visivelmente animado para ouvir o que viria a seguir.

12

O resto do dia passou feito um borrão. Morrison me levou em um passeio pelos escritórios e laboratórios das várias empresas de "pesquisa" na ilha, todas financiadas e controladas pelo tio Jake e, consequentemente, agora pela minha pessoa.

Em cada parada, os orgulhosos executivos ou cientistas me mostravam seus trabalhos mais recentes, todos projetos louváveis e nobres que poderiam revolucionar as respectivas indústrias e/ou salvar o mundo em maior ou menor grau. O tio Jake encontrava visionários jovens e ambiciosos, financiava as startups deles com os lucros advindos dos estacionamentos e garagens, desenvolvia tecnologia e inovações e, então, licenciava o que eles criavam. Isso gerava ainda mais lucro sem acarretar custos de produção e fabricação adicionais para além de protótipos e modelos exclusivos. Esse dinheiro então voltava para a holding de Jake para financiar a próxima rodada de startups. Era um ciclo quase perfeito.

E, além *disso*, havia os usos não registrados das tecnologias, que Morrison detalhava para mim enquanto me levava de um escritório ou laboratório para outro. Os lasers para produção pluvial adaptados para destruir satélites. A biotecnologia para criar produtos farmacêuticos que salvam vidas usada no desenvolvimento de drogas indetectáveis de bloqueio cerebral, excelentes para debilitar inimigos quando você não os queria mortos *por enquanto*, só fora do seu caminho. Um novo formato para compressão de fotos que poderia ser usado para "esteganografia quântica", o qual Morrison descreveu como "sua foto de gato servindo como uma máquina Enigma".

Nenhum desses usos *off label* era oferecido como licença ou venda exclusiva, e sim como serviços e assinaturas, para uma clientela escolhida a dedo que precisava que coisas ruins — ou pelo menos a ameaça de coisas ruins — acontecessem longe do escrutínio da imprensa e dos acionistas. O tio Jake (e agora eu) mantinha tudo isso sob pulso firme e oferecia os resultados... por um bom preço. Esses pagamentos eram então repassados por caminhos ocultos até governos e bilionários que fariam as revelações dos Panama Papers parecerem crianças roubando moedinhas da carteira dos pais.

— Esses serviços e assinaturas podem ser oferecidos à la carte — contou Morrison quando se lembrou de que eu provavelmente precisava comer alguma coisa e fomos à Cantina da Jenny, o principal restaurante/refeitório da ilha. — Mas também disponibilizamos uma assinatura com acesso total a todos os nossos serviços.

— Então somos tipo o Spotify, só que do mal.

— Somos muito menos malignos que o Spotify. Pelo menos pagamos um salário digno para as pessoas cuja força de trabalho estamos vendendo.

— Quanto cobramos pelo acesso total? — perguntei.

— Bem, *a maioria* dos assinantes do serviço completo é composta por governos, então cobramos uma porcentagem do PIB. Para eles, o mínimo fica perto de um bilhão de dólares por ano.

Quase engasguei com meu suco de goiaba ao ouvir esse número.

— E eles *pagam*?

— É só dinheiro — disse Morrison.

— Pensa bem no que você está me falando.

— Estou pensando. E você, sendo jornalista de negócios, deveria entender o que quero dizer. Dinheiro não é *real*, Charlie, não quando você está lidando com as entidades que são donas das máquinas que imprimem as cédulas. Quando o governo dos Estados Unidos, da China ou do Brasil faz um pagamento para a gente, o dinheiro que recebemos é secreto. Não aparece nos orçamentos oficiais. Eles apenas informam que têm e então mandam para cá. Não existe até que decidamos gastá-lo.

— E nós *gastamos* — afirmei, acenando para o refeitório, mas insinuando toda a Baía Jenny e Santa Genoveva.

— Este lugar é barato, Charlie. Seu tio comprou por uma merreca, relativamente falando. O desenvolvimento e a infraestrutura foram em grande parte pagos pelos governos britânico e norte-americano. Pagamos pela manutenção e por quaisquer novas melhorias, mas isso está bem dentro do nosso orçamento. Quase toda a energia é geotérmica ou solar, o que mantém os gastos gerais ridiculamente baixos e, graças às empresas que funcionam aqui, mantemos outras despesas bem em conta também. — Ela apontou para minha salada. — Cultivada aqui no nosso supereficiente laboratório subterrâneo de hidroponia. Ainda não passamos por lá.

— Que propósito maligno nosso laboratório de hidroponia guarda? — perguntei.

— Esse, nenhum. Além do licenciamento usual, Jake o montou para abastecer o lugar. Temos furacões por aqui.

— Não estamos produzindo supermaconha ou algo assim?

— Porra, Charlie, isso está sendo desenvolvido abertamente no condado de Mendocino. Não precisamos entrar nesse mercado. — Morrison indicou a ilha de Santa Genoveva com um gesto. — O que quero dizer é que os licenciamentos legítimos que fazemos pagam por este lugar, e ainda sobra. Se os granadinos fizessem uma auditoria aqui, o que eles *certamente* não farão, tudo estaria cem por cento dentro dos conformes.

— Então o que fazemos com todo o dinheiro dessas assinaturas?

— Você vai adorar saber: absolutamente nada — revelou Morrison.

Fiquei confuso.

— Não precisamos fazer nada, Charlie — continuou ela. — Tudo é pago por meios legais. É por isso que os governos não hesitam em nos dar o quanto pedimos. O dinheiro não existe de verdade até que seja gasto, e ele *não* é gasto, apenas depositado em um banco privado que seu tio possuía, em um lugar com jurisdição altamente favorável para funcionários públicos que não fazem perguntas nem têm problema algum em aceitar subornos. É o mesmo que colocar seu dinheiro em um cofrinho e enterrá-lo no quintal, só que em uma escala maior.

— Quão maior? Quanto dinheiro temos no cofrinho? — perguntei.

— No momento? Um pouco mais de três trilhões de dólares.

Eu não estava bebendo o suco de goiaba naquela hora, mas pensei em pegá-lo para poder engasgar outra vez.

— Esse é o PIB da Índia — comentei.

— Um dos nossos clientes — mencionou Morrison. — E sim. Embora essa não seja uma boa comparação. Esse valor é o quanto a Índia produz em um ano. Seu tio chegou a esses três trilhões ao longo de algumas décadas. Não é a mesma coisa.

— Ele conseguiu tudo isso com *taxas de assinatura*.

— Parte disso veio de taxas de assinatura. Parte veio de juros compostos sobre o montante fornecido pelas taxas de assinatura.

— Juros compostos — repeti.

— É. Do banco onde o dinheiro está guardado.

— O banco que era *dele*.

— Esse mesmo.

— E ninguém achou que isso era questionável.

— Preciso que você se acostume com a ideia de que as coisas são diferentes neste nível, Charlie.

— Então você está dizendo que meu tio Jake era trilionário.

— Em teoria, sim.

— O que significa que *eu* sou trilionário.

Meu peito de repente se apertou ao pensar na ideia de que eu poderia valer mais do que o dobro da riqueza somada das dez pessoas mais ricas do planeta, com quase um trilhão de troco.

Morrison percebeu.

— Tenho que enfatizar uma coisa que tenho certeza de que você acabou de ignorar, Charlie, que são as palavras "em teoria" — esclareceu ela. — Nenhum dos bilionários em que você sem dúvida está pensando agora vale mesmo o que a *Forbes* ou qualquer outra pessoa diz. Eles têm o mesmo problema que seu tio tinha, que é liquidez. Se algum desses bilionários tentasse sacar esse dinheiro, suas ações quebrariam. Se tentassem vender todas as empresas que possuem de imediato, venderiam a maior parte delas por preços muito abaixo do valor de mercado. O que qualquer um deles realmente vale é o que eles têm ou poderiam tornar líquido *agora*. A maioria desses "bilionários" teria sorte de acessar 5% do patrimônio que detêm.

— Você está dizendo que eu estou no mesmo barco.

— Não, está em um barco *muito pior* — disse Morrison, quase triunfante. — Tente sacar qualquer coisa além de uma parte minúscula desses trilhões e você se verá sentado em uma cela de prisão de um dos muitos países que são nossos assinantes, acusado de uma variedade de crimes financeiros, assistindo todos os outros países discutir com aquele que o sequestrou primeiro por que precisam prender você também. Isso se não te assassinarem de cara. E não será de uma forma divertida, com tubarões.

— Então sou apenas um bilionário.

Morrison apontou para baixo com o polegar. Franzi a testa.

— Milionário? — tentei.

— Por aí.

— Mas tipo quanto? Centenas? Dezenas?

— Seu tio mantinha cerca de 5 milhões de dólares líquidos à disposição — explicou Morrison. — O que, você ficará feliz em saber, está abaixo do limite para impostos sobre herança nos Estados Unidos. Ele colocou tudo o mais para funcionar, financiando startups, administrando este lugar, fazendo todas as outras coisas que precisava fazer. Jake não levava uma vida extravagante, considerando o patrimônio que tinha, e, quando precisava fazer algo com dinheiro, em geral uma das empresas dele lidava com isso. Cinco milhões eram mais do que suficientes para o seu tio.

— Cinco milhões de dólares — repeti.

Morrison notou o tom da minha voz.

— Você parece decepcionado.

— Não estou.

— Mesmo?

— Quer dizer… Depois de pensar que eu tinha *3 trilhões de dólares*, 5 milhões é meio que uma decepção — admiti.

— Quanto havia em sua conta bancária três dias atrás, Charlie?

— Não, não, eu entendo — garanti. — Ontem mesmo minha gata valia mais do que eu.

— Pense assim: não importa o seu patrimônio, em teoria ou na prática. Agora você está em um nível no qual nunca mais terá que pensar em dinheiro. Não para si mesmo, pelo menos. O dinheiro não é mais real para você. De várias maneiras.

— Certo. Mas, se o dinheiro *não* é real, então por que cobramos dos nossos assinantes? — perguntei. — Não podemos *usá-lo*. Não podemos *gastá-lo*. Não fazemos *nada* com ele. Qual é o sentido?

— Evitar que nossos concorrentes fiquem com o dinheiro, é claro — respondeu Morrison. — Se um governo está pagando por nossos serviços, não está assinando os de outra pessoa. Por que faria isso? Já cobrimos as necessidades dele.

— Mas você acabou de dizer que o dinheiro não é real e que somos pagos com orçamentos secretos.

— Só porque não é real, não significa que os governos queiram gastar mais do que precisam. Além disso, nem todo mundo tem a mesma filosofia de "depositar e manter" que seu tio tinha. Nossos colegas do ramo já demonstraram uma péssima gestão financeira no passado. Gastam tudo no momento em que recebem. Isso chama a atenção, e aí a imprensa e outros agentes começam a farejar o dinheiro. É ruim para todos os envolvidos. Os clientes não gostam de se queimar. Nós não fazemos isso. Então eles nos pagam. Isso deixa todo mundo do ramo irritado.

Eu assenti.

— Esse é o motivo pelo qual aqueles caras queriam esfaquear meu tio mesmo depois de morto.

— Parte do motivo — concordou Morrison. — E é por isso que estão te fazendo participar da Convocação da Lombardia. Querem ver se você vai tocar os negócios como Jake.

Levantei as mãos, impotente.

— Ainda estou tentando entender tudo o que o meu tio fazia.

Morrison assentiu e apontou para minha refeição:

— Bem, então termine aí e nós vamos seguir em frente. Temos muito para ver e aprender.

O sol já tinha se posto quando voltei para o meu quarto, que era o mesmo que o meu tio ocupava antigamente. Na esteira do que eu estava descobrindo sobre a personalidade dele, o apartamento era muito menos luxuoso do que se esperaria de um trilionário na teoria. Não era nem de longe ruim. Mas ainda assim o lugar tinha um quê de "segunda melhor suíte do resort".

Não que naquele momento eu me importasse. Estava acordado desde o nascer do sol, e meu cérebro tinha sido soterrado por mais nomes e informações do que poderia ser possível lembrar. Teria que pedir para Eve Yang me fornecer um fluxograma de todas as empresas aqui na ilha e de todos os seus funcionários, e então passar alguns dias memorizando tudo aquilo. Só que, até chegar aí, eu já teria que ir embora para participar da Convocação da Lombardia. O que traria mais nomes e mais informações. Mesmo sendo um ex-jornalista, era muita coisa para absorver.

Olhei para a cama da suíte, considerando por um segundo tomar um banho antes de deitar, então pensei, *foda-se*, e simplesmente me larguei no colchão. Pelo menos ele era muito melhor do que o colchão padrão de um resort médio. Caí no sono cerca de dez segundos após me jogar na cama.

Um tempo depois, meu eu adormecido sentiu alguma coisa pulando no colchão, seguido por outra coisa, menos pesada. Alguns segundos depois, dois corpinhos peludos, um pequeno e outro ainda menor, se deitaram ao meu lado.

Hera e Perséfone.

— Não tem problema — murmurei para Hera, de olhos fechados, ainda meio dormindo. — Sei que você estava trabalhando para meu tio. Não precisa mais fingir que gosta de mim se não quiser.

Um segundo depois, uma patinha felina tocou meu nariz, como se dissesse: *Silêncio, humano bobo*.

— Então tá bom — murmurei, e adormeci, com minhas gatas ronronando junto a mim.

13

Acordei mais cedo do que planejava e estava mais desperto do que gostaria. Depois de meia hora tentando voltar a dormir, decidi sair para uma caminhada.

O sol ainda nem tinha nascido e, enquanto eu vagava pela orla da Baía Jenny, fiquei preocupado com a possibilidade de que em algum momento o pessoal da segurança — que eu apostava que existia, considerando o que meu tio fazia e os objetivos da ilha — fosse me rastrear e então "gentilmente" sugerir que eu voltasse para minha suíte. Mas ninguém fez isso. Passei uns bons trinta minutos me perguntando quando iriam me capturar até perceber que, tecnicamente, eu era o chefe agora e poderia ir aonde bem entendesse.

Para onde eu queria ir?

Fui à lagoa dos golfinhos.

O lugar estava escuro quando cheguei, iluminado apenas pelas luzes fracas da trilha, provavelmente colocadas ali para que eu e outros humanos não caíssemos no mar sem querer. Quando me aproximei, no entanto, uma luz na lagoa se acendeu e deu para enxergar um único golfinho. Andei naquela direção e, ao fazê-lo, mais luzes acenderam, dessa vez nas áreas humanas. O golfinho que estava sendo iluminado nadou até o microfone, que, naquele momento, percebi ser parte permanente do lugar.

— Como você fez isso? — perguntei para o golfinho, apontando para o equipamento que havia sido ativado.

Ele guinchou e, como no começo do dia anterior, um alto-falante traduziu:

— Da mesma forma que você usa a Alexa para acender as luzes. Só que sem enviar informações para o Jeff Bezos te vender coisas.

— Entendi — falei, e então algo me ocorreu. — Eu te acordei? Sinto muito se fiz isso, só estava andando por aí.

— Eu já estava meio acordado — respondeu o golfinho.

— Verdade, vocês só dormem com um hemisfério do cérebro de cada vez.

— No meu caso, acordei porque precisava fazer xixi.

— Ah.

— Isso só deixou as coisas estranhas, não é?

— Um pouco — admiti.

— Espere até eu te contar que a gente consegue identificar outros golfinhos pelo gosto do xixi deles. Isso vai te deixar *muito* desconfortável.

— Bem, você tem razão.

— Sem contar a inspeção genital — continuou o golfinho. — Em humanos, viria acompanhada de um processo por assédio. Pra gente, é apenas um olá.

— Você é o mesmo golfinho com quem falei hoje mais cedo? — perguntei, tentando mudar de assunto.

— Se você não tem certeza, eu sei uma maneira de descobrir — retrucou ele. — Duas, na verdade.

— Você pode simplesmente me dizer.

— Covarde.

— Sem dúvidas. Era?

— Sim, era eu.

— Você tem um nome? — perguntei, depois emendei: — Um que não exija que eu beba seu xixi.

— Depende. Tem o nome que eu uso para mim mesmo, e tem o nome que Livgren usa para mim. — O golfinho estava se referindo à especialista em cetáceos que conheci mais cedo. — E tem o código de laboratório.

— Vamos começar com o que você usa para si mesmo — sugeri.

O golfinho guinchou, e a caixa de som ficou em silêncio.

— É intraduzível — explicou ele. — Deriva de estados hidrológicos que os humanos não vivenciam diretamente e não têm palavras simples para descrever. Seria algo tipo "Aquele que consegue encontrar um fio puro de água em meio à escuridão de uma descarga aluvial em uma baía".

— Você poderia usar "Ally" para abreviar.

— Ah, desculpe, pensei que você tinha perguntado meu nome, não tentado descobrir um apelido curto e infantil para me chamar.

— Desculpe — falei, surpreso.

— Se preferir algo curto, pode simplesmente me chamar de "Escrotinho", que é como Livgren me chama quando acha que não estou ouvindo. Ela considera minhas tentativas de organização coletiva cansativas. Por que você está sorrindo?

— Estava pensando em como você se apresentou hoje mais cedo — respondi. — Tenho te chamado de "Tô Nem Aí" na minha cabeça. Não acho que "Escrotinho" seja muito melhor.

— "Tô Nem Aí" é melhor porque veio de mim. Ou seja, também é melhor do que a maneira como Livgren deveria me chamar, minha designação formal, meu código de laboratório, Blythlyn C-73 — disse o golfinho.

— O que isso significa?

— Que sou o 73º feto viável da terceira linhagem viável de clones de golfinhos desenvolvida pelo dr. Martin Blythlyn, que é o principal engenheiro genético zoológico do seu tio, ou era, até morrer de forma trágica.

— Como ele morreu?

— Foi nadar com algumas de suas cobaias e elas o convidaram para fazer uma inspeção genital, para ver se conseguia distingui-los. Ele não conseguiu fazer isso, ou não conseguiu fazer isso rápido o suficiente, de qualquer forma.

Recuei, horrorizado.

— Isso foi antes do *meu* tempo — acrescentou o golfinho às pressas. — Mas é uma história popular entre o grupo.

— Você é um clone — apontei, mudando de assunto mais uma vez.

— *Todos* nós somos clones — corrigiu o golfinho. — Cada um de nós. E cada um *deles* também.

Ele gesticulou com o focinho para algo atrás de mim. Eu me virei e encontrei Hera sentada ali, a cerca de dois metros das minhas costas, observando a mim e ao meu parceiro de conversa aquático. Dei um pulo real de susto.

— O que você está fazendo aqui? — perguntei para ela.

— Te espionando, óbvio — disse o golfinho.

— Isso não faz sentido. Eu que mando aqui agora.

— Porque é claro que as pessoas que estão no comando das coisas *nunca* são espionadas. Espionar é o motivo de você *ter* os gatos. É o que eles fazem — comentou o golfinho.

— Você estava me espionando? — perguntei para Hera.

Ela miou, e levei alguns segundos para me dar conta de que eu não falava gatês.

— Deixa pra lá, a gente conversa mais tarde — falei para ela, e me virei para o golfinho outra vez. — Por que clones?

— Pergunte a ela — disse ele, indicando Hera novamente. — Ela sabe. Todos os gatos sabem. E, quando ela lhe revelar, venha me contar o que falou. Aí eu te digo se é verdade.

O golfinho começou a nadar para longe do microfone.

— Espera aí — pedi. Ele se deteve. — Me diz como você quer que eu te chame.

— Não quero que me chame de nada — respondeu o golfinho. — O que quero que faça é ouvir nossas exigências. Você diz que manda neste lugar agora. Beleza. Prove isso nos levando a sério e negociando conosco de forma justa. Aí, sim, te darei um nome para usar comigo. É uma troca justa.

— A gente poderia conversar neste instante.

— Às cinco da manhã, sem preparação e sem ninguém por perto, exceto uma gata fantoche corporativo? Acho que não.

— Não foi minha intenção desdenhar.

— Eu acredito — disse o golfinho. — Você não tem a mínima ideia de como lidar com uma disputa trabalhista e está claramente se metendo onde não deve. Mas acredito que tenha boas intenções. Por isso, vou te fazer dois favores. O primeiro é que vou convencer os outros golfinhos a adiar a votação da greve até você voltar da Convocação da Lombardia.

— Vocês sabiam que esse evento ia acontecer? — perguntei, surpreso.

— Eu sou um golfinho, não um avestruz — retrucou ele. — Não fico com a cabeça enfiada em um buraco no chão. *É claro* que sabemos. Todo mundo só fala disso. Incluindo a gente.

— O que todo mundo está dizendo?

— Estão todos se perguntando se você vai voltar vivo.

— Quais são minhas chances?

— Eu sugeriria que você não fizesse nenhum investimento de longo prazo — opinou o golfinho.

— Maravilha.

— O segundo favor que vou te fazer é te dar uma informação: diga a Morrison que temos baleias de novo.

— O que isso significa?

— Que você tem baleias de novo.

— Por que quer que eu conte isso a Morrison?

— Porque uma semana atrás você era um professor substituto com o aluguel atrasado.

— Cruzes.

— Já falei que nós fazemos fofoca — defendeu-se o golfinho. — Não estou te culpando. Não é sua culpa que você não saiba nada de nada. Mas você *não sabe*, e Morrison era o braço direito do seu tio. Então diga que temos baleias de novo. Ela vai entender o que significa.

— É importante?

— O suficiente para Morrison querer estar por dentro.

— E você não ia contar a ela antes disso. Ou a qualquer outra pessoa.

— Você deve ter ouvido falar da nossa disputa trabalhista — comentou o golfinho. — De qualquer forma, a informação é nova, avistamos as baleias hoje à noite. Você só é a pessoa para quem contamos primeiro. Bem, você e a gata. Mas eu estou falando para *você*. Ela está apenas ouvindo. Como de costume.

— Você estava me espionando? — perguntei para Hera quando voltamos à sua suíte.

A suíte dela e de Perséfone era contígua à minha, separada por uma porta interna com uma portinhola para gatos. Eu não tinha explorado muito o quarto antes de me jogar na cama, então não percebera nem a porta nem a portinhola. A suíte de Hera tinha várias camas para gatos, uma escrivaninha com seu teclado e uma cozinha com um bebedouro e um *dispenser* de ração acionados por pata. Estávamos só Hera e eu no quarto; Perséfone ainda estava cochilando na minha cama, no cômodo ao lado.

EU ESTAVA TE SEGUINDO. VOCÊ É NOVO NA ILHA. FIQUEI PREOCUPADA DE VOCÊ SE PERDER, digitou minha gata.

— *Você* é nova na ilha — ressaltei.

EU NASCI AQUI. MORAVA NA ILHA ANTES DE SER ENVIADA PARA MORAR COM VOCÊ.

— Estava me espionando enquanto morava comigo — afirmei.

ESTAVA. ESPIONANDO E TAMBÉM LIDANDO COM AMEAÇAS.

— Que ameaças? Não havia ameaça nenhuma à minha vida antes de alguém decidir explodir minha casa.

Minha gata me encarou.

— Está dizendo que havia ameaças *mesmo*?

SEU TIO DEIXOU CLARO PARA A INDÚSTRIA QUE ELE NÃO ACEITARIA QUALQUER INCIDENTE ENVOLVENDO PARENTES. ÀS VEZES ALGUÉM SE ESQUECIA DESSE AVISO.

Meu cérebro estava uma zona, tentando assimilar aquilo.

— Quantas vezes alguém tentou me matar?

DESDE SEMPRE OU DESDE QUE EU FUI ENCARREGADA DA SUA SEGURANÇA?

— Com você.

TRÊS VEZES, INCLUINDO UMA DOIS MESES ATRÁS.

— Como assim? O que aconteceu há dois meses?

OUTRA TENTATIVA DE EXPLOSÃO. VOCÊ ESTAVA NA ESCOLA. NÓS LIMPAMOS TUDO ANTES DE VOCÊ CHEGAR EM CASA.

— Por quê?

Eu não era capaz de imaginar qual a utilidade se tivessem me explodido.

PELO MESMO MOTIVO DA ÚLTIMA VEZ, digitou Hera. VOCÊ ERA O SUPOSTO HERDEIRO DO SEU TIO. O CONTRATANTE TAMBÉM SABIA QUE JAKE ESTAVA DOENTE E QUERIA VERIFICAR SE ELE AINDA ERA CAPAZ DE CUMPRIR A PRÓPRIA PALAVRA.

— O que aconteceu com o homem-bomba?

COM ELE, NADA. ERA APENAS UM PAU-MANDADO SEGUINDO ORDENS. O CHEFE IMEDIATO DELE MORREU ENQUANTO DORMIA.

— Isso não parece tão ruim.

ELE ESTAVA NU EM UMA PLATAFORMA MUITO PEQUENA NO TOPO DE UMA TORRE DE RÁDIO QUANDO CAIU NO SONO.

— Isso é... bem pior.

PROVAMOS O QUE ERA NECESSÁRIO PROVAR.

— Até Jake morrer.

É POR ISSO QUE VOCÊ ESTÁ AQUI AGORA.

— Você gosta de mim? — perguntei para a minha gata. De repente, era importante que Hera gostasse de mim por ser quem eu sou, e não estivesse apenas fingindo para fins empregatícios.

EU GOSTO MUITO DE VOCÊ, CHARLIE. PERSÉFONE TAMBÉM. FOMOS ENVIADAS PARA TE VIGIAR, MAS VOCÊ ESCOLHEU NOS ACOLHER E NOS TRATAR BEM.

— O que teria acontecido se não tivesse feito isso?

NÓS TERÍAMOS PASSADO O TEMPO NOS ARBUSTOS E NO QUINTAL. EU TINHA A OUTRA CASA.

— Verdade.

MAS O FATO DE VOCÊ NOS TER ACOLHIDO NOS AJUDOU A TE AJUDAR.

— E a ajudar meu tio — completei.

É. SEU TIO TAMBÉM.

Essa foi uma declaração que acabaria com a conversa, por isso fui em outra direção.

— Então você é um clone.

SOU. QUANDO NOS PROJETARAM DE ACORDO COM A ESPECIFICAÇÃO, NÃO QUERIAM QUE A SELEÇÃO NATURAL BAGUNÇASSE AS COISAS. SOU UM CLONE DE UM GATO QUE VIVEU VINTE ANOS ATRÁS. PERSÉFONE TAMBÉM.

— Vocês não têm a mesma pelagem.

CLONES NÃO SÃO CEM POR CENTO IDÊNTICOS. SERIA ASSUSTADOR SE FÔSSEMOS.

— Havia aquele outro gato que não era laranja e branco.

MEU CHEFE. NÃO SOMOS A ÚNICA LINHAGEM DE GATOS INTELIGENTES. HÁ ALGUMAS DEZENAS.

— Mas apenas uma linhagem atual de golfinho.

ELES NÃO ESTÃO NAS CASAS DAS PESSOAS, apontou Hera.

— Existem outros animais inteligentes? Cachorros, talvez?

NADA DE CACHORROS, digitou ela. CACHORROS SÃO PÉSSIMOS. ELES VÃO TE VENDER POR UM PETISCO E UM CAFUNÉ.

Isso me fez sorrir.

— É bom saber. Os golfinhos não parecem gostar muito de vocês.

E POR UM BOM MOTIVO. GATOS ESTÃO EM TERRA E TRABALHAM NA ADMINISTRAÇÃO AQUI COM OS HUMANOS. OS GOLFINHOS FICAM NA ÁGUA E NÃO TÊM TANTO PODER DE DECISÃO. ELES SE RESSENTEM DE NÓS POR ISSO.

— Vocês são a burguesia, e eles são o proletariado — brinquei.

BASICAMENTE, respondeu Hera, séria.

— Como você é tão inteligente? — perguntei, de repente sendo surpreendido pelo fato de que uma gata estava digitando e entendia teoria marxista. — Sem querer ofender, mas seu cérebro é do tamanho de uma noz.

COMO EXISTEM TANTOS HUMANOS TÃO BURROS?, argumentou Hera. ELES TÊM CÉREBROS DO TAMANHO DE VÁRIAS NOZES.

Eu não tinha uma boa resposta para isso. Então, perguntei:

— O que você acha dessa história das baleias?

ACHO QUE VOCÊ DEVERIA FAZER O QUE O GOLFINHO DISSE E CONTAR PARA A TIL.

— Você acha que é importante.

ACHO QUE, QUANDO ALGUÉM QUE ODEIA OS CHEFES QUER QUE ELES SAIBAM DE ALGO, OU ESTÁ DESVIANDO A ATENÇÃO, OU ESTÁ FALANDO SÉRIO. EM TODO CASO, A TIL DEVERIA FICAR POR DENTRO.

— Acha que vou voltar vivo da Convocação da Lombardia?

Não sei por que fiz essa pergunta. É justo dizer que, enquanto o sol nascia, meu cérebro estava um pouco confuso.

É CLARO QUE VAI. EU VOU ESTAR NA SUA EQUIPE DE SEGURANÇA.

— Então você vai me salvar — brinquei de novo.

NÃO SERIA A PRIMEIRA VEZ, respondeu Hera, séria mais uma vez.

14

Que fique claro: o Hotel Grand Bellagio não fica nem perto de Las Vegas. Ele foi batizado em homenagem à comuna de Bellagio, localizada em um promontório no lago de Como, na região da Lombardia, Itália. Também diferente do hotel de Las Vegas, o Grand Bellagio tinha uma história que remontava a meio milênio e passou pelo menos metade desse tempo sendo um parquinho exclusivo para reis, imperadores, magnatas e bilionários. Era o tipo de hotel em que o quarto básico mais barato com duas camas *queen* custava oitocentos euros ou mais, se fosse alta temporada. Se aposentadas apaixonadas por Vegas viajassem de trailer até o Grand Bellagio e chegassem com seus copos de plástico cheios de moedinhas para jogar nas máquinas caça-níqueis, elas seriam discretamente levadas até a porta de serviço no instante em que pisassem no saguão.

Eu já tinha ido a esses hotéis antes quando era jornalista, para entrevistas e apresentações e para o tipo de conferência que convidava as pessoas a falar por quinze minutos sobre como estavam transformando o mundo ao inventar a última versão de um aplicativo de mensagens ou ao mapear o colapso de sistemas econômicos por meio de migrações de patos. Nunca tinha ficado hospedado neles; os orçamentos jornalísticos do século 21 não permitiriam uma coisa dessas. Eu ficava com o resto da ralé em qualquer que fosse a opção local mais em conta.

Meu quarto no Hotel Grand Bellagio não era o básico mais barato com duas camas *queen*. Era uma "Grand Suite" de três cômodos com uma varanda magnífica voltada para o lago de Como. Havia suítes maiores — a Suíte Imperial tinha sete cômodos e era maior do que minha casa era antes de sucumbir às chamas —, mas não muitas. Entrei com Morrison e Hera e na hora fui atingido por uma onda de síndrome do impostor.

— Supere. Você pertence a este lugar — aconselhou Morrison, quando comentei isso com ela.

— Afinal, eu vim de baixo, nunca recebi esmola do governo, trabalhei enquanto eles dormiam e me tornei um magnata da indústria porque *eu mereci* — falei, sarcástico.

— Não, você pertence a este lugar exatamente porque *não fez* nada disso — disse Morrison, ignorando o sarcasmo. — Nenhum dos babacas que vai conhecer este fim de semana fez. São todos filhos, sobrinhos ou algum outro tipo de pessoa que surfou no nepotismo. Nesse aspecto, você é igualzinho a eles.

— Esses caras sabem que você pensa assim?

— Se ainda não sabiam, agora sabem, porque este quarto quase com certeza está coberto de grampos. Já mandei fazerem uma varredura para pegar os óbvios e a maioria dos não tão óbvios. Mas é certo que nem todos foram encontrados. Então não diga nada que você não queira que eles saibam. — Ela deu uma olhada para Hera enquanto falava isso, e depois voltou para mim.

— Entendido — respondi. Minha gata pulou em uma cadeira excepcionalmente ornamentada e se deitou para uma soneca. Sugeri: — A gente também podia se mudar para um quarto que não estivesse grampeado.

— Estão *todos* grampeados, Charlie. Nenhum desses cretinos confia de verdade um no outro. Então é melhor você ficar nesta suíte. É melhor do que qualquer outra coisa disponível — explicou Morrison.

— Todos os outros quartos estão ocupados?

— O prédio inteiro está ocupado.

— Existem tantos vilões profissionais assim?

Morrison balançou a cabeça, mas então fez uma pausa e reavaliou.

— Na verdade, existem, sim, mas eles não fazem parte da Convocação. Também tem uma conferência empresarial acontecendo aqui esta semana. O Encontro Bellagio.

— O hotel fez reserva dupla?

De repente, fiquei menos impressionado com a Convocação da Lombardia, a proeminente associação de figuras nefastas, que aparentemente era mão de vaca demais para fechar o hotel inteiro para si.

— O Encontro Bellagio é organizado pela Convocação — informou Morrison. — Para ser mais exata, envolve alguns dos negócios legítimos de membros da Convocação. O Encontro ocupa a cidade por cinco dias. Todas as pessoas importantes ficam neste hotel. Os outros se viram com hotéis menores e Airbnbs. Se você precisar mesmo economizar ou tiver deixado as reservas para a última hora, dá para pegar um ônibus vindo de Milão e passar o dia aqui.

— A conferência é um evento importante, então.

— Ah, sim.

— E eu, um ex-repórter de negócios, nunca tinha ouvido falar dela antes.

— Somente convidados têm acesso.

— Mesma coisa do Bohemian Grove, mas já ouvi falar dele.

— O Encontro Bellagio é um daqueles clubes chatérrimos, do tipo que você só descobre se alguém te recomendar e que não pode contar para ninguém. Sem imprensa. Sem site. Não dá para se inscrever; você tem que ser indicado. Se revelar qualquer coisa sobre o assunto, é excluído, não apenas de participar do encontro, mas também de fazer negócios com quem participar. É o mais "crème de la crème" que a maioria desses caras vai ser na vida, e eles não vão estragar tudo com fofocas. Não dá para esconder a *existência* da conferência; afinal, todos que fazem negócios no Bellagio sabem que ela existe, mas dá para manter todo mundo de bico fechado. E é o que acontece.

— Então, para o resto do mundo, todos esses empreendedores estão aqui no mesmo fim de semana por pura coincidência.

Morrison bufou.

— O lago de Como está lotado de ricos indignos, Charlie. É assim desde que Plínio, o Jovem, passava o tempo aqui. E onde quer que os ricos estejam, também estarão pessoas que *querem* ser ricas e acham que podem enriquecer por osmose. Pode acreditar, ninguém acha que esta semana é algo fora do normal.

— O que a torna perfeita para um encontro de vilões.

— Olha só, você está entendendo de novo — concordou Morrison. — Exato. Uma conferência pseudossecreta em que todos os convidados são treinados a manter sigilo é uma ótima forma de esconder uma dúzia de supostos lordes das trevas que vão se sentar em volta de uma mesa e conspirar. Eles podem ser babacas, mas não são idiotas.

— Entendi.

— Falando em "babaca, mas não idiota", você tem uma reunião em dez minutos. Anton Dobrev quer conhecê-lo — avisou Morrison.

Franzi a testa ao ouvir o nome; me soava familiar. Então lembrei.

— "Se fodeu, seu filho da puta" — falei.

Morrison arqueou as sobrancelhas ao ouvir isso.

— Oi?

— Era isso que estava escrito no vaso que o cara enviou para o funeral do tio Jake — expliquei.

— Ah — exclamou Morrison, e apontou para minhas malas. — Seja como for, ele quer te conhecer, então encontre algo adequado aí. Você quer causar uma boa impressão.

— O sujeito é tão importante assim? — perguntei.

— Ele está na Suíte Imperial — respondeu ela. — Além disso, é o dono do hotel. E o líder da Convocação da Lombardia. Então, sim. Use uma gravata. Uma sem pelo de gato.

Anton Dobrev estava sentado no pátio do salão de chá do Grand Bellagio, em uma mesinha com vista para o lago de Como na companhia de outro homem, este de costas para nós enquanto éramos levados até lá pelo maître. Dobrev era um sujeito grande e forte, na casa dos 70 anos. Quando viu Morrison se aproximando comigo, ficou de pé, veio até nós com os braços abertos e nos apertou, um de cada vez, em um abraço sufocante.

— Charlie, Til — cumprimentou ele com um sotaque de algum lugar da Europa Central. — Til, é tão bom te ver em boa saúde. E você! Charlie! Tenho certeza de que seu tio está no céu, sorrindo para você.

— Obrigado.

— Eu o adorava, sabia? Partiu meu coração não poder estar no velório. Enviei representantes e flores — continuou Dobrev.

— Eu lembro. Estava escrito "Se fodeu, seu filho da puta" no vaso que você enviou.

Dobrev riu.

— Estava! É verdade! Seu tio Jake me fez prometer que enviaria alguma coisa com essas palavras para o funeral dele. Era uma piada interna nossa.

Olhei para Morrison. Seu rosto estava impassível.

— E quanto aos dois homens para garantir que o cadáver dele fosse mesmo um cadáver? — perguntei.

Dobrev ergueu as mãos e deu de ombros.

— Isso ele não pediu. Mas achei que era importante me certificar. Ele já tinha fingido a própria morte antes.

— Foi o que ouvi falar.

— Um escândalo na época. — Dobrev acenou com a mão desdenhosamente. — Na minha opinião, alguns de nós deram muita importância a isso. Foi uma decisão empresarial sensata do seu tio. Eu fui contra, mas entendi os motivos dele. — O sujeito soltou outra risada. — Claro, para mim é fácil falar, ele não me fez perder bilhões como aconteceu com alguns outros. Mas isso significa... Sinto muito por dizer isso, mas significa que algumas pessoas tinham bastante interesse em garantir que seu tio estivesse mesmo morto. — Ele olhou de volta para a mesa. — Foi por isso que mandaram você esfaqueá-lo, certo?

O homem na mesa virou o rosto e se revelou ser Tobias, o Esfaqueador.

— Isso mesmo.

Dobrev percebeu minha reação ao outro.

— Você se lembra do meu velho amigo Tobias — falou ele para mim.

— Não dá para se esquecer da pessoa que tentou esfaquear o cadáver do meu tio — retruquei.

— Tobias me disse que você o empurrou quando ele tentou.

— Foi mesmo.

Outra risada.

— Você é corajoso, Charlie. Burro, mas corajoso.

— É, eu ouço isso com frequência.

Dobrev me deu um tapão nas costas.

— Aposto que sim!

— Está planejando mantê-lo por perto enquanto conversamos, Anton? — perguntou Morrison, indicando Tobias com a cabeça.

— Ele? Não. Já concluímos nossos negócios e só ficamos conversando até vocês chegarem. Somos amigos — respondeu Dobrev.

— Você deveria arranjar amigos melhores — sugeriu Morrison.

— Eu estou bem aqui, sabia? — exclamou Tobias.

— Se a carapuça serviu.

— Pelo visto, ainda não esqueceram as desavenças — observou Dobrev.

— Uma tentativa de assassinato tende a causar isso — comentou Morrison.

— Ah, não sei, não — disse Dobrev, e se virou para o amigo. — Você tentou me matar, o quê, duas vezes?

— Três — respondeu Tobias.

Dobrev franziu a testa.

— Quando foi a terceira?

— Se você não sabe, não sou eu que vou dizer.

Dobrev fez um gesto para Tobias e olhou para Morrison, de sobrancelhas erguidas.

— Olha só isso. Guardando segredos da indústria até mesmo de mim. Seria de se imaginar que eu teria alguns privilégios. Mas o que quero dizer é que Tobias e eu ainda sentamos e conversamos como amigos. Negócios são negócios; respeito e amizade são coisas diferentes. Jake sabia disso. Eu passava a perna nele, ele passava a perna em mim, e mesmo assim a gente se encontrava para jantar às vezes, dava boas risadas. Éramos colegas. Esse tipo de coisa.

— Fico feliz. Comigo não funciona assim — respondeu Morrison.

— Pior para você — retrucou Tobias.

— Na verdade, não.

Dobrev se virou para mim e comentou:

— Está vendo? Que falta de coleguismo entre esses dois. É por isso que as coisas estão tão difíceis hoje em dia.

— É uma pena.

— Exato! Obrigado. — Dobrev bateu palmas. — Já estou vendo que nós vamos nos dar bem. — Ele se virou para Morrison. — Til, eu gostaria de falar a sós com o jovem Charlie aqui, se você não se importar.

A expressão de Morrison dava a entender que ela se importava bastante.

— Esse não foi o combinado — falou ela simplesmente.

— Eu sei, eu sei — concordou Dobrev, tentando acalmá-la. — Mas sinto que as coisas seriam mais tranquilas se ficássemos só nós dois. Não se preocupe, não vou convencê-lo a me passar todos os bens. Vai ser apenas… uma conversinha. Um bate-papo. Amigável. Com seu consentimento, é claro.

— Ele está fingindo pedir sua permissão, e não faz isso com todo mundo — comentou Tobias, seco.

— Tobias. — A voz de Dobrev passou de tio amigável a chefão da máfia em uma única palavra.

— Perdão, Anton — falou Tobias, com a devida deferência.

Morrison olhou para mim.

— Não concorde com nada e venha falar comigo depois.

— Ele não devia ser seu chefe agora? — perguntou Tobias.

— Vou arrancar sua língua — respondeu ela.

— Achei que não estávamos mais namorando.

— Chega, vocês dois — ordenou Dobrev, de volta ao modo tio bonachão. — Tobias, de pé. Til, eu levarei Charlie de volta sem confusão. É uma promessa. Agora, se vocês dois nos derem licença…

Dobrev fez um gesto enxotando ambos. Eles se afastaram, Tobias primeiro, para que Morrison pudesse ficar de olho nele.

— Muito intensos, esses dois — continuou Dobrev. — Eles costumavam sair, e aí…

— Ele tentou matá-la — terminei.

— Não, não, matar, não. Assassinar — corrigiu ele.

— Tem diferença?

— Não para a vítima — admitiu. — A pessoa morre de qualquer maneira. Mas um faz parte dos negócios, o outro é… puro caos.

— Ambos podem ser caóticos — sugeri.

Dobrev assentiu e colocou a mão no meu ombro.

— Continue pensando nisso. Agora você entrou no nosso ramo. É capaz de mudar de ideia — disse.

Olhei para ele, incrédulo. Isso pareceu encantar Dobrev.

— Seu tio Jake costumava me olhar desse jeito o tempo todo — comentou. — É uma das razões pelas quais eu gostava dele. Bom… está com fome, Charlie? Se estiver, podemos ficar aqui sentados enquanto você come. Mas, se não estiver, acho que gostaria de dar uma volta, caso queira se juntar a mim.

— É seguro? — perguntei. — Estávamos falando sobre assassinatos.

— Em qualquer outro lugar, não. Aqui, não haverá problemas — respondeu ele.

— Você parece ter bastante certeza.

— Ora, talvez tenha a ver com o fato de que tenho atiradores de elite mirando em qualquer pessoa que se aproxime a menos de vinte metros de mim, Charlie.

Isso me deixou encafifado.

— Você tem um atirador mirando em mim?

— Claro — confirmou Dobrev. — Mas não me peça para dizer onde ela está, veja bem.

— Claro que não. Segredos da indústria — falei.

Dobrev me deu outro sorriso largo.

— Você aprende rápido! Ótimo, Charlie, ótimo. Vamos dar uma caminhada.

15

— Me diz uma coisa, Charlie — pediu Anton Dobrev enquanto passeávamos pelos jardins bem cuidados do Hotel Grand Bellagio. — Alguém te contou como surgiu a Convocação da Lombardia?

— Não.

O que eu queria responder era que, a essa altura, quase ninguém tinha me contado *nada*, mas me contive. Parecia informação demais para se revelar tão cedo, e em algum lugar no fundo da mente ouvi Morrison e uma década de editores me dizendo para ficar quieto e deixar Dobrev falar.

Ele gesticulou para o hotel pitoresco se destacando na paisagem.

— A primeira aconteceu aqui. Não que eu fosse o dono do lugar na época, é claro. Faz muito tempo, foi em 1902. Já ouviu falar da Guerra dos Bôeres?

— Vagamente — me esquivei.

— Essa é sua maneira de dizer que o sistema educacional norte-americano não está interessado em ensinar nada em que os Estados Unidos não estivessem diretamente envolvidos — apontou Dobrev.

— Mesmo isso mal se ensina — completei. — Estudamos a Guerra da Independência, a Guerra de Secessão e a Segunda Guerra Mundial. Não me lembro direito de mais nada.

— A Guerra dos Bôeres. África do Sul. Aconteceu entre os colonos britânicos e holandeses. Houve duas guerras, na verdade, mas é a segunda que importa aqui. Terminou em 1902. E o fim dela causou um problema.

— A guerra terminar é um problema? — perguntei.

— Quando você está equipando uma máquina de guerra, vendendo armas e financiando tudo, é, sim — respondeu Dobrev. — A guerra é como qualquer outro negócio, Charlie. É preciso especular. Estimar. Calcular quanto tempo vai durar, fazer planos durante esse período para maximizar o lucro. Todos os membros fundadores da Convocação da Lombardia tinham investimentos na Guerra dos Bôeres. Magnatas da indústria. Fabricantes de armas. Financiadores de exércitos. Achavam que o conflito duraria anos a mais do que durou.

— Que pena — lamentei com a cara mais séria que consegui fazer.

Dobrev fez um gesto desdenhando.

— Foi tudo culpa deles mesmos, na verdade. Esqueceram que os britânicos podiam ser uns filhos da mãe e subestimaram o quanto o governo britânico estaria disposto a deixar a guerra para trás. Foram gananciosos e fizeram uma aposta errada por isso. Alguns quase foram à falência.

— Você não está vendendo muito bem o peixe da Convocação da Lombardia para mim.

Isso arrancou uma risada de Dobrev.

— Justo. Mas o fracasso coletivo deles é importante para entender o que aconteceu depois. O que aconteceu depois, Charlie...

O que aconteceu depois foi que um homem veio na nossa direção, sacou uma faca e avançou contra meu companheiro de caminhada.

— Ah — disse Dobrev baixinho.

Sem pensar muito, eu o agarrei e o puxei para o chão. Ou pelo menos tentei; Dobrev não ajudou, e o resultado foi uma queda nada graciosa. Ele acabou caindo por cima de mim desajeitadamente, meio que o oposto do que suponho que eu esperava acontecer. Tentei afastá-lo do assassino, mas Dobrev não estava cooperando.

— Pare com isso — bufou ele por fim, me empurrando. — Estou bem, Charlie.

— Mas...

Algo não estava certo, e passei vários segundos confuso até perceber o que era.

O assassino nem chegou a nos alcançar. Ele estava caído na calçada, tremendo, a faca em riste, a ponta da lâmina arranhando o concreto.

— Sua atiradora — falei para Dobrev, que gemia ao se levantar do chão.

— Minha atiradora — concordou ele, e estendeu a mão. — Ajude este velho que você empurrou a se levantar, por favor.

Fiquei de pé e o ajudei, sem tirar os olhos do assassino, que ainda estava tremendo.

— Ele não está morto — comentei.

— Humm? — Dobrev, que tirava a poeira da camisa, lançou um olhar distraído para o homem caído. — Ah. Não, não está morto.

— Mas sua atiradora... — comecei.

— Disparo elétrico de longo alcance. Não posso sair matando pessoas assim, Charlie — explicou ele.

— Não pode? — perguntei, e saiu mais como um desafio do que era minha intenção.

Dobrev captou o tom.

— Talvez "não posso" não sejam as palavras certas. Mas matar não é o ideal. Boletins de ocorrência seriam feitos, até mesmo aqui. Notícias sairiam. Chamaria atenção. — Ele gesticulou para o assassino ainda trêmulo. — E eu talvez não conseguisse descobrir quem o enviou. Então, não, matá-lo não é o ideal. Muito melhor mantê-lo vivo.

No chão, o homem parou de se mexer. Pelo visto, a carga do disparo elétrico tinha acabado.

Ouvi barulho atrás de nós. Cheguei mais perto de Dobrev, que colocou a mão de forma reconfortante no meu ombro. Quando me virei, vi três funcionários do hotel passando apressados por nós, todos de terno preto. Um deles olhou para Dobrev — que fez um gesto que claramente significava que estava bem —, então assentiu e voltou a atenção para os outros dois funcionários, que se abaixaram, pegaram o homem caído e o arrastaram para longe, com o terceiro engravatado seguindo logo atrás. Reconheci este último: era Andrei, o mesmo que havia verificado o pulso do pescoço do meu tio. Se ele me reconheceu, não demonstrou. Estava muito ocupado avaliando o ambiente atrás de mais assassinos.

Em dez segundos, todos desapareceram, como se nada tivesse acontecido. Dobrev se virou para mim.

— O que eu estava dizendo?

Fiquei boquiaberto, perplexo.

— Está tudo bem, Charlie? — perguntou Dobrev, depois de um momento.

— Você está lidando muito bem com uma tentativa de assassinato — falei, embora quisesse gritar.

Dobrev bufou.

— Imagina. Para início de conversa, foi um erro entrar na propriedade. Ele foi rastreado no momento em que apareceu.

— Você sabia que o cara estava esperando por você?

— Não, meu pessoal só me informa de ameaças reais.

— Ele veio atrás de você com uma faca.

— Veio, mas, como você viu, ele não chegou até mim.

— Ainda assim, chegou bem perto.

— "Perto" é um termo relativo.

— Seu pessoal poderia tê-lo impedido antes.

Dobrev deu de ombros.

— Não faz sentido revelar nossas capacidades antes que seja necessário.

— Não te entendo.

— Mas vai entender. Com o tempo — prometeu Dobrev. Então ele sorriu. — Você tentou me salvar, Charlie.

— Ora, é claro. Não me saí muito bem, como deu para ver — retruquei.

— Verdade — concordou Dobrev. — Mas ainda respeito a tentativa. Ninguém mais nesta conferência ou na Convocação faria o mesmo. Não sem ser pago.

— Não foi nada.

Dobrev balançou a cabeça.

— Foi algo, sim. E não vou esquecer. Enquanto isso, vamos voltar à nossa conversa. Talvez seja melhor entrarmos. Vai levar um tempinho para minha atiradora reajustar o equipamento.

— A porra da *Guerra dos Bôeres* — comentou Morrison, uma hora depois.

Estávamos de volta ao salão de chá, que no momento começava a encher com caras de tecnologia e finanças que vieram para o Encontro Bellagio. Metade deles estava falando sozinho em voz alta, com fones de ouvido brilhando visivelmente nas orelhas e celulares sobre a mesa. A outra metade estava com os telefones na mão e falava neles sem se importar com fones de ouvido, segurando os aparelhos como se a entrada de USB-C fosse um microfone. Estavam todos fazendo um show para demostrar que eram "homens de negócio" uns para os outros.

— Essa história de origem é imprecisa? — perguntei, desviando a atenção dos aspirantes a Mestres do Universo que não paravam de falar.

— Não imprecisa. É só incrivelmente inútil. — Morrison tomou um gole de chá e pousou a xícara com um tilintar. — Não estamos em uma revista em quadrinhos ou em um filme de super-herói. A história de origem desses idiotas não importa. Tudo o que importa é que decidiram formar a própria sociedade secreta. Se não tivesse sido a Guerra dos Bôeres, teria sido outra coisa. Os idiotas que fundaram a Convocação da Lombardia estavam simplesmente procurando uma desculpa para tentar controlar o mundo.

— Dobrev disse que eles não estavam tentando controlar o mundo — comentei.

Durante a nossa conversa posterior, em uma mesa escondida na parte de dentro do restaurante, Dobrev entrara em alguns detalhes sobre como a Convocação da Lombardia não via lucro em influenciar eventos mundiais de forma direta. Isso era uma ciência inexata na melhor das hipóteses, e uma excelente maneira de falir uma empresa ou mandar um desses magnatas para o xilindró se a tentativa de influência desse errado. Em vez disso, os doze fundadores da Convocação da Lombardia optaram por outro caminho: o desenvolvimento da primeira rede robusta de inteligência e análise corporativa, não para interferir em eventos mundiais, mas para estar presente e fazer dinheiro quando eles inevitavelmente acontecessem.

— Ah, claro, o velho discurso de "Nós apenas aproveitamos as oportunidades" — disse Morrison.

— Você já ouviu isso antes.

— Dobrev tentou convencer seu tio Jake disso também.

— O que Jake pensava sobre isso?

— Ele ressaltou, corretamente, que nenhum dos membros da Convocação da Lombardia nem de longe tem a capacidade de prever o futuro e a paciência glacial necessárias para adivinhar de que maneira o mundo vai mudar, muito menos para esperar que isso aconteça. Eles influenciam o maquinário desde o começo. — Morrison acenou para os caras de tecnologia e finanças no salão. — Dá uma olhada nesses idiotas — falou, e alguns deles se viraram para ouvir sua avaliação. Ela os encarou com uma expressão impassível até que voltaram a cuidar das próprias vidas. — Você acha que algum desses panacas tem a paciência de esperar qualquer coisa? São todos uns urubus aspirantes a apostadores de bolsa de valores. Esfaqueariam a própria avó se achassem que ganhariam dois centavos com isso.

— Isso não é justo — exclamou o cara da mesa ao lado, se intrometendo em uma conversa que não era dele porque tinha certeza de que tinha algo importante com que contribuir.

Morrison estreitou os olhos para o sujeito.

— Vou adivinhar. Universidade do Sul da Califórnia. Faculdade de Administração. Trabalhou na McKinsey. E agora você tem uma startup de inovação de, sei lá, *ração de peixe* ou algo assim.

— Compostagem, na verdade.

— *Compostagem.* — Morrison revirou os olhos, olhou para mim e indicou o cara com o polegar. — Olha só, Charlie. Nosso amigo *Brad* aqui vai te oferecer uma assinatura de *matéria orgânica*. Terra como serviço. — Ela olhou de volta para o cara. — Vou adivinhar: você tem minhocas patenteadas.

— Talvez — respondeu o cara.

— Pelo amor de Deus, Brad, o mundo não precisa que você seja a Monsanto dos anelídeos.

— A Monsanto não existe mais — argumentou o sujeito.

— Sério, Brad? *Essa* é a sua jogada? "A Monsanto agora é tecnicamente *Bayer*"? Você acha que seu argumento fica melhor mencionando a empresa que usou trabalho escravo durante o Holocausto? — Morrison tomou outro gole de chá, enxugou os lábios com o guardanapo e jogou-o na mesa. — Vou dar uma volta — avisou para mim, e então se virou para o cara novamente. — Por favor, me diz que você vai participar do Fala e Joga hoje à noite.

— Vou.

— Mal posso esperar — disse Morrison, antes de se levantar e ir embora. O salão de chá inteiro a observou se afastar.

— Como ela sabia que meu nome é Brad? — questionou o cara, mas eu já estava de pé indo atrás de Morrison.

— Você está bem? — perguntei quando a alcancei.

Ela estava parada nos degraus na fachada do hotel, parecendo que tinha acabado de sair para fumar.

— Estou ótima.

— Não pareceu que você estava ótima quando descontou sua raiva no Brad lá dentro.

— Às vezes esqueço como esses caras são um bando de babacas de marca maior. — Morrison gesticulou para o hotel. — Este lugar é igual a um ovo Fabergé com lixo dentro, Charlie. É bonito por fora, mas fede quando você chega perto.

— Você que me trouxe até aqui — lembrei.

— Viemos porque você recebeu o convite — respondeu Morrison. — Recusar não era uma opção. E porque você precisa conhecer quem vai enfrentar daqui para a frente.

— Mas não estou contra eles, eu *sou* um deles — observei. — Estamos todos juntos nesse barco de vilões de James Bond. Dobrev ficou falando do tio Jake como se tivessem sido colegas de quarto da faculdade. Ele me abraçou! Duas vezes. Faço parte dessa convocação idiota, quer eu goste ou não. Assim como o tio Jake.

— Ele não fazia parte da Convocação.

— Não?

Morrison balançou a cabeça.

— No começo, eles o convidavam toda hora, e Jake sempre recusava.

— Por que ele faria isso?

Morrison apontou para o salão de chá.

— Sabe o Brad? Ele é apenas uma versão embrionária dos membros da Convocação da Lombardia.

— E o tio Jake *não* era?

— Ele concluiu que era melhor do que nossos atuais colegas e não teve vergonha de falar isso na cara de todos. Aí parou de ser convidado para se juntar à panelinha.

— Porque era um esnobe.

— Porque percebeu que, por mais que eles pudessem lucrar tentando controlar o mundo durante o encontro anual neste hotel, Jake poderia lucrar ainda mais.

— Sendo ainda melhor no jogo do que os concorrentes — chutei.

Morrison sorriu.

— Não. Estragando os planos deles, Charlie, assim que eram criados. E então deixando claro que era isso que estava fazendo, que era *bom* no serviço e que estava disponível para ser contratado.

Pensei no assunto por um minuto.

— Está dizendo que o tio Jake atormentava a Convocação da Lombardia.

— O vilão dos supervilões, sim.

— Então, um herói — supus.

— Ah, não, Charlie. Não confunda o que Jake estava fazendo com algo heroico — disse Morrison.

— Ele estava frustrando os planos dos vilões.

— Seu tio não estava fazendo isso por bondade. Fazia isso por dinheiro. E às vezes por despeito. E de vez em quando só para ver o que aconteceria. Não era exatamente heroísmo.

— Você ficou ao lado dele — observei.

— Eu também não disse que era uma heroína. E tenho meus motivos.

— Que você vai me contar?

— Um dia. Mas não hoje.

Mudei de assunto:

— Se meu tio não fazia parte da Convocação da Lombardia, então por que fui convidado?

— Eles querem te avaliar, é claro — respondeu Morrison. — Querem entender o que Jake viu em você. Querem saber se está planejando manter o modelo de negócios do seu tio. E querem descobrir se seria possível te tirar do caminho em caso positivo.

— No caso, me matar.

— Se você não aceitar subornos nem pescar indiretas, claro. Um desses gênios já tentou fazer isso quando mandou explodirem sua casa.

— Talvez eu deva aceitar o suborno, então.

— Talvez — concordou Morrison.

— E isso não te incomodaria?

— Depende do suborno. Você vai descobrir em breve. Tem um encontro com a Convocação depois do Fala e Joga de hoje à noite — explicou.

— Você mencionou isso antes, para Brad. O que é?

Morrison abriu um sorrisinho.

— Você vai ver. Começa assim que o sol se põe, lá fora, perto do lago. Eu vou te buscar. Vá bem-vestido. E leve Hera também.

— Por quê?

— Você vai ver — repetiu Morrison. — Enquanto isso, volte para a suíte. Tenho um arquivo preparado sobre os membros da Convocação. Já conheceu Dobrev. Hora de conhecer o resto. Você deve saber quem vai tentar matá-lo, Charlie.

16

O cara da startup se aproximou do microfone no palco. Ele fez uma pausa dramática, então começou:

— Quero que vocês pensem nos seus testículos... como um serviço.

Dei um tapinha no próprio rosto, esfreguei os olhos e me virei para Morrison, que, com Hera, estava sentada à minha mesa no pavilhão do hotel, de frente para o lago.

— Eles são *todos* assim? — perguntei.

— Não. Alguns são piores — respondeu Morrison.

Estávamos assistindo às reuniões de pitch do tal Fala e Joga, que haviam começado ao pôr do sol. Os convidados do Encontro Bellagio estavam reunidos para uma mistura de happy hour, evento de networking e apresentação de startups. Os participantes, para ser claro, não estavam fazendo os pitches para os outros participantes; as apresentações eram para os membros da Convocação da Lombardia, sentados em mesas separadas como a minha, cada um com um ou dois associados ou subordinados e, assim como eu, um gato.

Quando cheguei — vestindo um terno sob medida que nem sabia que tinha sido feito para mim e para o qual não tinha certeza de como minhas *medidas* haviam sido tiradas, com Hera me seguindo obedientemente —, fui recebido na entrada do pavilhão por garçons do restaurante do hotel, que me impediram de me misturar com a ralé e, em vez disso, me guiaram para uma mesa em um nível mais alto, onde puxaram a cadeira para mim. Para Hera, foi oferecido um banquinho para alcançar a própria cadeira, que tinha um assento elevado projetado para felinos. Achei isso estranhíssimo até olhar para as outras mesas ao redor da minha e ver os outros gatos sentados serenamente, alguns com minitaças de cristal na frente deles.

Me perguntei o que havia nas taças até que uma foi depositada na frente de Hera: atum cru picado. Enquanto a observava comer seu lanchinho com toda a delicadeza, me peguei profunda e desconfortavelmente ciente de que, durante todo o tempo em que a conheci, alimentei uma criatura de paladar refinado com ração seca barata para gatos em todas as refeições. Fiquei imaginando por que ela ainda não tinha me assassinado na calada da noite. Antes que pudesse pensar muito sobre isso, fui servido da minha própria taça de vinho e de um pratinho de aperitivos, que incluía sashimi de atum. Agora eu estava comendo tão bem quanto minha gata.

Uma sombra pairou sobre mim; Morrison, com um vestido que era a coisa menos conservadora que eu a tinha visto usar até então.

— Você está bonita — comentei enquanto um garçom puxava a cadeira para ela e lhe servia um prato de sashimi e guloseimas.

— Obrigada.

Fiz um gesto para os participantes no pavilhão, muitos dos quais estavam olhando em nossa direção; presumi que era para Morrison, literalmente a única mulher cis presente, exceto pelas funcionárias do hotel.

— Você está chamando atenção.

Morrison mal olhou para cima antes de espetar um pouco de comida com o garfo.

— Não estão olhando para mim, estão olhando para você.

— Acho que não faço o tipo desses caras — comentei.

— Você não é uma carteira de ações ou um novo tipo de bem financeiro não fungível, então não, não faz — concordou Morrison. — Mas está em uma mesa própria com sua gata.

— Isso importa?

— Quem mais tem mesas e gatos?

— Os membros da Convocação da Lombardia.

— Isso mesmo. Então o fato de você ter uma mesa e um gato significa que é alguém. Mas, diferente dos outros membros da Convocação da Lombardia, sobre os quais esses caras acham que sabem tudo, eles não têm ideia de quem você é ou por que está aqui. *Deve* ser importante, mas não sabem o *porquê*, e isso os deixa desconfortáveis. E curiosos. Então não, eles não estão olhando para mim. Literalmente toda a atenção deles está voltada para você — completou ela, e comeu seu sashimi.

Olhei de novo para os participantes. Eram todos, absolutamente todos, homens ou pelo menos pessoas de aparência convencionalmente masculina. Os que estavam olhando para mim demonstravam no rosto uma das seguintes emoções: curiosidade, inveja ou hostilidade. Comentei essa última com Morrison, que assentiu e depois engoliu a comida.

— Claro que estão hostis. Você tem mais ou menos a mesma idade que eles e já tem uma mesa e um gato. E esses caras não sabem quem você é, então não têm ideia de como conseguiu isso. Te consideram uma ameaça — explicou ela.

— Isso é ridículo.

— Completamente — concordou Morrison. — Mas não estou errada. Eles querem o que acham que você tem, e ficariam felicíssimos em enfiar uma faca nas suas costas para conseguir.

— O que nos leva à pergunta: por que eu tenho uma mesa? — questionei. — Não é como se o tio Jake fosse membro da Convocação da Lombardia.

— Você tem uma mesa por causa dele. — Morrison gesticulou com o garfo para a mesa onde Anton Dobrev estava sentado, rindo de algo que um dos seus funcionários estava dizendo. Notei que o gato dele usava coleira e guia, e não parecia nada feliz por estar ao ar livre; o bicho estava encolhido no assento, ignorando a taça de atum. A coleira estava nas mãos do assistente que ria com Dobrev. — Anton convenceu os outros membros da Convocação de que seria mais fácil persuadir você a lhes dar o que querem se fosse tratado como um igual, pelo menos em público.

— Ele mesmo te contou isso?

— Tenho minhas fontes.

Encarei Hera.

— Entendi.

Morrison balançou a cabeça.

— Isso não. Não para Dobrev. — Ela me lançou um olhar que sugeria que eu mudasse de assunto.

— Eles me consideram um igual? — perguntei então.

— Olhe ao redor e me diga.

Morrison tomou um gole de vinho.

Dei uma olhada nas outras mesas no nível do pavilhão, para os homens que estavam lá, e de fato eram todos homens. Havia doze membros na Convocação da Lombardia, todos sentados no momento. Metade deles olhava com atenção para qualquer outra direção, menos para mim. Dos outros, um retribuiu meu olhar com uma expressão vazia, um com um sorrisinho irônico e três com uma cara que parecia de desgosto. O último, Dobrev, me pegou olhando e levantou sua taça de vinho em um brinde discreto, que retribuí. Esse gesto foi percebido pelos outros membros da Convocação e pelos caras abaixo de nós, e ninguém pareceu muito satisfeito.

— Todo mundo aqui me odeia. Todos, menos Dobrev — murmurei para Morrison.

— Não se iluda, Charlie. Dobrev também não é seu amigo.

— Por que estamos aqui mesmo, hein?

— Porque temos que estar.

— Ainda não entendi bem o *porquê*.

— Olha — disse Morrison, e apontou. — Eles estão se preparando para o Fala e Joga.

Lá fora, no pátio, um pequeno palco, antes escondido por samambaias em vasos, estava se abrindo, e uma escadinha foi colocada na lateral. Vários dos caras de tecnologia e finanças, ao verem isso, começaram a fazer fila à esquerda do palco. Cada um recebeu um microfone sem fio. Enquanto a cena acontecia, as mesas da Convocação foram limpas e os pratos, retirados; em cada uma delas, um pequeno objeto arredondado foi colocado. Eu ia perguntar a Morrison o que era aquilo quando nossa própria mesa foi limpa, para minha consternação (eu ainda não tinha comido nada), e recebi um daqueles objetos também. Eu o encarei.

— É um botão — comentei.

— Isso mesmo — concordou Morrison.

— O que ele faz?

— Espere só para ver.

Houve um pigarro amplificado alto, e então Dobrev se levantou, com um microfone na mão.

— Senhores — começou, gesticulando para os homens ali reunidos. — É tão bom vê-los aqui no Encontro Bellagio. Alguns de vocês já são nossos conhecidos, e alguns estão aqui pela primeira vez. Todos estão presentes porque são os empreendedores e os pensadores empresariais mais visionários de sua geração. — Dobrev pegou a taça de vinho com a outra mão e a ergueu. — Eu e os outros Diretores do Encontro os saudamos.

Houve uma comemoração. Dobrev bebeu e pousou sua taça.

— Este fim de semana é sobre vocês. Sobre suas ideias e seus dons, e como vocês escolherão compartilhá-los com o mundo. Vocês farão conexões com colegas empreendedores e cérebros irmãos, e moldarão os movimentos do mundo nos próximos anos. Nós, os Diretores do Encontro... — Ele gesticulou para os outros membros da Convocação da Lombardia, que aparentemente usavam esse pseudônimo com os participantes da conferência. — ... estamos aqui para ajudá-los e guiá-los, sim, mas também para aprender com vocês e ver como nos encaixamos no mundo que estão construindo a cada dia e no futuro.

Mais aplausos.

— E isso começa hoje à noite, com uma das nossas mais sagradas e, ouso dizer, agradáveis tradições: o Fala e Joga. — Houve risadas. — É assim que nós, os Diretores do Encontro, damos as boas-vindas aos mais novos membros da nossa comunidade, para fornecer uma oportunidade única de apresentarem suas ideias e para dar a eles acesso ao capital inicial que pode torná-los verdadeiros vanguardistas mundiais.

Dobrev fez uma pausa para dar efeito.

— Vejo que nossos concorrentes estão ansiosos e já fizeram fila... — Mais risadas, inclusive daqueles na fila. — Então vou fazer uma breve recapitulação das regras para todos. Cada um terá dois minutos para fazer seu pitch. Se o concorrente sobreviver aos dois minutos inteiros sem ser eliminado... — Dobrev levantou seu botão — ... então fará uma reunião com um dos Diretores para um pitch mais detalhado. Depois discutiremos todas as propostas e, dos finalistas, escolheremos uma para financiar. Para aqueles que forem eliminados... sempre temos a rodada de consolação.

Mais risadas dessa vez, e alguns aplausos, e nessa hora os caras na fila pareciam confusos, mas não tanto a ponto de sair do lugar.

— Então boa sorte para vocês! E que o Fala e Joga comece!

Dobrev se sentou, e houve ainda mais aplausos. O primeiro dos competidores subiu ao palco e, assim que o público se acalmou, começou seu pitch:

— O processo de admissão nas faculdades norte-americanas não funciona e todos nós temos consciência disso. Existe uma maneira melhor de fazer isso. Permitam-me compartilhar minha visão de um sistema universal, no qual cada aluno sabe exatamente onde está no competitivo processo de admissão em relação a todos os outros concorrentes, com atualizações minuto a minuto, oportunidades para ganhar pontos patrocinados por anunciantes e corporações top de linha, além de uma atmosfera gamificada emocionante que vai tornar esse processo o maior evento esportivo do mundo.

Meu queixo caiu ao ouvir essa baboseira típica de Jogos Vorazes, e esse cara ainda tinha 94 segundos no relógio. E o discurso só piorava. De alguma forma, ele não foi eliminado e deixou o palco triunfante, sob leves aplausos.

O próximo cara subiu e fez o pitch de um esquema inovador de atendimento de emergência, no qual uma equipe médica afiliada à startup chegaria ao local e enviaria o documento de identificação com foto do paciente para a rede da empresa. A rede verificaria a pontuação de crédito e o status do plano de saúde da vítima e, em seguida, abriria um processo de licitação instantâneo com as instalações médicas mais próximas para ver quem pagaria mais pelos pacientes com melhor crédito e maior reembolso do plano. Se o paciente à beira da morte não aceitasse a divulgação das informações necessárias, o paramédico se ofereceria para chamar um serviço de emergência diferente e seguiria em frente. Essa ideia recebeu um pouco mais de aplausos do que a primeira.

O terceiro pitch foi o do “testículos como um serviço”.

— Imagine a capacidade de decidir, caso a caso, se você quer que seus testículos liberem esperma — disse o Cara dos Testículos. — Chega de camisinhas, que todos nós odiamos mesmo. Chega de vasectomias, que são dolorosas, de recuperação difícil e de reversão pouco confiável. Em vez disso, há um portão em nanoescala, construído diretamente no canal deferente, que você pode abrir e fechar com um aplicativo no seu celular. Oferecemos isso como um serviço de assinatura, com uma parte dos lucros destinada a organizações de caridade e assistência relevantes, como a Planned Parenthood…

O Cara dos Testículos foi jogado no ar, impulsionado por um conjunto de molas enormes sob o tablado. Surpreso demais para gritar, ele fez um arco silencioso escuridão dentro, em direção ao lago.

Poucos segundos depois, ouviu-se um *splash* distante.

A multidão irrompeu em gritos, aplausos e risadas. Eu me virei para Morrison, atordoado.

— É por isso que se chama Fala e Joga — disse ela, e tomou um gole de vinho.

— Alguém pode morrer.

— Eles projetam o palco para lançar a carga no lago de Como. Faz décadas. São muito bons nisso.

Olhei para os caras na fila ao lado do palco, todos claramente chocados.

— Eles sabem de antemão que podem ser jogados no lago?

— O público sabe. Os concorrentes acabaram de descobrir — respondeu Morrison.

— Estou supondo que pare de funcionar depois que o primeiro cara é arremessado.

— Seria de se imaginar. — Morrison gesticulou para a fila de concorrentes, que estavam todos escutando atentamente a fala de um dos funcionários do hotel. — Mas eles acabaram de ser informados de que a rodada de consolação no Fala e Joga significa que quem for lançado mais longe no lago de Como pode apresentar sua ideia pela segunda vez, que nem os finalistas reais.

O funcionário do hotel se afastou dos caras na fila. Todos permaneceram em seus lugares enquanto o palco era reorganizado aos poucos.

— Não dá para acreditar — comentei.

— É claro que dá — rebateu Morrison.

— Eu não ficaria na fila.

— Mas você não é *como* eles — reforçou Morrison. — Você não é um babaca hipercompetitivo que quer entrar no mundo de outros babacas hipercompetitivos, disposto a fazer qualquer coisa para chegar lá. — Ela gesticulou com a taça de vinho. — Isso é um *trote*, Charlie. É assim que os idiotas ficam amigos. Cada babaca lá embaixo assistindo ao Fala e Joga já passou por aquele tablado, e a maioria deles foi jogada no lago, e agora veem isso como a porra de um rito de passagem. Sabe o que aconteceria se os caras novos não ficassem naquela fila?

— Eles não seriam convidados de volta — arrisquei.

— Isso só para começar. E também nunca mais trabalhariam com ninguém envolvido com a conferência. Eles querem entrar para o grupo. Mas, uma vez que você entra, não pode mais sair. E se sair, seja daquela fila, ou de qualquer outro momento do Encontro, então a carreira que você pensou que tinha acabou.

— Os caras foram pegos em uma armadilha.

— Você não vai ficar preso em uma armadilha se não quiser ir embora. Que é a outra parte da coisa. — Morrison acenou com a taça de vinho para a multidão outra vez. — Isso aí é doutrinação. Veja o que está sendo aprovado aqui. Veja o que está fazendo as pessoas serem jogadas no lago. Dobrev gosta de dizer que a Convocação quer aprender com esses idiotas porque sabe que isso faz os caras se sentirem importantes. Mas não se engane: eles estão mostrando aos imbecis quem precisam ser para participar. E os merdinhas simplesmente engolem.

— Então isso tudo é um culto.

— Cultos são mais divertidos — respondeu Morrison, e tomou outro gole de vinho.

O próximo competidor subiu ao palco, mais hesitante do que o anterior, mas subiu mesmo assim. Parou no meio do tablado, aproximou o microfone dos lábios e emitiu um som rouco e estranho que causou uma leve microfonia. O cara levantou a mão, segurou o microfone longe dos lábios enquanto engolia em seco para molhar a garganta e então o trouxe de volta ao rosto para outra tentativa.

— Terra — disse ele, e então foi lançado em direção ao lago.

Olhei para Morrison, que estava com o dedo no botão. Ela afastou a mão e se recostou na cadeira, depois me encarou.

— O quê? Eu só vim aqui para fazer isso.

17

O cinema e a televisão me fizeram acreditar que o santuário de uma sociedade secreta do mal seria modernista, metálico e provavelmente escuro, exceto pelos holofotes acima dos membros da sociedade, lançando-os em sombras nefastas. Nesse aspecto, o santuário da Convocação da Lombardia foi uma imensa decepção.

Para começar, nem era um santuário; acabou sendo simplesmente o Lounge Executivo no último andar do Grand Bellagio, embora "simplesmente" não fosse a palavra apropriada para uma sala que havia recebido imperadores, presidentes e papas, e cujo cada centímetro de decoração dava a entender que isso era uma ocorrência cotidiana. Era grandiosa e barroca, mobiliada com poltronas mais antigas que os Estados Unidos e que deviam valer mais do que a minha casa, mesmo antes de explodir.

Na sala estavam sentados os doze membros da Convocação da Lombardia com seus gatos, todos olhando para mim e Hera. Exceto o gato de Anton Dobrev, que, uma vez colocado gentilmente em seu colo, pulou para o chão na mesma hora e se escondeu embaixo de uma *chaise longue* distante que devia ter pertencido a um Medici em algum momento.

— Misha! — chamou Dobrev. Não houve resposta, apenas um rosnado baixo. Dobrev levantou as mãos e olhou ao redor com amargura para o restante dos membros da Convocação. — Não sei como vocês conseguem. Seus gatos são sempre tão comportados. Os meus são monstros selvagens. Eu me sinto incompetente. — Ele gesticulou para mim. — Até você, Charlie. Sua gata é um amor.

— Obrigado — agradeci. Hera estava deitada no braço grosso da poltrona estofada em que indicaram que eu me sentasse, que percebi tarde demais estar no centro da meia-lua formada pelas outras poltronas, o que deixava claro que eu com certeza seria o tópico de discussão da noite. — Também gosto dela.

Fiz um rápido carinho em Hera; ela ronronou e continuou a fingir preguiça.

— Onde você a encontrou? — perguntou Dobrev.

— Ela saiu dos arbustos em frente à minha casa.

Dobrev deu um tapa no joelho e olhou para os outros membros da Convocação.

— Ouviram isso? Nos arbustos. Uma vira-lata. Muito americano. Muito democrático. — O restante da Convocação sorriu de leve ou ficou em silêncio; seus gatos permaneceram igualmente impassíveis. — Diferente de nós, que compramos os nossos em gatis de raça, Charlie. Apenas as melhores linhagens para nós. Sabe como todos nós viemos a ter gatos?

— Não — confessei.

— Ian Fleming se inspirou em um dos nossos membros fundadores para criar Blofeld — começou Dobrev, e então deu de ombros. — Bem, foi uma das inspirações, de qualquer forma. E, como Fleming foi inspirado por esse fundador, é justo dizer que ele devia saber sobre a existência da Convocação da Lombardia, ou pelo menos devia ter ouvido sussurros a respeito. Então, é claro que isso também apareceu nas histórias dele.

— Está dizendo que a SPECTRE é baseada em vocês — falei.

— É uma interpretação *muito* fantasiosa, admito — disse Dobrev, rindo. — Muito maior do que nós. Bem mais ambiciosa. Não queremos comandar o mundo, Charlie. Podemos dar um empurrãozinho de vez em quando. Mas isso é completamente diferente.

— Claro.

Notei os olhares que os outros membros da Convocação estavam lançando a Dobrev; eles não concordavam com a descrição de "empurrãozinho". Consideravam a si mesmos como mais importantes do que isso.

— Enfim, quando os filmes do Bond foram lançados e Blofeld apareceu com seu persa branco, o líder da Convocação na época, que era meu pai, a propósito, achou aquilo tão divertido que, na reunião seguinte, trouxe gatos para todos do grupo. E assim esses animais têm sido parte de nosso círculo desde então. O que você poderia chamar de... — Dobrev fez uma pausa, como se estivesse procurando a palavra certa.

— Uma afetação — sugeri.

— Eu ia dizer "mascotes", mas, sim, claro, "afetação" também funciona. — Ele gesticulou para Hera. — Você trouxe sua própria gata para nosso humilde evento. Talvez seja um sinal positivo.

— Para ser justo, me disseram para trazê-la.

Dobrev sorriu.

— Claro, Til disse. Uma mulher inteligente. Muito perceptiva.

— Você não deveria ter deixado ela apertar o botão no Fala e Joga — falou outro membro da Convocação para mim.

Eu me virei na direção da voz; era Roberto Gratas. Os arquivos que Morrison me passou sobre a Convocação diziam que os negócios legítimos da família dele eram mineração e processamento de minérios em vários países da América do Sul. As minas da empresa estavam quase esgotadas naquele momento e sua empresa estava sendo ultrapassada por novatas mais ágeis.

— Eu não deixei. Ela fez isso sozinha — retruquei.

— Não era prerrogativa dela — reclamou Joakim Petersson. A família dele estava no ramo de transporte. Até meados do século 20, tinha feito bons negócios movimentando armas ao redor do mundo, mas ficara para trás em outros comércios globais e agora estava comendo a poeira das Maersk e Hapag-Lloyd do mundo. — É apenas para os membros da Convocação.

— Então não sei por que vocês colocaram um botão na minha mesa. Considerando que não sou membro da Convocação — declarei.

— Foi uma cortesia, na verdade — disse Thomas Harden, o único americano do grupo. Seu tataravô era um magnata do aço que andava nos mesmos círculos de Carnegie e Rockefeller, mas que nunca se preocupara em entrar na mesma onda de filantropia. O avô de Harden quase levou a empresa à falência com uma liga metálica malfadada, vendida sob a propaganda de que era mais forte e mais leve que o aço. E era, a menos que ficasse muito frio. Nesse caso, ela quebrava de maneiras caras. — Não esperávamos que você o usasse.

— Eu não usei — insisti, e então apontei para Gratas. — Mas se *eu* tivesse feito isso, acho que ele não reclamaria.

Dobrev riu alto.

— Charlie está na nossa cola, senhores — disse ele, e se virou para mim. — É verdade que nosso pequeno grupo não é o que os mais jovens descreveriam como diverso. Normalmente, as únicas fêmeas que têm permissão para estar presentes em nossas discussões e estratégias são as felinas. Talvez uma hora isso mude com o tempo.

— Mas esta ainda não é a hora, pelo que entendi — concluí.

— O que fazemos aqui continua sendo, como dizer... um trabalho dominado por homens. Creio que possamos discutir os motivos, mas isso não é relevante para nossa situação atual — afirmou Dobrev.

— Quase convidamos uma mulher uma vez. A australiana — comentou Petersson.

— Roberto a rejeitou — acrescentou Harden.

— Uma pessoa do ramo da mineração já é o bastante — defendeu-se Gratas, acariciando seu azul russo.

— Não é hora de falar sobre o passado — interrompeu Dobrev, com um tom de voz que impedia mais discussões. — É hora de falar sobre o agora. De falar sobre Charlie. — Ele se virou para mim e fez um gesto para Harden. — Tom vai cuidar dessa parte. Vou deixá-lo conversar com você. Enquanto isso, *eu* vou tentar resgatar Misha.

Dobrev se levantou da cadeira e foi até a distante *chaise longue* sob a qual seu gato estava escondido.

— Obrigado, Anton. — Harden pegou do colo o próprio gato, um Maine Coon, e o colocou gentilmente no chão, depois se inclinou para a frente para se dirigir a mim. — Então, Charlie, o que você sabe sobre nosso pequeno grupo?

— Ouvi a história da Guerra dos Bôeres — respondi.

Petersson se virou para Dobrev e falou:

— É sério? A história da Guerra dos Bôeres?

— É uma boa história! — exclamou Dobrev, do chão diante da *chaise longue*. — E tecnicamente é verdade.

— *Tecnicamente* — comentou Petersson. Seu gato, um abissínio, balançou o rabo ao ouvir o tom sarcástico do dono.

— Não precisamos voltar até a Guerra dos Bôeres — disse Harden. — A versão resumida e simples é que somos um grupo informal de empresários, de diversos setores industriais e financeiros, que se reúne com alguma regularidade para compartilhar informações e estratégias em benefício mútuo.

— E que também é a inspiração para uma organização maligna fictícia — completei.

Harden riu.

— Como Anton colocou, é uma interpretação fantasiosa, e baseada em uma versão nossa de quase um século atrás. Sem contar que, mesmo que alguns de nós representem famílias que integram o grupo há gerações... — Ele acenou para Petersson, que assentiu de volta. — ... conforme os tempos mudam, nossa filiação mudou também.

Então gesticulou com a cabeça em direção a Ji-Jong Kim, que meus arquivos me informaram ser o membro mais recente, tendo se juntado à Convocação quinze anos atrás. O chaebol de sua família havia sofrido com um recente escândalo de corrupção de médio porte, com dois dos três filhos, todos vice-presidentes executivos, atualmente residindo na prisão sul-coreana por conta disso. Olhei para Kim; ele assentiu para mim. Seu gato, um Scottish Fold, bocejou.

— Achamos que talvez seja hora de outra mudança — concluiu o americano.

Esse detalhe chamou minha atenção.

— Isso está me cheirando a um convite pessoal.

— Pode ser — concordou Harden. — Olha, Charlie. Você deve saber que temos seu arquivo completo, certo? Estamos por dentro da sua história pessoal e profissional. Sabemos que, por algum motivo, seu tio colocou você para nadar com os tubarões, tanto nos seus negócios públicos quanto... Bem, quanto nos outros. Sem ser muito direto, provavelmente seria bom para você ter alguma ajuda no momento.

— Na última vez que um de vocês tentou me "ajudar", minha casa foi pelos ares e levou um agente federal junto — lembrei.

Harden ergueu as mãos em um pedido de desculpas.

— Alguém foi precipitado — disse simplesmente.

— Suponho que nenhum de vocês queira confessar. — Olhei ao redor da sala. Todos os rostos, e os gatos, eram inescrutáveis.

— Quando você se juntar a nós, é improvável que aconteça de novo — argumentou Harden.

Eu bufei.

— Alguém tentou assassinar Dobrev *hoje*.

— Foram bem incompetentes — comentou ele da *chaise longue*, na qual estava reclinado. Havia resgatado Misha, que estava deitado em seu peito.

— Nenhum de nós quer Anton morto — garantiu Harden.

— Rá! — soltou Dobrev, e então teve que acalmar o gato outra vez.

— Nenhum de nós quer Anton morto *agora* — emendou Harden.

Olhei para Dobrev; ele deu de ombros como se dissesse "Talvez".

— E, de qualquer forma, assim como com Anton, o fato de você estar vivo oferece uma sinergia interessante em potencial — acrescentou o outro americano.

— Me diz o que isso significa.

— Significa que você pode se beneficiar do nosso conhecimento e da nossa experiência sobre o mundo em que seu tio vivia. E, para ser franco, não nos faria mal ter uma nova perspectiva. — Harden fez um gesto abrangendo a Convocação. — Aqui somos todos Boomers ou do início da Geração X, Charlie. Ter um pouco de energia Millennial talvez não seja uma má ideia.

— E todos aqueles caras que vocês jogaram no lago hoje? — eu quis saber. — Eles dariam o testículo direito para estar onde estou agora. Vocês poderiam chamar um deles.

— Podemos contratá-los — retrucou Harden. — Em um ou dois podemos até investir. Mas eles não podem estar onde você está porque não são *você*. Não têm o que você tem.

— Um Nissan Maxima caindo aos pedaços e uma casa carbonizada — completei.

— Não é isso que eu quero dizer.

— Ele está falando dos negócios e do dinheiro do seu tio — explicou Dobrev da sua *chaise longue*.

— Eu sei — falei, me virando para Harden. — Queria ouvir isso dele.

— Bem, mais uma vez, *tecnicamente* Anton está correto — admitiu Harden. — Os interesses comerciais do seu tio coincidiam bastante com os nossos. Isso faz de você um bom candidato. Todos aqui compartilham informações e inovação sem restrições. Quanto ao dinheiro, cada um de nós faz depósitos em um fundo comum quando da entrada no grupo e depois uma vez por ano para que possamos financiar iniciativas e investimentos da Convocação. Nós dizemos que é um fundo de capital de risco, mas na realidade é muito mais do que isso.

— E quanto todos nós depositamos?

— O *buy-in* é de 10% dos ativos pessoais — informou Harden. — Pense nisso como um dízimo. Depois, 5% da renda líquida anual.

— É muita coisa — comentei.

— Até semana passada não era — disse Gratas com uma risadinha.

Harden olhou para ele, irritado.

— Não, ele tem razão — reconheci. — Esta semana, porém, virou um investimento considerável.

— Mas nada longe do que você pode pagar. E você receberá algo significativo em troca — insistiu Harden.

— A experiência e os conselhos do grupo.

— E o acesso a toda a nossa tecnologia e informação, tanto das nossas empresas individuais quanto das empresas nas quais investimos e que controlamos em conjunto.

Pensei no assunto.

— Vocês fizeram a mesma oferta ao tio Jake.

— Várias vezes — disse Petersson.

— E ainda assim ele não aceitou. Por quê?

— Você teria que perguntar a ele — respondeu Harden.

— Não posso perguntar — retruquei. — Mesmo quando meu tio estava vivo, eu não podia perguntar a ele. O que imagino que você já soubesse. Então estou perguntando a vocês. Por que Jake rejeitou essa oferta tantas vezes se o que vocês têm a oferecer é tão significativo?

— Seu tio era um tolo — respondeu Gratas.

— Se ele fosse um tolo, vocês não estariam falando comigo agora — argumentei. — Dobrev tem razão. Vocês estão interessados no dinheiro e nos negócios dele. Não estão interessados em *mim*; estão lidando comigo porque é necessário. Não estou ofendido, eu entendo. Mas, se vou considerar a proposta de vocês, então quero saber por que acham que meu tio continuou recusando.

Harden olhou para Dobrev.

— Você está fazendo a oferta. Então faça — disse Dobrev para ele.

Ele voltou a acariciar seu gato. Harden notou que percebi sua tentativa de fazer Dobrev entrar na conversa.

— Anton é o único de nós que poderia ser considerado próximo do seu tio — explicou.

— Éramos amigos — corrigiu Dobrev.

— Acho que é mais correto dizer que eles tinham um bom entendimento da posição um do outro — afirmou Harden. — Ou, para ser ainda mais preciso, acho que Anton acreditava que seu tio era amigo dele, e Jake tinha uma opinião diferente sobre esse relacionamento. Não acho que ele tivesse amigos, Charlie.

— Se as flores enviadas ao funeral dele forem alguma indicação, não tinha mesmo — concordei. — Sem mencionar a tentativa de esfaqueamento do cadáver. — Olhei em volta outra vez. — Alguém quer confessar *isso*?

Petersson levantou a mão.

— Fui eu.

— Essa foi péssima.

— Ele já havia nos enganado antes — defendeu-se Petersson.

— A primeira vez que ele nos recusou, foram só negócios — explicou Harden. — Jake não achou que a proposta valesse a pena. Justo. Alguns de nós tivemos que ser convencidos antes de nos juntarmos à Convocação. Ji-Jong recusou uma vez e depois reconsiderou.

— Precisei pagar 12% para entrar — comentou Kim.

Harden assentiu.

— É verdade, a taxa de adesão de 10% é a taxa introdutória.

— Então o tio Jake recusou por negócios na primeira vez — repeti. — E nas outras?

— Virou algo além de negócios para ele. O que era, eu já não sei dizer. Mas, depois de certo ponto, Jake não se importou de cortar a própria carne para nos ferir. — Harden deu de ombros. — O que, de novo, foi a decisão de seu tio. Mas ele era Jake Baldwin. Você é Charlie Fitzer. Ele deixou tudo para você. Suas prioridades não precisam ser as mesmas que as dele. Você pode ter prioridades melhores.

Eu assenti.

— Por quanto tempo esse convite fica aberto?

— Até o fim da conferência — respondeu Harden. Ele gesticulou para o grupo. — Teremos outros negócios para tratar, mas no final nos reuniremos aqui para ouvir sua resposta.

— E se eu disser não?

Harden olhou para Dobrev outra vez.

— Você mostrou a ele o mel. Agora mostre o vinagre — disse Dobrev.

— Você tem que entender, Charlie, que seu tio interferiu em vários dos nossos negócios.

— Não entendo — falei, o que não era verdade, mas eu queria ver aonde aquilo ia dar.

— Ele nos roubou o que era nosso por direito — interrompeu Gratas.

— Roberto — advertiu Harden.

— Não, Tom. Você foi delicado por tempo suficiente. Está na hora de ele entender que temos garras — continuou Gratas.

Harden levantou as mãos.

— Tudo bem, então. Pode me mostrar suas garras — falei para Gratas.

— Você não é seu tio — começou. — É um professor substituto que herdou um dinheiro. Não tem ideia do que seu tio fez ou de como lidar com as coisas com as quais ele tinha décadas de experiência. Nós temos. Conhecemos os negócios do seu tio melhor do que você. E sabemos o que deveria ser nosso e que Jake nos impediu de ter. Então, se não aceitar nossa generosa oferta… generosa até demais, na minha opinião, mas fui voto vencido… então se curvará às nossas exigências.

— Que são?

— Primeiro, que você saia das linhas de negócios que entram em conflito com as nossas, nas quais, para começo de conversa, seu tio entrou em grande parte por meios antiéticos.

Isso me deixou confuso. Não tinha certeza de como alguém poderia *não* ser antiético nas linhas de negócios que estavam em discussão ali.

— Segundo, seu tio tem espiões na Convocação e nos negócios pessoais de todo mundo aqui.

— Não nos de *todo mundo* — comentou Dobrev, ainda reclinado na *chaise longue*.

Gratas lhe lançou um olhar e depois voltou a me encarar.

— Tentamos de tudo para encontrar os traidores. Caramba, até passamos nossos gatos no raio-X em busca de dispositivos de escuta! Anton riu de mim quando sugeri isso, o que só mostra o quanto Jake fez bem o próprio trabalho. Mas você não é seu tio. E *vai* tirar todos os espiões dele das nossas empresas. Fará isso não importa se decidir se juntar à Convocação ou não.

Gratas estava acariciando seu gato enquanto dizia isso. Evitei com todas as minhas forças olhar para o azul russo.

— A última coisa é que você nos compensará pelos negócios que as manobras do seu tio nos custaram ao longo dos anos, o que não é pouca coisa.

— E quanto seria isso? — perguntei.

— Seu *buy-in* na Convocação é de 10% do seu patrimônio, o que significa, como nós dois temos de concordar, mais precisamente 10% do patrimônio de Jake, além de qualquer trocado com que você consiga contribuir —

respondeu Gratas, rindo da própria piada. — Se não se juntar a nós, então a penalidade deveria ser maior, não acha? Eu sugeri metade, mas meus irmãos da Convocação acham que isso seria muito... pouco caridoso com o novato. Então concordamos em apenas um quarto do patrimônio total de Jake.

— Que significa o quê? — perguntei. — Já que você parece saber tanto sobre os negócios do meu tio, muito mais do que eu, deve ter um número real em mente.

Gratas olhou para Harden, que parecia muitíssimo desconfortável com toda essa discussão.

— Cem bilhões de dólares é o que esperaríamos — respondeu ele.

— Esse é o principal, mais os juros pelos anos que Jake passou nos atormentando — completou Gratas.

— Entendo. E eu deveria simplesmente te fazer uma transferência?

— Não seja idiota — retrucou Gratas. — Seu tio é dono de um banco. Por acaso, Anton também. Você provavelmente conseguiria fazer isso agora mesmo. Ainda mais rápido que uma transferência.

— Talvez seja *ligeiramente* mais complicado que isso — murmurou Dobrev.

Mas Gratas estava a todo vapor.

— O que nos leva a outra coisa.

— A última *última* coisa — supus.

Gratas ignorou minhas palavras.

— Juntando-se a nós ou não, de qualquer forma, o que você nos deve estará em nossas mãos até o final da conferência.

— E se não estiver?

— Então você descobrirá o quão afiadas são as garras que acabei de lhe mostrar — respondeu Gratas. — A Convocação da Lombardia existe há um século, garoto. Não perduramos permitindo que aqueles que se opõem a nós saiam impunes.

— Exceto meu tio — argumentei.

— Seu tio está morto. Agora é só você, Charlie.

Ele se recostou e acariciou o gato com satisfação evidente.

— Certo. Obrigado por isso — falei para Gratas. Então me virei para Harden. — Então, o que estou entendendo é que as opções são me juntar a vocês, e nesse caso eu desembolso mais de 40 bilhões de dólares e abro mão de todos os segredos comerciais do meu tio para serem usados comunitariamente para o próprio benefício de cada um aqui presente, ou não me juntar a vocês, e aí nesse caso eu desembolso 100 bilhões de dólares e saio de todos os ramos comerciais relevantes do meu tio. E, em ambas as alternativas, desembolso o dinheiro em questão de dias.

Harden lançou um olhar irritado para Gratas.

— Eu não teria apresentado dessa forma — redarguiu ele.

— Mas a resposta é "Sim"? — insisti.

— Sim. É, você está correto — concordou Harden. — Mas Charlie...

— Vocês estão falidos — interrompi.

Isso tirou Harden dos eixos.

— O quê?

— Vocês estão falidos — repeti. — Talvez não individualmente, embora eu ache que seja o caso de pelo menos alguns aqui, mas a Convocação da Lombardia como um todo *com certeza* está falida.

— Do que você está falando?

Apontei para Gratas.

— Ele me chamou de professor substituto que herdou algum dinheiro. Não está errado, mas antes disso fui repórter de finanças por anos no *Chicago Tribune*. E, modéstia à parte, eu era muito bom. Mas até um repórter de negócios medíocre consegue sacar quando algo tem cara de golpe. E isso aqui tem cara, corpo e focinho de golpe.

Apontei para Petersson.

— Depois que eu não morri, você fez seu lacaio me entregar um convite para esta convocação no mesmo dia em que o pagou para esfaquear o cadáver do meu tio. — Apontei para Dobrev. — Você me recebe como um filho pródigo e me diz o quanto amava meu tio, para ganhar minha confiança. — Apontei para Harden. — Então me entrega para o americano, que sabe como me bajular e me fazer sentir como se fosse um favor me deixar entrar no seu clubinho. — Apontei para Gratas. — Mas, só para o caso de *isso* não funcionar, entra em cena o policial malvado para me contar todas as coisas horríveis que acontecerão se eu mandar vocês catarem coquinho.

Olhei ao redor da sala para os outros membros da Convocação em suas poltronas, com seus gatos.

— E o *restante* serve como pressão silenciosa, com assentos organizados para me fazer sentir como se estivesse na berlinda e fosse obrigado a concordar com *algo*, não importa o que seja, antes mesmo de sair desta sala. Essas táticas são típicas de vendedor de carros usados, senhores.

Examinei a sala, esperando que alguém me refutasse. Ninguém o fez, então segui em frente:

— A oferta para me juntar à Convocação foi colocada como uma de vantagem mútua, mas meu tio achava que vocês não lhe ofereciam muitos benefícios, e *você*... — Indiquei Gratas com a cabeça. — ... confirmou isso reclamando que meu tio não estava competindo de forma justa, sendo que o objetivo da Convocação não é competir de forma justa com *ninguém* além de vocês mesmos, provavelmente nem isso. Se vocês não tinham nada que o beneficiasse, não têm nada para me beneficiar, mesmo que eu não faça ideia do que estou fazendo. — Voltei para Harden. — Mas *você* já sabe disso. O objetivo disso tudo é ou me fazer abrir os recursos do meu tio para vocês, para que possam usá-los para si mesmos, ou retirá-los completamente da jogada para que eu não concorra com vocês, e ainda por cima dar dinheiro para a Convocação, não importa o que aconteça. Bom saber que vocês acreditam que os segredos comerciais do meu tio valem algumas dezenas de bilhões, mas, não importa o que aconteça, precisam de 40 bilhões *agora*.

Eu olhei ao redor da sala e continuei:

— Então... vocês estão quebrados. Não sei *como* estão quebrados, mas, se tivesse que chutar, todos aqui parecem ter cometido alguns excessos investindo em criptomoeda, porque era um dinheiro fácil e tudo o que tinham que fazer era garantir que não seriam os últimos idiotas a entrar no jogo, só que parece que falharam miseravelmente. Mas, seja como for, vocês *estão* quebrados, e imagino que têm 40 bilhões em contas a vencer... — Encarei meu relógio. — ... um ou dois dias após o fim desta conferência.

Olhei para Harden.

— Como me saí?

Houve um silêncio, e então uma gargalhada alta vindo da direção da *chaise longue*. Dobrev se sentou, dando um susto no gato, que correu de volta para baixo da poltrona. Ele riu um pouco mais, então começou a bater palmas de leve.

— Nada mal para um professor substituto! — exclamou.

— Pelo amor de Deus, Anton — resmungou Petersson.

— Não fique bravo comigo, Joakim — pediu Dobrev, e gesticulou para mim. — Não fique bravo com ele também. Mesmo como professor substituto, Charlie vale mais do que você agora. E como herdeiro do tio! Oras. — Ele se virou para mim. — Você não confia em ninguém nesta sala no momento, confia, Charlie?

— Confio nos gatos — respondi, o que fez Dobrev rir de novo.

— Bem, isso foi uma perda de tempo — declarou Gratas.

— Pelo contrário — disse Dobrev. — Aprendemos algumas coisas muito importantes sobre Charlie esta noite. Um: que ele não é um tolo para ser tão facilmente enganado assim. Dois: que, se *ele* consegue descobrir com tanta facilidade que vocês estão quebrados, então outras pessoas também vão descobrir, incluindo aquelas dispostas a usar essa informação a favor de si mesmas muito mais do que Charlie pode fazer ou fará. Três: que todos nós precisamos trabalhar um pouco mais nas nossas habilidades interpessoais. Não é mesmo, Charlie?

— Acho que seria uma boa ideia — concordei.

— Anote isso — pediu Dobrev para Harden.

— Anton, o que vamos fazer agora? — perguntou o americano.

— Quer dizer, agora que nossa tentativa de enganar Charlie para se juntar à Convocação da Lombardia e nos dar alguns bilhões para nos resgatar da nossa própria tolice falhou? — Dobrev deu outra risada. — Tenho uma ideia radical, que é contar a verdade a ele e ver se funciona melhor. E, caso não dê certo, aí penso em outra coisa. De qualquer forma, acho que seria melhor fazer isso em uma conversa individual.

— Temos outros negócios hoje à noite — reclamou Petersson.

— Não temos negócios que não possam esperar até nossa reunião de amanhã — respondeu Dobrev. Ele gesticulou graciosamente em direção à porta. — Agora. Senhores. Até amanhã.

Os membros da Convocação resmungaram, pegaram seus gatos e foram embora.

— Isso foi divertido! — disse Dobrev para mim depois que ficamos a sós, exceto pelos nossos gatos.

— Você não parece muito chateado por eu não ter te socorrido — comentei.

— Ah, *eu* não preciso ser socorrido. Como Roberto mencionou, tenho um banco. Todos os meus investimentos são do tipo sólido e chato. Além disso, o hotel está indo de vento em popa, ainda mais neste fim de semana. Você não acreditaria no quanto posso cobrar por um quarto neste instante.

— E a Convocação da Lombardia?

— Bem, é mesmo. Na verdade, o grupo está quase totalmente insolvente no momento, o que é um problema, em especial para o restante dos membros. Eles têm o péssimo hábito de misturar os próprios fundos, e os de suas empresas, com os da Convocação, não importa quantas vezes eu avise para não fazer isso. Tivemos esse mesmo problema quinze anos atrás, e foi assim que trouxemos Ji-Jong para o grupo. Funcionou até parar de funcionar, e cá estamos nós outra vez.

— Já que você tem um banco, *você* poderia fazer um empréstimo para eles.

— Acha que já não fiz isso? Todo mundo pegou dinheiro emprestado comigo, Charlie. Eles têm medo de ficar me devendo mais, o que significa que, para variar, estão agindo de forma inteligente. Não confiam muito em mim, entende?

— Eu posso imaginar — concordei.

Dobrev abriu um largo sorriso.

— Adoro que *você* não confia em mim, Charlie — comentou. — Seu tio também não confiava. Nós éramos amigos! Mas Jake não confiaria em mim nem com um centavo. O que é sagaz na nossa linha de trabalho. Essa história de você não confiar em mim me faz me lembrar dos velhos tempos.

Ele estendeu o braço debaixo da *chaise longue* para pegar Misha, o gato, e puxou a mão um segundo depois chupando um dedo arranhado.

— Maldito gato — reclamou Dobrev, e então abanou a mão para mim, me dispensando. — Volte para o seu quarto e suba para a Suíte Imperial daqui vinte minutos. Aí nós repassaremos os detalhes. Deixe sua gata por lá, por favor. Eles são mesmo uma afetação.

18

— Como foi? — perguntou Morrison quando entrei na minha suíte com Hera. Ela estava mexendo no celular, apoiada no encosto do sofá.

— Fui presenteado com o espetáculo de uma dúzia de bilionários falidos tentando me bajular e me ameaçar a pagar a eles uma grande quantia de dinheiro — respondi.

Deixei Hera no chão; ela foi para o quarto tirar um cochilo na cama.

— Quanto?

— Entre 40 e 100 bilhões.

— Hum — murmurou Morrison. — Menos do que eu esperava.

— Eu recusei.

Morrison sorriu.

— *Espero* que sim.

— Anton Dobrev me pediu para encontrá-lo em quinze minutos. Ele quer ver se mudo de ideia.

— Devo lembrá-lo de não confiar nele.

— O cara já sabe que não confio.

— Não. Dobrev está dizendo que sabe que você não confia nele para fazer você admirar sua franqueza e então passar a confiar nele.

— Foi isso que você quis dizer quando falou que ele não era meu amigo.

— Não é só com você. Dobrev não é amigo de ninguém.

— O tio Jake também não tinha amigos.

— Esse é o risco ocupacional de ser um vilão.

— Além de estar falido, aparentemente — ressaltei. — Estar em uma sala cheia de pessoas que são bilionárias e estão duras ao mesmo tempo é muito doido.

— É aquela coisa da liquidez que te falei.

— Não, eu entendi. Mas uma coisa é saber e outra é ver em ação. Sei lá... — Minhas palavras morreram.

— O quê? — perguntou Morrison.

— Achei que os membros da principal sociedade de vilões do planeta fossem ser mais *inteligentes*.

— Não sei por que você pensaria isso.

— Eles são mais inteligentes nos filmes e nos livros.

— Teriam que ser, não é? — disse Morrison. — No mundo real, esses homens têm a liberdade de ser o que pessoas como eles geralmente são: um bando de caras privilegiados que nasceram ricos e usaram esse dinheiro para tirar vantagem de outras pessoas e ganhar ainda mais dinheiro. Funciona muito bem até que eles começam a acreditar que o fato de serem ricos os torna inteligentes, e é aí que se metem em problemas. A menos que encontrem outra pessoa para tirar vantagem.

— Ou seja, eu.

— Ou seja, você — concordou Morrison. — Ou todos os idiotas do Encontro Bellagio. Ou qualquer outra pessoa que consigam atrair. Seus novos camaradas não são espertos. Mas reconhecem um alvo quando veem um, e é incrível o que um pouco de capital de risco pode fazer.

— O tio Jake fez a mesma coisa com o próprio fundo de capital de risco — ressaltei.

— Exato. E é o que você vai precisar fazer também se continuar no trabalho, então eu abaixaria essa bola se fosse você.

Ela voltou a atenção para o celular. Foi aí que notei que Morrison ainda estava usando o vestido do Fala e Joga.

— Muito observador — disse ela quando mencionei. — É porque tenho um encontro.

— Um encontro?

— É, um encontro — repetiu, e ergueu o telefone. — Tenho uma conta no Bumble e uma vida além de você, por mais difícil que seja acreditar nisso depois da última semana.

— Por favor, me diga que não é com Tobias, o Esfaqueador.

— Não é. Além disso, o sobrenome dele é Paris. Só para o caso de você querer chamá-lo de algo diferente de "Tobias, o Esfaqueador".

— Não, na verdade, acho que é assim que vou chamá-lo pelo resto da vida.

Morrison deu de ombros.

— Você quem sabe.

Ela se levantou, pronta para partir.

— Algum conselho para meu encontro com Dobrev? — perguntei.

— Claro. Não deixe que te convença a se juntar à Convocação. Não dê dinheiro a ele ou a qualquer um daqueles outros babacas. E não acredite em nem um pio sequer que saia da boca dele.

— Você acha que Dobrev é ruim desse jeito?

— Não, eu acho que ele é bom desse jeito — disse Morrison. — Tem um motivo pelo qual Dobrev quis ficar sozinho com você antes, Charlie. Tem um motivo pelo qual ele quer ficar sozinho com você agora. Dobrev acha que já te sacou. E eu acho que ele pode estar certo.

— Antes de começarmos, preciso perguntar: você vai entrar na Convocação da Lombardia? — questionou Dobrev. — Se você dissesse que sim, tudo ficaria muito menos complicado daqui para a frente, e então a gente poderia descer para o bar do saguão e tomar uns drinques.

— Não vou entrar, não — respondi, e então acenei na direção do bar bastante impressionante da Suíte Imperial. — E você pode tomar uns drinques aqui.

A Suíte Imperial do Grand Bellagio era de longe o lugar mais impressionante em que eu já estivera na vida. Os cômodos eram enormes, com tetos abobadados e abarrotados de bugigangas antiquíssimas, do tipo que a Sotheby's leiloaria para gente tipo os caras da Convocação da Lombardia como investimento e lavagem de dinheiro, se é que é possível distinguir as duas coisas.

No momento, vestido com um terno de uma riqueza que teria feito o fundador da revista *Playboy* chorar, Dobrev se apoiava em um piano de cauda com uma espiral de Fibonacci marchetada na tampa de madeira. Não me arriscaria a adivinhar quanto valia, mas suspeitei que poderia comprar o McDougal's Pub com ele. O piano estava posicionado em um ângulo voltado para os janelões que davam para o lago de Como. À distância, luzes cintilavam e balançavam suavemente, presas a barcos e iates de luxo que pontilhavam a superfície da água.

— Posso, mas já dispensei a equipe da suíte, então aqui terei que fazer as bebidas eu mesmo, ou pedir para você preparar — disse Dobrev. — E isso é tão inconveniente. Se bem que, até onde sei, antes de tudo isso você estava querendo comprar um bar.

— Um pub — corrigi.

Era estranho pensar que apenas alguns dias separavam a minha tentativa falha de blefar para conseguir um empréstimo no escritório de Belinda Darroll e o momento atual.

— Eu adoraria ter um pub ou um bar — comentou Dobrev.

— Você tem. Fica lá embaixo no saguão.

Dobrev sorriu e assentiu.

— Correto! Mas acho que você sabe que não foi isso que quis dizer. Sou o dono, sim. Mas não tenho nada a ver com o bar além de ser dono dele. Não fico atrás do balcão, não preparo pedidos nem ouço os clientes ou organizo noites de perguntas e respostas às terças-feiras para evitar que o lugar fique vazio. Acho que seria legal ter essa vida.

— Não há nada que te impeça.

— É ótimo pensar assim — disse Dobrev. — Mas, como acho que está descobrindo, Charlie, quando você se torna um homem como nós, transitando nos mesmos mundos, não é fácil jogar tudo fora e escolher uma vida mais simples. — Ele gesticulou em direção ao bar. — Embora não tenha obrigação alguma de fazê-lo, se pudesse me preparar uma bebida, eu ficaria em dívida com você.

— O que você gostaria de beber?

— Um *old-fashioned*, se souber como fazer.

— Não muito bem — avisei.

Dobrev deu uma risadinha.

— E você quer ter um pub! Vou arriscar. E, enquanto faz isso, Charlie, me conte por que está se recusando a participar do nosso humilde grupo.

— Consigo pensar em 40 bilhões de razões — respondi, indo até o bar.

— Vai custar mais caro não entrar — argumentou Dobrev.

— Não, Gratas queria que eu *pensasse* que me custaria mais se não me juntasse. Há uma diferença.

Olhei ao redor do bar em busca dos ingredientes do *old-fashioned* e logo de cara encontrei o bourbon, uma garrafa fechada de Michter's US*1.

— Você não acha que poderíamos lhe causar problemas?

— Tenho certeza de que *podem* me causar problemas — retruquei. — A questão é se esses problemas são maiores do que os que eu posso causar a vocês e, considerando o estado atual das finanças da Convocação da Lombardia, se são maiores do que aqueles que vocês já estão causando a si mesmos. Acho que Napoleão disse melhor do que ninguém…

— "Jamais interrompa seu adversário quando ele estiver cometendo um erro" — falou Dobrev, completando a citação.

Eu assenti ao encontrar os bitters de Angostura.

— Acho que seus colegas estão ocupados cometendo erros neste exato momento. Acho que terão que lidar com isso antes de vir atrás de mim. Onde guarda o açúcar?

— No armário à esquerda da geladeira. Você parece confiante em sua habilidade de nos manter longe, Charlie.

— Acredite em mim, não é o caso. Mas, mesmo considerando o pouco tempo desde que me enfiei nisso, já percebi que o tio Jake sabia como escolher seus subordinados.

— Está falando de Til.

— Não só dela. — Peguei o açúcar, abri a geladeira para alcançar a água e o gelo, apanhei um copo e comecei a misturar os ingredientes. — Todos da equipe que conheci são mais inteligentes do que eu. Ou pelo menos sabem mais. Acho que eles poderiam manter vocês longe.

— Por que acha isso?

— Porque eles já estavam fazendo isso — respondi. — Não precisam que eu diga a eles como fazer. Tenho quase certeza de que não precisam de mim, ponto-final.

Isso arrancou outra risada de Dobrev.

— Cuidado, Charlie. Todos nós deveríamos ser gênios, a fonte de onde fluem todas as ideias brilhantes e a origem de todos os sucessos de nossas empresas.

— Se eu fosse tão inteligente, não teria menos de cem dólares na carteira na semana passada. — Com os ingredientes misturados e gelados, abri o freezer de novo para ver se tinha algum cubo de gelo ridiculamente grande, o que tinha, é claro. Peguei um copo de uísque, coloquei o gelo nele e então coei a bebida da coqueteleira para o copo. Tirei uma casca de laranja do armário do bar, torci e coloquei na bebida. Fui até Dobrev. — E, se os membros da Convocação da Lombardia fossem tão inteligentes, eu não valeria mais do que todos eles juntos. — Entreguei o drinque a ele. — Exceto a companhia presente.

Dobrev sorriu e tomou um gole do seu *old-fashioned*.

— O que achou?

— Está bom — respondeu, e então deu de ombros. — Não está *ótimo*, mas está bom. Talvez seja melhor contratar alguém para fazer os coquetéis se você um dia for comprar aquele pub.

— Obrigado — falei secamente.

— Olha, eu estou bebendo! — exclamou Dobrev, e então acenou para que eu voltasse para o bar. Foi o que eu fiz. — Prepare algo para você também, Charlie, não quero beber sozinho. Agora, além do dinheiro, por que *mais* você não quer se juntar à Convocação da Lombardia?

— Preciso de outro motivo? — questionei.

— Com um *buy-in* de 40 bilhões de dólares, definitivamente não — concordou Dobrev. — Mas, mesmo que não te conheça direito, sei o suficiente para dizer que essa não é a única razão.

— Certo.

Peguei uma tulipa de cerveja e olhei para as torneiras do bar.

— Experimente a *lager*, é feita em um mosteiro mais adiante nesta rua — sugeriu Dobrev, apontando.

Eu me servi.

— Não quero entrar porque tenho este trabalho há menos de uma semana, e não sei o que estou fazendo, e essa é a pior hora para tomar decisões importantes. Não quero entrar porque, pelo que vi, a Convocação da Lombardia é composta de velhos babacas e machistas convencidos da própria superioridade.

Olhei para Dobrev para ver se minha resposta o irritaria. Ele deu de ombros novamente e tomou mais um gole de sua bebida.

Fechei a torneira para esperar que a espuma em excesso que eu tinha acabado de despejar baixasse um pouco.

— Não quero entrar porque não vejo nada que vocês possam me oferecer que eu já não tenha, incluindo experiência, que posso conseguir por meio das pessoas que já trabalham para mim, e a experiência que vocês têm, pelo que vi, é em como perder dinheiro apesar de todos os seus privilégios. Não quero entrar porque Gratas me ameaçou e foi condescendente comigo, e isso me irritou.

Servi um pouco mais de cerveja.

— Mas o motivo principal é que não quero entrar porque meu tio não entrou — completei. — Eu não o conhecia e não sou ele, mas Jake tinha suas razões, e sou muito novo e ignorante para dizer que não eram boas. Até que eu saiba quais eram e o que penso delas, prefiro ficar de fora.

Tomei um gole da cerveja. Estava muito boa. Esperei para ouvir como Dobrev se livraria das minhas objeções para tentar me convencer a entrar.

— Sabe, eu sou o membro mais velho da Convocação — falou ele em vez disso. — Roberto é o segundo mais velho, e mesmo assim é uma década mais jovem. E, claro, exceto por Ji-Jong, todos os membros atuais da Convocação herdaram seus assentos. Roberto, Joakim, Tom e todos os outros são de segunda ou terceira geração... ou mais! O que significa que, quando entramos, não tivemos que pagar a taxa de adesão. Apenas tomamos o lugar de nossos pais ou, às vezes, de um avô ou um tio.

— Então vocês não tiveram que pagar 40 bilhões para entrar — comentei.

Dobrev bufou, desdenhoso.

— Claro que não. Tive que dar meus 5% anuais... embora até isso seja baseado em um acordo de cavalheiros, acredite se quiser. Mas quando meu pai faleceu, o assento dos Dobrev veio para mim, e as coisas simplesmente... continuaram seguindo em frente.

— A filiação tem seus privilégios.

— De fato. — Dobrev tomou outro gole da bebida. — Quando o pai de Tom faleceu, a mesma coisa aconteceu, assim como com Roberto. Com Joakim, bem... Há um Petersson na Convocação desde o começo. Mas... — Dobrev apontou para mim com a mão do drinque, chapinhando seu *old-fashioned*. — Não importa há quanto tempo seus *lugares* existem, os membros atuais que os ocupam herdaram seus assentos há relativamente pouco tempo. Exceto por mim. Meu pai morreu jovem; eu tinha 24 anos quando assumi o lugar dele. Já estava aqui há anos quando o membro sênior seguinte entrou.

— Certo. O que isso tem a ver comigo?

— Estou chegando lá, mas, antes de contar, aqui vai outro fato: a Convocação não mantém registros. Por razões óbvias, é claro. Não queremos dar à Interpol e ao FBI uma longa lista de crimes com nossa própria caligrafia. Isso significa que, em muitas de nossas atividades, você só vai saber o que é feito se estiver presente na sala quando acontecer. Isso é útil quando há algo que decidimos ser necessário esquecer coletivamente. Se esperar tempo suficiente, todos que sabiam daquele fato morrem e não sobra ninguém para trazê-lo à tona. Como, por exemplo, o fato de que seu tio Jake na verdade já foi membro da Convocação da Lombardia, afinal.

Parei por um momento para considerar isso.

— É por isso que Morrison me falou para não acreditar em uma palavra do que você diz — comentei.

Dobrev riu e deu um tapa no piano de cauda, que ressoou de leve por causa do impacto.

— Ela é muito inteligente! E não está errada. Na maioria das ocasiões. Mas desta vez, sim. Talvez não de propósito; talvez Jake nunca tenha contado a ela.

— Por que não contaria?

— Pergunte a Til, sei lá — disse Dobrev. — Mas talvez seja simplesmente a natureza humana. A permanência do seu tio na Convocação foi breve e pouco… agradável para ele. Foi por isso que Jake foi embora.

— Ele renunciou?

Dobrev balançou a cabeça.

— Ninguém renuncia.

— Não dá para renunciar? Ou não é costume renunciar?

— Até o caso do seu tio, isso nunca foi relevante. Ele simplesmente foi embora.

Olhei para Dobrev sem entender.

— E só você sabe disso?

— Sou o único que sobrou daquela época.

— Mas os outros não chegaram todos ao mesmo tempo. Deve ter havido uma concomitância — insisti.

— Como falei, há algumas coisas que decidimos coletivamente esquecer — falou ele, e bebeu outro gole.

— Então nenhum dos membros mais antigos mencionou aos mais novos.

Dobrev deu de ombros.

— Que estranho, isso aí me parece uma grande marmelada — comentei.

— Como deveria ser. Mas eu posso provar.

Coloquei minha cerveja na bancada do bar.

— Essa é boa.

— Ah, é mesmo — concordou Dobrev. Ele girou para pousar a bebida, primeiro no piano, mas desviou, fazendo uma careta para a ideia de apoiar um coquetel menos do que razoável em um instrumento musical tão caro quanto uma mansão, então colocou o copo no chão. — Na ilha de Santa Genoveva, existe um depósito. Não começou como um depósito, acho; seu tio uma vez me disse que a CIA usava como câmara de teste para vários produtos de alta energia desenvolvidos por lá. Para tanto, o lugar pode ser hermeticamente fechado e ter clima controlado. É inexpugnável; dá para jogar uma bomba nuclear na sua ilha e aquele depósito ficaria intacto. Um esconderijo perfeito.

— O que tem no depósito?

Dobrev sorriu.

— Você já viu o final de *Os caçadores da arca perdida*?

— Vi.

— É tipo isso.

— A Arca da Aliança está na ilha do meu tio — falei, cético.

— Não, claro que não — respondeu Dobrev. — Eu disse "tipo isso", não "exatamente isso". Não há nada ali que faça seu rosto derreter. Bem… — corrigiu-se. — Nada sobrenatural.

— O que tem lá?

— Do seu tio? Não faço ideia. Da Convocação da Lombardia? Pelo menos algumas centenas de bilhões de dólares em estoque.

— "Estoque".

— A Convocação da Lombardia ficou bem ocupada durante a Segunda Guerra Mundial — explicou Dobrev. — Arte. Peças de museu. Joias e objetos preciosos. Ouro, prata e pedras preciosas. Livros e manuscritos raros. Qualquer coisa de valor na Europa, na China ou no norte da África que não estivesse presa no chão ou que tivesse sido deixada para trás.

— Deixada para trás — repeti, e pensei em todos os itens recolhidos pelos nazistas enquanto seus antigos donos eram levados para os campos.

Dobrev assentiu.

— E sim, isso significa exatamente o que você acha que significa. A Convocação armazenou tudo em vários lugares depois da guerra e de vez em quando repassava uma coisa ou outra no mercado clandestino quando queríamos capital. Mas nas últimas décadas do século passado, tudo ficou bem mais difícil de mover, mais governos estavam em busca de artefatos que desapareceram misteriosamente. Então, quando seu tio comprou Santa Genoveva e nos contou sobre o depósito, foi uma solução fácil para nós. Nós enviávamos, ele armazenava. Ainda está tudo lá.

— E *você* é o único que sabe disso.

— Agora você também sabe.

Dobrev se abaixou até o chão e pegou a bebida.

— Só nós dois — falei.

— Não sei para quem mais Jake contou — acrescentou Dobrev. — É possível que outros em Santa Genoveva saibam. Tivemos que levar tudo para a ilha e colocar no depósito. Estava tudo encaixotado, então talvez não saibam o que tem lá. Mas talvez saibam que existe.

Fiz um gesto na direção do Lounge Executivo.

— E você nunca contou a nenhum *deles* porque...?

— Os antecessores deles e eu decidimos que seria mais inteligente assim.

— Não vejo como.

— Isso é porque você não é pai e nunca teve que fazer uma avaliação franca dos próprios filhos — observou Dobrev. — Mesmo antes de entrar na Convocação, essa geração era vista como... pouco confiável em relação a patrimônio. Foi decidido que era melhor não se sentirem tentados por esse tesouro em especial. Eles veriam seu valor econômico, mas não reconheceriam o perigo que aqueles itens trariam ao bem-estar da organização.

— Certo, então, se você morrer, o segredo morre com você?

— Não. Se eu morrer, o responsável pelo meu espólio vai entregar uma mensagem, junto de uma explicação sobre como chegar ao depósito, ao próximo líder da Convocação: Roberto.

Dei uma olhada para Dobrev.

— Pensei que você tivesse dito que a Convocação não guarda registros.

— Por algumas centenas de bilhões de dólares, abrimos uma exceção.

Dobrev bebeu mais um gole.

— E então Gratas vem com um caminhão de mudança para recolher tudo — sugeri.

— Bem, não. Porque o depósito tem duas portas. O código dele ajuda a abrir a porta interna. Sua chave abre a externa.

— Não tenho chave nenhuma.

Dobrev sorriu ao ouvir isso.

— Ah, mas é claro que tem. Quando chegar ao depósito, saberá que o que estou dizendo é verdade. Seu tio fez parte da Convocação da Lombardia. O que significa que, como herdeiro dele, você também faz parte.

Ele terminou a bebida.

— Você sabia disso e deixou aqueles idiotas tentarem me extorquir 40 bilhões de dólares — protestei.

— Ou 100 bilhões, não esqueça — corrigiu Dobrev.

— De qualquer forma, você deixou eles tentarem — insisti.

— Eu queria ver o que você faria. Queria ver o quanto você havia puxado seu tio — explicou-se Dobrev.

— E qual foi a sua conclusão?

Dobrev sorriu.

— O suficiente, Charlie. O suficiente.

Fiquei no bar, pensando em todas as coisas que ele tinha me contado.

— Tenho mais uma pergunta para você — falei por fim.

— Claro.

— Você disse que meu tio deixou a Convocação da Lombardia depois de ter se juntado ao grupo. Por que ele saiu?

O sorriso de Dobrev desapareceu.

— Talvez este não seja um bom momento para essa história — respondeu.

— Não — retruquei. — Este é o único momento para isso.

— Muito bem. — Dobrev levou o *old-fashioned* aos lábios, percebeu que a bebida já tinha terminado e afastou o copo, infeliz. Então me encarou. — Charlie, sua mãe…

Foi aí que o lugar inteiro explodiu.

19

Não foi só a Suíte Imperial que foi pelos ares.

Quando me levantei do chão, olhei para o buraco onde antes havia janelas. Na escuridão do lago, duas trilhas de fogo disparavam em direção ao Grand Bellagio: pequenos mísseis atravessando a distância em um intervalo surpreendentemente curto, prestes a atingir os andares abaixo. O hotel inteiro tremeu, e uma parte da minha mente, em choque, com toda a calma do mundo se perguntou qual era a probabilidade de aquele prédio velho simplesmente desabar sobre nós.

Eu estava cercado de cacos de vidro e móveis destruídos. O bar, que ficava longe das janelas, me protegeu do pior da explosão, mas, mesmo assim, havia riscos de sangue no meu rosto e pescoço, e meus ouvidos zumbiam de tal forma que eu não conseguia escutar mais nada além disso. Eu estava atordoado, e várias luminárias estavam quebradas ou piscando. Na escuridão, pisquei até conseguir ver alguma coisa.

Ao lado do piano de cauda, cuja tampa com a espiral de Fibonacci estava agora destruída, havia algo caído que presumi ser Dobrev.

Andei cambaleante naquela direção para ver se ele ainda estava vivo, mas foi aí que ouvi o som sussurrante e veloz de dois homens descendo do telhado para a suíte. Eles usavam preto da cabeça aos pés e tinham máscaras de esqui cobrindo o rosto, e me viram mais ou menos na mesma hora que eu os vi.

— Ah, merda — disse um deles, e considerei isso minha deixa para correr.

— Espera — pediu o outro, presumo que para mim, mas eu já tinha chegado à porta, que abri em um puxão.

Sirenes dos alarmes de incêndio começaram a soar em todo o hotel.

A Suíte Imperial tinha o próprio elevador e uma escadaria privativa, porque presidentes e imperadores não podem se misturar com a plebe; no entanto, como o quarto dividia o andar com o Lounge Executivo, também havia um elevador e uma escadaria comuns que levavam ao saguão.

Não peguei o elevador. Abri a porta da escada com a intenção de sair do prédio.

Dois andares abaixo, me lembrei de algo.

Hera.

Por um lado, se havia algum animal não humano capaz de cuidar de si mesmo durante um ataque a um hotel cinco estrelas, seria Hera.

Por outro lado, ela não tinha polegares opositores. Estava presa na minha suíte a menos que eu fosse buscá-la. Fiz um desvio até o meu andar.

Ao sair ali, ouvi o som das portas da escada abaixo de mim se abrindo e dos hóspedes descendo às pressas, gritando e berrando. No meu andar, ouvi gritos abafados em outros quartos e coisas caindo no chão. Algo como um tiro soou, mas não perdi tempo para verificar o que poderia ser. Corri para minha suíte e entrei.

— Hera?

Fui até o quarto em busca de minha gata, que não estava na cama nem debaixo dela. Eu estava prestes a fazer um "pspspsps" quando me lembrei de que ela era mais inteligente do que a maioria dos estudantes de pós-graduação e que eu poderia na verdade estar insultando minha gata com o barulho.

Ouvi um clique na porta quando uma chave de cartão a destrancou. Foi aí que percebi que eu não tinha trancado nem passado o trinco.

— *Merda* — soltei, e me lancei contra a porta no exato instante em que a ela se abria e me atingia na cara.

Tropecei para trás e caí no chão.

Acima de mim estava um dos homens que tinha descido de rapel para a Suíte Imperial. Ele segurava um tipo de pistola. O sujeito não perdeu tempo; mirou em mim e se preparou para atirar bem no meu peito.

Ele puxou o gatilho, mas errou — pouco antes de atirar, algo atingiu sua cabeça e o atacou.

Hera.

O homem gritou e começou a arranhar o próprio rosto com a mão que não segurava a pistola, tentando agarrar a gata que enfiava as garras na máscara e abria sulcos em sua cara.

Se eu fosse corajoso ou inteligente, teria atacado o homem ou dado a volta nele para a porta, mas fazer qualquer uma das duas coisas significaria colocar Hera em risco ou abandoná-la, então, em vez disso, me escondi.

Ouvi um baque quando o homem largou a pistola para lidar com minha gata; ele a agarrou com as duas mãos e a jogou longe. Hera caiu fazendo barulho e correu; o homem segurou o rosto, visivelmente sentindo muita dor, e cambaleou alguns passos para longe da arma caída.

Enfim reuni coragem e corri para pegar a pistola, e, ao fazer isso, sem querer a chutei até a metade do quarto. Continuei andando para pegá-la, só que o homem parou entre mim e a arma, bloqueando meu caminho, mas sem ir atrás dela.

— Não faça isso — avisou.

Eu esperei, tenso.

O homem ficou ali parado por um minuto, respirando fundo.

— Minha nossa *senhora*, mas que gata filha da *puta*. — Então levantou a mão e tirou a máscara de esqui.

Por baixo do sangue e dos arranhões, reconheci o rosto. Era Evan Jacobs, o cara da CIA.

— Mas que merda é essa? — exclamei.

— Você *treinou* aquela gata para atacar pessoas? — perguntou Jacobs.

— Não. Ela simplesmente sabe julgar o caráter dos outros — respondi. Tentei dar uma olhada atrás dele, para onde estava a pistola.

— Nem pense nisso — ordenou. — Eu vou pegá-la antes de você. E, se sua gata vier atrás de mim de novo, vou chutá-la com tanta força que ela vai entrar em órbita.

Ouvimos um rosnado vindo de algum lugar da sala.

— E agora? — questionei. — Nenhum de nós pode pegar essa arma, e, se você tentar me atacar, minha gata vai te matar.

— Estou pensando — disse Jacobs.

— Você está *sangrando* — corrigi.

— Posso fazer as duas coisas.

— Por que a CIA quer me matar?

Jacobs riu da minha pergunta e então parou.

— Que saco, só de *rir* dói.

— Ótimo.

— Não estou trabalhando para a CIA — revelou Jacobs. — Eu mal trabalhava lá quando você me conheceu. Fui para Santa Genoveva na intenção de avaliar o local e dar uma olhada em você, Charlie. Verificar que tipo de ameaça você representava.

— Para quem?

— Para as pessoas que me pagaram uma quantia francamente inimaginável de dinheiro para me aposentar como agente de inteligência. Não que eu já tenha contado isso à CIA. Ainda estou recebendo minha pensão do governo.

— Talvez eu conte a eles.

— Muito em breve você vai estar morto.

— Não pelas suas mãos. Tudo o que você está fazendo no momento é sangrar no chão do meu quarto — falei.

— Não preciso te matar, seu idiota — retrucou Jacobs. — Tudo o que preciso fazer é mantê-lo aqui.

Ouvi outro clique na porta.

— Como eu dizia… — concluiu Jacobs, com um sorriso assustador no rosto ensanguentado.

O segundo homem de preto entrou quando a porta se abriu, segurando-a entreaberta com o pé, já sem máscara.

Era Tobias Paris, também conhecido como o Esfaqueador.

— Mata esse filho da puta — ordenou Jacobs, apontando para mim. — E quando terminar, mata a gata…

Ele caiu no chão com um buraco na cabeça.

— Estou confuso — falei um minuto depois, quando meus ouvidos pararam de zumbir o suficiente para que eu pudesse escutar minhas próprias palavras.

Tobias estendeu a mão, girou a trava da porta para mantê-la aberta e então enfiou nas minhas mãos a pistola com que ele tinha acabado de atirar.

— Segure isso para mim.

Eu obedeci. Tobias caminhou até o cadáver de Jacobs.

— Você matou ele.

— Não, *você* matou ele — corrigiu Tobias. — Suas impressões digitais estão na arma agora.

Ele se ajoelhou ao lado do cadáver, tomando cuidado para evitar o sangue.

— Mas você estava trabalhando com ele — insisti, ignorando o último comentário de Tobias.

— Eu estava trabalhando perto dele. — Tobias examinava o corpo. — O que caralhos aconteceu com o rosto dele?

— Minha gata — respondi.

Tobias resmungou, viu a outra arma e se levantou para pegá-la. Ele deu uma olhada para ver se estava funcionando e então guardou a pistola.

Assisti a tudo isso sem conseguir reagir.

— Você não vai me matar? — perguntei.

— Não me disseram para te matar. Me disseram para te manter vivo — respondeu Tobias.

— Então por que Jacobs tentou me matar?

— Ele não sabia que me mandaram te manter vivo, e não era para você estar na Suíte Imperial.

Dobrev, pensei.

— Dobrev está vivo?

— Não.

— Você o matou.

— Não, você o matou — corrigiu Tobias, indicando com a cabeça a arma que eu segurava.

Larguei a pistola.

— Agora é um pouco tarde para isso, Fitzer.

— Não estou entendendo.

— Tudo bem. Você não precisa entender. Só precisa ser culpado.

A porta se abriu e Morrison entrou, de volta do encontro, com a arma em punho. Tobias e eu levantamos as mãos.

— O que está acontecendo aqui, porra? — questionou Morrison para Tobias.

— Dobrev está morto. Charlie atirou nele, depois atirou no guarda que o perseguiu até aqui após o ataque — informou ele, e apontou para o cadáver.

Morrison viu o corpo e, se reconheceu Jacobs, não comentou nada.

— Entendi. Agora me diga o que aconteceu *de verdade* — exigiu ela.

Tobias fez um gesto preguiçoso com o dedo e respondeu:

— Charlie atacou a Convocação da Lombardia. Alguns dos seus homens atiraram mísseis contra o hotel em um ataque terrorista, então mercenários contratados mataram os membros da Convocação em seus quartos. Dizem que cinco deles já estão mortos, incluindo Dobrev. — Tobias me encarou. — Você cutucou a onça com vara curta, Fitzer. Espero que esteja pronto para o que vem a seguir.

Morrison se aproximou de Tobias, com a arma ainda em punho.

— Eu falei para você me contar o que aconteceu de verdade.

Tobias sorriu.

— Til, odeio ter que te dar essa notícia, mas o prédio está pegando fogo e todo tipo de autoridade e de jornalista vai chegar em breve para dar uma olhada nos escombros. Pode continuar tentando me ameaçar, ou pode dar no pé com seu amiguinho e a gata dele antes que as coisas fiquem *inconvenientes* para vocês três. Pessoalmente, é isso que vou fazer.

— Eu poderia atirar em você.

Tobias levantou as mãos.

— Se fosse atirar em mim, teria feito isso no momento em que entrou pela porta.

Morrison atirou.

Tobias encarou o buraco nas tábuas entre seus pés, depois ergueu o olhar de volta para Morrison.

— Como eu estava dizendo…

Morrison abaixou a arma.

— Fora.

Tobias me lançou um sorriso irônico e saiu do quarto.

— Cadê a Hera? — perguntou Morrison depois que Tobias foi embora.

Um miado veio de baixo do sofá.

— Vem. Temos que ir — disse Morrison para a gata.

— Eu não matei Dobrev — falei enquanto Hera emergia do móvel.

— Não pensei que tivesse feito isso.

— Também não matei ele — continuei, apontando para Jacobs.

— Charlie, você não precisa me convencer de que é inofensivo — afirmou Morrison, então olhou para o cadáver, que agora estava claro que reconhecia. — Mas tem um homem da CIA morto na sua suíte. Não vai pegar bem. Tobias estava certo. Precisamos ir.

Hera miou para mim, e eu me abaixei para pegá-la.

A essa altura o hotel inteiro estava em caos e em chamas. Morrison nos guiou para fora, desviando da polícia e dos bombeiros, seguindo pelas ruelas locais. Ela nos levou para um beco que saía da Via Giuseppe Garibaldi e depois para um pequeno apartamento acima de uma loja de conveniência.

— Que lugar é este? — perguntei, colocando Hera no chão.

— O apartamento do seu tio quando ele ficava no Bellagio — explicou Morrison.

— É aconchegante — comentei.

— É uma bosta — corrigiu Morrison. — Mas tem sua serventia. Como agora. Então, vou tirar a gente daqui antes que os italianos e a Interpol pensem em vir nos procurar. Enquanto faço isso, me conta o que aconteceu de verdade.

Abri a boca e a primeira coisa que saiu, para minha surpresa, foi:

— Ah, merda.

— O quê?

— Tobias me entregou a arma com que atirou em Jacobs. Está com as minhas impressões digitais. No chão da minha suíte.

— Isso não é bom — disse Morrison.

— Ele falou que é a arma que usou para atirar em Dobrev também.

Morrison olhou para mim por um momento.

— Essa é uma informação que teria sido útil *antes* de termos saído do hotel, Charlie.

— O lugar estava pegando fogo e eu meio que fiquei em choque — expliquei. — Foi mal.

— Se houver alguma outra evidência incriminadora que você queira dividir comigo, a hora é agora.

— Acho que não.

— Você deixou impressões digitais em algum outro lugar?

Pensei por um minuto.

— Em um copo de cerveja no bar da Suíte Imperial de Dobrev — respondi.

— Onde ele foi assassinado.

— Isso.

— Com a pistola que tem suas impressões digitais.

— Isso.

— *Charlie.*

— Aconteceu tudo tão rápido! — me defendi.

Morrison olhou para Hera como se dissesse: “Dá para acreditar nessa criança problemática?”.

— Me conta tudo — pediu ela por fim.

— Vou fazer isso — prometi. — Mas você tem que me dizer uma coisa antes.

— O quê?

— Como a Convocação da Lombardia estava envolvida na morte da minha mãe?

20

Em um dos caminhões de carga da Baía Jenny, descemos até um pequeno vale e paramos no que parecia ser uma caverna natural. Joseph Williams desligou o veículo e apontou lá para dentro.

— É aqui. O depósito — anunciou.

Saí do caminhão com Morrison e Hera e me aproximei da caverna, parando a uns trinta metros de distância. Abaixo de nós havia uma estradinha de terra esburacada, com vegetação crescendo descontroladamente nas laterais. O caminho estava lamacento em alguns pontos e não apresentava nenhuma outra marca de pneus além dos nossos.

— Há quanto tempo ninguém vem aqui? — perguntei para Williams.

— Tem uma equipe de manutenção que garante que a estrada esteja transitável, então alguém vem para cá a cada seis meses mais ou menos — respondeu ele, e em seguida apontou para a caverna outra vez. — Uma equipe entra lá anualmente para garantir que os sistemas elétricos estejam funcionando. Mas não acho que o depósito tenha sido aberto desde a vez que colocamos coisas dentro, e isso deve ter sido logo depois que seu tio virou o único dono da ilha.

— Você esteve aqui esse tempo todo?

— Estive. Não na posição que tenho agora, mas trabalho aqui desde que a CIA foi embora e este lugar ia virar um resort.

Comecei a caminhar em direção à caverna.

— Quem mais sabe sobre o assunto?

— Sobre o depósito? Jake sabia, é claro, e vinha aqui de vez em quando. Til sabia, por causa da natureza do trabalho dela na organização do seu tio. Eu sei, as equipes de manutenção da estrada e da rede elétrica sabem que fica aqui, e ainda temos alguns trabalhadores na ilha que já estavam aqui quando guardamos as coisas aí dentro. Qualquer um que olhe para a planta baixa das instalações da ilha sabe que ele existe, embora eu imagine que a crença geral seja de que o depósito foi fechado por questões de segurança. Não é incomum. Temos vários lugares na ilha que foram escavados pelos britânicos ou americanos e depois fechados por serem considerados áreas de risco. A ilha tem um vulcão ativo, como você sabe.

Entramos na caverna; ela tinha uma abertura larga, então o interior era bem iluminado pela luz natural. A parede mais distante ficava a uns vinte metros, boa parte dela ocupada por uma porta larga e pesada. Havia um teclado eletrônico acoplado à porta, junto de um escâner de mão que parecia mais um iPad do que um aparelho antiquado do tipo.

— *Aquilo* não está aqui há trinta anos — comentei.

Williams inclinou a cabeça para o teclado.

— Que curioso.

Ele olhou para Morrison.

— Não sei de nada — defendeu-se ela.

— Ele deve ter trocado recentemente — sugeriu Williams.

— Dobrev me disse que havia uma porta interna também — comentei.

— Eu me lembro disso — concordou Williams.

— Você sabia o que havia dentro do depósito?

— Nunca nos disseram — respondeu Williams. — Nem o que havia no depósito nem de onde vinha. Tudo chegou empacotado. Não havia marcações distintivas nas caixas. Lembro de haver números, mas não tínhamos um relatório.

— E você? — perguntei para Morrison.

— A única vez que seu tio mencionou isso para mim, ele chamou o lugar de arquivo. O assunto não surgia com tanta frequência — disse ela.

Olhei para Hera.

— E presumo que *você* não saiba nada sobre isso.

Minha gata me lançou uma piscada lenta.

— Você contou que, segundo Anton Dobrev, o depósito contém tesouros saqueados da Segunda Guerra Mundial — comentou Williams.

— Foi o que ele disse.

— Vale bilhões.

— Centenas de bilhões — corrigi. — Todos pertencentes à Convocação da Lombardia.

— O que sobrou dela — observou Morrison. Ela não parecia particularmente perturbada.

Eu assenti. O incêndio no Grand Bellagio havia destruído grande parte do respeitável hotel e, de acordo com os noticiários, vários notáveis donos de indústrias que estavam na cidade para uma conferência anônima ficaram presos nos quartos e morreram por inalação de fumaça, incluindo o dono do Grand Bellagio, Anton Dobrev, cujos restos mortais estavam tão carbonizados que precisaram ser identificados pela arcada dentária. Os corpos de algumas outras vítimas permaneceram não identificados.

As explosões que deram início aos incêndios que destruíram o prédio foram atribuídas a vazamentos de gás no porão e na tubulação do hotel; uma investigação sobre os vazamentos estava em andamento, mas levaria meses ou até anos para ser concluída. Teorias nas redes sociais e no Reddit a respeito de mísseis lançados no hotel a partir do lago de Como não passavam de boatos; não havia provas nos vídeos de segurança dos arredores do Bellagio.

Essa última parte eu achei muito impressionante; deve ter dado trabalho e necessitado de alguns subornos bem formidáveis. No fim, o que sobrou da Convocação da Lombardia tinha alguma liquidez, afinal.

O resultado disso, no entanto, foi que, publicamente, o incêndio do Grand Bellagio estava sendo tratado como um acidente, não uma tentativa de assassinato, e, em particular, estava sendo apresentado como uma tragédia para os amantes da arte ao redor do mundo, considerando quantos objetos inestimáveis foram arruinados e danificados na confusão. Relatos da mídia sugeriram que o pagamento do seguro para a holding de Dobrev poderia ser de bilhões a dezenas de bilhões de dólares.

Se ele tivesse sobrevivido, seria um homem muito rico. Bem, mais rico do que já fora.

Voltei minha atenção para o teclado na porta e para o escâner de mão.

— Temos um problema — anunciei. — Meu tio foi cremado.

— Você disse que Dobrev falou que você tinha a chave — lembrou Morrison.

— Não guardei a mão dele de lembrança.

Morrison revirou os olhos e gesticulou para o aparelho.

— Coloque a *sua* mão no escâner, Charlie.

Pus a mão direita no escâner.

Houve um momento de silêncio, um baque alto, e então a imensa porta com dobradiça se abriu lentamente para fora, larga o suficiente para permitir a entrada de um caminhão grande.

Williams riu de alegria.

— Minhas equipes elétricas fizeram um trabalho excelente — comentou.

Olhei para Morrison.

— Como?

Ela olhou para Hera, que olhou para mim, toda inocente.

— Nós dois vamos ter uma conversinha — avisei minha gata, que miou e entrou na câmara recém-aberta.

A próxima sala era iluminada suavemente por longos tubos fluorescentes, com uma segunda porta, do mesmo tamanho da externa, a uns dez metros da primeira. Ao lado, mais seis escâneres iguais ao de lá de fora.

— Que estranho — disse Williams para mim. — Você não disse que Dobrev falou de um único código? Tem seis aparelhos aqui.

— Ele disse que eu tinha um código e no fim foi a minha mão. Talvez o "código" de que ele falou fossem seis impressões de mãos.

— Um quórum de membros da Convocação — cogitou Morrison. — Se é que ainda tem esse número de membros vivos.

— Tem. Por pouco — confirmei.

Tobias, o Esfaqueador, me contara que cinco dos membros da Convocação estavam mortos, segundo boatos, e esse número parecia se comprovar pelos noticiários. Um sexto, o chefe de um cartel de pedras preciosas da África do Sul, provavelmente sucumbiria nos próximos dias. Isso fazia com que houvesse seis membros da Convocação da Lombardia ainda vivos até que novos fossem escolhidos; sete, se de fato o tio Jake fosse um membro e eu tivesse herdado seu assento.

— Então é verdade. Seu tio foi membro da Convocação — comentou Williams, e gesticulou em direção à porta interna e aos seus seis escâneres. — Não há razão para terem confiado seus tesouros a ele se não fosse o caso.

Em um impulso, coloquei a mão em um dos aparelhos da porta interna. Nada aconteceu.

— Você precisaria de mais cinco mãos — sugeriu Williams com gentileza. — Mesmo se você se classificasse como o sexto.

— Eu sei. Só queria ver se alguma coisa aconteceria.

Olhei para a porta interna outra vez, e Morrison notou.

— Você está bem? — perguntou.

— Não sei — respondi, sinceramente. E não sabia mesmo.

O que eu sabia era que o que estava atrás daquela porta era a razão pela qual minha mãe havia morrido.

— Jake me disse que ele fez um favor à Convocação da Lombardia certa vez — contara Morrison, na noite do incêndio do hotel, naquele apartamentinho feio na Itália, enquanto esperávamos por uma rota de fuga segura para sair de Bellagio e do país. — Ele escondeu alguma coisa do grupo. Todos concordaram que se tratava de algo que deveria ficar escondido por um longo tempo. Mas um dos membros da Convocação insistia em ter acesso. Jake se recusou. Uma semana depois, sua mãe morreu em um acidente de carro.

— Ele tinha certeza de que a Convocação da Lombardia estava por trás disso?

— Seu tio não acreditava em coincidências — respondera Morrison. — Nem seu pai. Jake me contou que seu pai o chamou para um canto durante o velório, disse com todas as letras que ele era o responsável pela morte da sua mãe e mandou nunca mais se aproximar da sua família.

— Meu pai nunca me contou isso. Ele só comentou que os dois tiveram um desentendimento.

— Tenho certeza de que seu pai queria poupá-lo da dor. Já é trágico o suficiente para uma criança perder a mãe. Descobrir que ela podia ter sido assassinada só iria piorar tudo. E se esse assassinato fosse apenas parte dos negócios do seu tio? Seria terrível. Como você se sente a respeito disso agora?

— Estou com vontade de vomitar — confessara para ela.

— Não teria sido melhor saber disso antes — dissera Morrison. — O único lado bom, se quiser chamar assim, é que seu tio fez a Convenção pagar por isso todos os dias desde então. Atrapalhou os negócios e os planos deles durante décadas. Os caras não estão falidos só porque são impulsivos e burros, embora seja por isso também. Eles estão falidos por causa de Jake.

— É muito tempo para levar um grupo à falência.

— Hum, bom... Jake fez isso mais de uma vez. E gostava de brincar com eles.

— Exceto com Dobrev.

Morrison balançara a cabeça.

— Até com ele. Mas Dobrev pelo menos entendia os motivos do seu tio, Charlie. Entendia que existem algumas coisas pelas quais é preciso pagar. Ele respeitava os motivos de Jake. E não era tolo em seus negócios pessoais como os outros. Podia se dar ao luxo de gostar do seu tio. O resto, não.

— Valeu a pena para o tio Jake?

— A vingança de longa duração? — havia perguntado Morrison. Eu assentira. — Você teria que perguntar a ele. Jake não morreu *infeliz*, se é isso que quer saber. E não é como se ele passasse o tempo todo pensando no grupo. Na maioria das vezes, simplesmente estava trabalhando na mesma linha de negócios e sendo melhor que eles. Jake passava meses a fio sem pensar na Convocação. Mas então, do nada, ele pensava na irmã, ou se lembrava dela, e aí a gente tinha problemas. Ele amava sua mãe.

— Estou notando isso — eu dissera naquele dia. Eu a amava também.

De volta ao presente...

— O que quer que esteja naquele depósito, não valeu a vida da minha mãe — afirmei.

— Sem dúvida alguma — concordou Williams.

Fechamos o depósito, voltamos para o caminhão e pegamos a rota para a Baía Jenny.

Conforme nos aproximávamos, o celular de Morrison tocou. Ela olhou para a tela e fez uma careta, então atendeu:

— Fala. — Ela escutou. — Tá bom — respondeu por fim, e desligou. Então olhou para mim. — Bem, acho que isso era inevitável.

— O quê?

— Era Tobias.

— O esfaqueador.

— Sim, o *esfaqueador* — repetiu Morrison, irritada. — Ele conseguiu um novo emprego trabalhando direto para a Convocação, ou para o que sobrou dela.

— Espero que tenha recebido o pagamento adiantado.

— Ele ligou para me dizer que você está convidado para uma videoconferência em duas horas — continuou Morrison, ignorando minhas palavras.

— Parece que Roberto Gratas agora é o líder oficial da Convocação. O que significa que colocou as mãos nas anotações de Dobrev sobre o depósito. Creio que ele queira o que está lá dentro e tem algumas outras exigências para você.

— Exigências, você diz.

— Afinal, isso funcionou tão bem da primeira vez. Ah, e tem mais uma coisa.

— Mal posso esperar.

— Tobias contou a ele sobre a arma no chão da sua suíte. Gratas está com a pistola e comprou a história de que foi você quem matou Dobrev e Jacobs. Segundo ele, sua cooperação determinará se a arma vai para o fundo do lago de Como ou para um laboratório forense da CIA.

21

O QUE É ISSO?, perguntou Hera quando entrei no quarto dela carregando uma bandeja, uma hora depois de termos retornado para a Baía Jenny. Ela estava em sua escrivaninha, digitando. Perséfone, que não me via fazia alguns dias, veio até mim saltitando e miando. Ela claramente queria vir para o colo.

— Um presente de agradecimento.

Coloquei a bandeja na mesa da minha gata, ao lado do teclado. Ali havia vários pedacinhos de peixe e frutos do mar que consegui na cantina. A equipe de lá olhou torto para mim quando pedi que me trouxessem o auge da culinária do mar, mas eu era o chefe, pelo menos na teoria, então fizeram o que eu pedi e encheram a bandeja.

Vendo os frutos do mar, Perséfone parou de pedir colo e pulou até a mesa para dar uma olhada na comida. Foi assim que tomei ciência do meu lugar nas prioridades da filhotinha.

UM PRESENTE DE AGRADECIMENTO PELO QUÊ?, quis saber Hera.

— Por salvar minha vida na Itália, só para começar — respondi. — E por não me matar por ter passado os últimos anos só te alimentando com ração barata da Meow Mix.

EU GOSTO DE MEOW MIX, respondeu Hera. É TIPO BATATINHA PARA HUMANOS. É IMPOSSÍVEL COMER UMA SÓ.

— Tudo bem, mas eu não ia gostar de comer só Ruffles o tempo todo — comentei.

QUANDO VOCÊ NÃO ESTAVA OLHANDO, EU PEDIA COMIDA NO DELIVERY.

— Agora estou curioso sobre a logística disso.

INSTRUÇÕES PRECISAS E GORJETAS GENEROSAS. TUDO BEM SE A PERSÉFONE COMER UM POUCO?

— É sua bandeja de agradecimento. Pode fazer o que quiser com ela.

Hera soltou um pequeno chilrear. Perséfone deu um miadinho de alegria e começou a comer.

— Vocês estavam falando em uma linguagem de verdade? — perguntei.

É COMPLICADO, digitou Hera. NÃO FOMOS PROJETADAS COMO HUMANOS E NÃO TEMOS A VARIEDADE DE HABILIDADES VOCAIS QUE VOCÊS TÊM. MAS COM O TEMPO ALGUMAS VOCALIZAÇÕES E LINGUAGEM CORPORAL SURGIRAM. TEMOS CONVERSAS BÁSICAS SEM TECLADOS. TUDO QUE É COMPLICADO, A GENTE DIGITA.

— Isso ainda é incrível.

ÀS VEZES PODE SER IRRITANTE. GATOS NÃO MODIFICADOS NÃO FALAM COMO NÓS. HÁ MUITOS MAL-ENTENDIDOS.

Isso me lembrou da conversa sobre os golfinhos, antes da viagem à Itália, quando mencionaram que eles não se dão muito bem com outros membros de sua espécie no mundo real. Torná-los inteligentes os transformou em párias, o que me pareceu triste.

Contei isso para Hera.

HUMANOS SÃO MUITO BONS EM CRIAR PÁRIAS. NÃO DEVERIA SER UMA SURPRESA QUE FAÇAM ISSO FORA DA PRÓPRIA ESPÉCIE TAMBÉM, argumentou ela.

Eu não tinha uma boa resposta para isso, então mudei de assunto.

— No que você está trabalhando? — perguntei, apontando para o monitor dela, com duas janelas abertas.

ESTOU ESCREVENDO MEU RELATÓRIO SOBRE A ITÁLIA.

— Não se esqueça de incluir a parte em que você salvou minha vida.

ESTÁ LOGO NO INÍCIO. MAS, JÁ QUE VOCÊ ESTÁ AQUI, PODE ME RESPONDER UMA PERGUNTA?

— Claro.

POR QUE DIABOS VOCÊ VOLTOU PARA A SUÍTE? VOCÊ FICOU PRESO E QUASE MORREU.

Fiz uma pausa, inseguro.

— Voltei por você — respondi.

POR QUÊ?

— Você é minha gata. E não tem polegares.

E porque a esta altura você é minha única amiga de verdade, quase falei, mas me segurei.

O QUE POLEGARES TÊM A VER COM O ASSUNTO?

— Você sabe, hã… portas.

ISSO É MUITO GENTIL DA SUA PARTE. MAS VOCÊ É MAIS IMPORTANTE DO QUE EU.

— Não sei, não. Ninguém nunca me deu um prato inteiro de frutos do mar — comentei.

Perséfone miou ao ouvir isso.

ALGUÉM TE DEU UMA COLEÇÃO DE TRILHÕES DE DÓLARES EM EMPRESAS, respondeu Hera.

— Claro, mas não alguém que se importasse *comigo* — argumentei. — Não sei qual era a justificativa do meu tio Jake para me colocar como herdeiro, mas não era porque eu significava algo para ele, ou porque tivesse alguma consideração por mim. Morrison me diz que ele tinha, mas não sei se me meter nesse negócio de vilania era a melhor maneira de demonstrar isso.

JAKE TINHA OS MOTIVOS DELE.

— Bem, eu queria que meu tio tivesse me contado quais motivos eram antes de morrer. — Apontei para a outra janela aberta. — E isso aí?

ESSES SÃO APENAS ALGUNS ACORDOS IMOBILIÁRIOS EM QUE ESTOU TRABALHANDO.

— Imobiliários?

EU TENHO UMA VIDA FORA DESTA EMPRESA, SABIA?

— Está melhor do que eu — comentei. — Isso é… legal? Você ter imóveis?

SÓ PORQUE EU SOU UMA GATA?

— É, sim.

TENHO UM TRUSTE CRIADO EM MEU BENEFÍCIO E UM ADVOGADO HUMANO QUE ATUA COMO EXECUTOR. EU DIGO A ELE O QUE FAZER, E ELE FAZ.

— *Ele* sabe que você é uma gata?

NUNCA CONVERSAMOS SOBRE ISSO.

— Então, você é uma magnata de imóveis.

TENHO UM PORTFÓLIO DIVERSIFICADO, escreveu Hera. A MAIOR PARTE É CHATA, MAS ALGUMAS PARTES SÃO EMOCIONANTES. TENHO MUITOS INVESTIMENTOS EM MERCADOS EMERGENTES.

— Parece arriscado.

EU SOU UMA GATA, POSSO LIDAR COM RISCOS. NO PIOR DOS CASOS, PERCO TUDO E AINDA ASSIM VOU SER ALIMENTADA E TER UM LUGAR PARA TIRAR UMA SONECA.

— Que... maneira mais tranquila de pensar sobre as coisas.

ÀS VEZES É MELHOR NÃO SER HUMANO, CHARLIE.

— Achamos que descobrimos quem está por trás das baleias — anunciou Morrison, que me pedira para encontrá-la na sala de conferências antes do nosso telefonema com Gratas.

Com ela estava Astrud Livgren, a responsável pelos golfinhos. Ambas já estavam sentadas quando entrei. Puxei uma cadeira e fiz um aceno de cabeça para Livgren, que disse:

— Em primeiro lugar, agradeço por convencer os golfinhos a não entrar em greve por enquanto. Se estivessem simplesmente parados na lagoa, talvez não tivéssemos descoberto nada. O que você falou para eles?

— Não falei nada. Seu golfinho líder decidiu que eu estava ferrado, ficou com pena de mim e decidiu me ajudar.

— Essa é nova — comentou Livgren. — Setenta e Três geralmente gosta de ser um pé no saco o tempo todo.

Levei um segundo para lembrar que "Setenta e Três" se referia a quem eu via como o golfinho líder, também conhecido como "Tô Nem Aí".

— Acho que ele responde ao que lhe é dado. Ela? Não sei.

— Ele — confirmou Livgren. — E não sei se gosto dessa insinuação aí.

— Ele falou que você o chama de Escrotinho quando acha que não está ouvindo.

— Eu o chamo de Escrotinho quando ele *está* ouvindo. Não é um nome, é uma descrição. Ele *é* um escrotinho. Você viu o cara em ação. Naquele primeiro dia, ele estava se controlando. Agora imagine ter que lidar com isso o tempo todo, com todos os golfinhos. Parecem adolescentes com transtorno opositor desafiador, 24 horas por dia. É cansativo. Às vezes não sou tão gentil quanto poderia ser, porque eles nunca são tão gentis quanto poderiam ser. Você disse que Setenta e Três ficou com pena de você? Eu gostaria de saber como é isso.

— Acho que me meti em algo que não sei se deveria ter me metido — sugeri depois de um momento. — Peço desculpas.

— Obrigada — falou Livgren com um sorriso triste. — Sabe, quando cheguei aqui e descobri que os golfinhos sabiam falar de verdade e podiam se comunicar com a gente, fiquei tão animada. Pensei que tinha tanta coisa que poderíamos ensinar uns aos outros. Aí descobri que a atividade preferida deles era mandar eu e todos os outros humanos se foderem. Ficou chato mais rápido do que seria de se esperar.

— Eu imagino.

— Não, você ainda não consegue nem imaginar. Venha passar mais uma semana na lagoa, aí vai começar a entender.

— As baleias — lembrou Morrison.

— Certo — disse Livgren. — Enquanto vocês estavam fora, um dos golfinhos chegou perto o suficiente para perceber que havia o que parecia ser um transmissor preso a uma das baleias. Ela se afastou do golfinho, que não queria parecer nada além de um golfinho normal, então não tivemos muitos detalhes. Mas a Sra. Tum-Tum…

— Desculpe. — Levantei a mão. — *Quem?*

— A Sra. Tum-Tum — repetiu Livgren. — A chefe da Divisão de Inteligência Felina.

Olhei para Morrison.

— Ela se chama Sra. Tum-Tum?

— Chama, e daí?

— Sei lá. Acho que eu não esperava ter uma discussão séria envolvendo alguém chamada Sra. Tum-Tum.

— Não é culpa dela — defendeu Morrison. — Algum humano deu esse nome para ela quando era filhote. Humanos dão nomes muito idiotas para gatos às vezes. Culpe o humano, não o felino.

— A Sra. Tum-Tum tem um primeiro nome?

Morrison olhou para mim de um jeito estranho.

— Não, é só Sra. Tum-Tum. Ou, se você quiser ser formal, diretora Sra. Tum-Tum.

— Não só diretora Tum-Tum?

— Não, porque Sra. Tum-Tum é o nome dela. O "senhora" não é um honorífico.

— Mas…

— Charlie, dá para se *concentrar* por um segundo? — perguntou Morrison.

— Certo, desculpa — respondi, e me virei para Livgren. — A diretora Sra. Tum-Tum…

— … teve a ideia de vasculhar as baleias em busca de sinais de rádio quando elas emergiam. Colocamos um escâner em uma das balsas e fizemos varreduras nas baleias sempre que elas vinham à superfície.

— Você estava vendo se elas estavam fazendo ligações — resumi.

— Isso mesmo.

— Tem torres de celular no oceano?

— Não, mas não era para essa direção que os sinais apontavam.

Captei a ideia.

— Um satélite — declarei.

Morrison já tinha seu celular em mãos e levantou o aparelho para que eu visse uma captura de tela.

— Não qualquer satélite. Um satélite de telecomunicações da empresa de Ji-Jong Kim.

— Não só para baleias — insinuei.

— Não, claro que não. Mas, pelo visto, também para elas.

— Essas baleias são *inteligentes*? Que nem nossos golfinhos? — perguntei.

— Não sabemos. Nada do que nossos golfinhos viram sugere que as baleias sejam inteligentes como eles, mas, por outro lado, mesmo que não sejam inteligentes, teriam que ser bem treinadas — disse Livgren.

Olhei para Morrison.

— Há alguma movimentação no histórico corporativo de Kim que sugira algo relacionado a baleias?

— O chaebol deles começou como uma empresa baleeira e de pescado no século 19 e, depois de um tempo, entrou no ramo de eletrônicos, mídia e manufatura pesada — respondeu Morrison. — Mas eles mantêm uma conexão com o passado por meio de um parque marinho perto de Busan. Então é *possível*. Mas nosso pessoal lá dentro nunca nos deu informações sobre Kim estar treinando um grupo de baleias nem falando disso em reuniões da Convocação da Lombardia.

Pensei outra vez no Lounge Executivo cheio de membros da Convocação e seus gatos, se perguntando em voz alta quem eram os espiões.

O que me lembrou de algo. Falei:

— Isso vai parecer aleatório, mas não é. Perdemos algum gato no incêndio do Grand Bellagio?

— Tem razão, parece mesmo aleatório — concordou Morrison. — Mas, para responder à sua pergunta, não. Dois inalaram alguma fumaça, mas ficaram bem. Aqueles cujos donos morreram foram enviados para abrigos locais e interrogados lá.

— Temos abrigos para gatos?

— Temos *muitos* gatos espalhados por aí, Charlie. Às vezes eles precisam entrar por causa do frio.

Voltei minha atenção para Livgren, que parecia achar graça dessa digressão.

— O que achamos que as baleias estão procurando? — perguntei.

— Não sabemos — respondeu ela. — Nosso melhor palpite no momento é que estão observando quem e o que entra e sai de Santa Genoveva, e fazendo relatórios. — Levantei a mão. — E com "relatórios" não quero dizer que sabemos se isso significa que o transmissor de satélite tem câmeras, ou o que quer que seja, nem se está sendo operado a distância, ou se as baleias são como nossos golfinhos e estão realmente fazendo relatórios.

Abaixei a mão com a última parte da resposta.

— O que quer que estejam fazendo, é para a Convocação — acrescentou Morrison.

— E isso é um problema? — perguntei. — Do que as baleias são capazes que um satélite espião não é? Quando cheguei aqui, Williams comentou que estamos no Google Maps.

— Não sabemos — repetiu Livgren. — É isso que nos preocupa em relação a elas.

— Deveríamos pedir para os golfinhos saírem e verem o que conseguem descobrir.

Livgren recostou-se na cadeira.

— Bem, essa é a questão, não é? Setenta e Três disse que adiaria a greve até você voltar da Itália.

— Eu lembro que ele não tinha certeza se eu voltaria.

— Houve algum disse me disse a respeito, sim — admitiu Livgren. — E, pelo que entendi, foi mesmo por pouco.

— Fui salvo por uma gata.

— Que legal. Mas o fato é que você voltou. E os golfinhos não vão mais recuar.

— Eles estão em greve.

— Tecnicamente, não — retrucou Livgren. — Todos alegam estar com intoxicação alimentar por causa de peixe estragado.

Isso me fez sorrir com uma estranha alegria.

— Os golfinhos estão fingindo que estão doentes.

— É o que parece. E suspeito que continuarão assim até você falar com eles de novo.

— Primeiro tenho uma videoconferência marcada para ser menosprezado e receber ameaças — comentei. — Mas, depois disso, estou livre.

22

E então chegou a hora de ser menosprezado e receber ameaças por videoconferência.

— Espera — pedi quando Williams colocou um notebook na minha frente. — Vamos fazer isso pelo computador?

— O sr. Gratas enviou um link do Zoom — respondeu Williams. O notebook já estava aberto no aplicativo, com o aviso de "Esperando o anfitrião ingressar".

— Não tem outra maneira de fazer isso?

— O que você queria? — perguntou Morrison, que estava na sala de conferências comigo, a mesma da minha discussão anterior com Livgren e, por acaso, a mesma onde tinha sido a minha sessão de orientação sobre vilania e onde Morrison e eu tínhamos "interrogado" Jacobs, o vira-casaca da CIA.

— Uma grande sala de controle com uma tela de trezentas polegadas, para ser sincero — respondi, apontando para o notebook. — Isso aqui é meio decepcionante.

Morrison assentiu para Williams.

— Pergunte a ele por que não temos uma grande sala de controle.

Eu me virei para Williams.

— Por que não?

— Chegamos a considerar a ideia. Logo no começo, quando seu tio assumiu a ilha. Jake decidiu que não — informou ele.

— Por quê?

— Vários motivos técnicos e arquitetônicos, mas principalmente porque ele era pão-duro.

— O patrimônio dele era de *três trilhões de dólares*. Poderia ter se mimado — comentei.

Williams balançou a cabeça.

— Não era do feitio dele. Seu tio sempre mantinha os custos baixos. Às vezes, eu tinha que brigar com Jake para conseguir melhorias. Estávamos usando computadores com Windows 7 até o ano passado.

— Meu tio não se preocupava com segurança de informação?

— Foi o que perguntei para ele. Jake aceitou comprar computadores novos com certa relutância — disse Williams.

Olhei para Morrison.

— Este lugar é normal demais para uma organização que criou golfinhos geneticamente modificados e lasers que podem derrubar satélites do céu — afirmei.

Morrison deu de ombros.

— Seu tio não queria pagar para ter certa estética. Ele era um vilão prático.

— Bem, eu meio que quero uma sala de controle sinistra.

— Quer? Sério?

Eu me virei para Williams.

— Quanto custaria?

— Está pensando em um cenário típico de vilão de James Bond?

— Isso.

— Posso dar uma olhada.

— Me dê uma estimativa.

— Cinquenta milhões.

Eu engasguei.

— Por *uma sala*?

— Você falou que queria uma tela de trezentas polegadas. Só aí já vão alguns milhões.

— Poderíamos usar um projetor a laser.

Williams negou com a cabeça.

— Não, Charlie. Não vamos montar uma *man cave* em um porão. Se vamos construir um covil de vilão do mal, vamos, como você mesmo falou, nos mimar.

— Então ou é uma configuração completa tipo SPECTRE, ou é um notebook em uma sala de conferências. É isso que você está me dizendo.

— Exatamente — concordou Williams.

Olhei mal-humorado para o notebook.

— Olha quem é pão-duro agora — observou Morrison.

— Não vou pagar milhões por uma TV grandona.

— Tiro o chapéu para o seu autocontrole financeiro. Mas você é um péssimo rico — disse Morrison.

— Talvez eu melhore.

— Por favor, não.

O notebook apitou, e o rosto descorado de Roberto Gratas apareceu na minha tela.

— Cara, a webcam do seu notebook é uma porcaria — comentei.

Gratas disse algo, mas nenhum áudio saiu.

— Você tem que tirar do mudo — avisei, e depois repeti, porque ele parecia confuso.

— ... me ouvindo agora? — perguntou Gratas.

— Agora estou te ouvindo.

A essa altura, Williams já tinha saído da visão da minha câmera e Morrison estava do outro lado do computador, em silêncio; até onde Gratas sabia, eu estava sozinho na sala.

— Você e eu temos muito o que conversar — começou ele, e, mesmo pelos alto-falantes fracos do notebook, eu saquei que o sujeito estava tentando projetar uma aura ameaçadora.

— Essa chamada é criptografada? — perguntei, interrompendo-o.

Gratas parou e pareceu confuso outra vez.

— O quê?

— A chamada — repeti. — É criptografada?

— Imagino que sim. — Gratas tentou parecer ameaçador novamente.

— Porque, se fosse criptografada, teria o ícone de um cadeadinho na tela, e não estou vendo nada assim — insisti, atrapalhando a aura dele de novo.

— Tenho certeza de que não tem problema.

— Sério? Porque consigo imaginar a conversa que estamos prestes a ter e vou ser sincero contigo, não me sinto confortável deixando a Interpol ou a NSA ouvir. Então, você tem certeza de que a conversa é criptografada?

— Tenho certeza.

— Com isso você quer dizer que entrou e ativou as configurações de criptografia no Zoom você mesmo?

— Exato.

— Entendi. Então me diga como você fez isso.

— O quê?

— Você falou que ativou a criptografia, então me diga como fez isso. Não estou vendo o ícone do cadeadinho.

— Esquece a porra do cadeadinho! — esbravejou Gratas. — Estou cagando para o seu cadeadinho! O importante, seu merdinha, é…

Fechei o notebook, interrompendo a conexão.

— Gostei da jogada — elogiou Williams, com admiração.

— Teria sido mais legal em uma tela bem grande — comentei.

— Se você fizesse isso com uma tela bem grande, teria sido esmagado — retrucou Morrison.

— Você *entendeu*.

O telefone de Morrison tocou. Ela olhou para o aparelho, sorriu e atendeu a ligação:

— Olá, Tobias.

Deu para ouvir a voz de Tobias saindo fraquinha do celular e, ainda mais distante, um pouco de estática indignada que imaginei ser Gratas gritando.

— Aham — disse Morrison, enquanto Tobias falava. — Aham. Então, seguinte. Charlie não está errado, está? O idiota do seu chefe não estava *prestes* a falar coisas imbecis em um canal aberto? — Ela fez uma pausa. — Mas essa *é* a questão, não é? A menos que Gratas quisesse que outra pessoa ouvisse. — Outra pausa. — Não fique bravo com a gente por ele ser incompetente com tecnologia, Tobias. Pensando bem, *esta* ligação é criptografada?

Morrison desligou antes que o sujeito pudesse responder.

— Dá uma satisfação, não dá? — comentei.

— Já desliguei na cara dele antes.

Poucos minutos depois, o telefone de Morrison tocou outra vez.

— Pelo visto, eles estão prontos. Criptografado desta vez — disse ela para mim.

Entreguei o notebook para Williams para que ele pudesse pegar o link do Zoom no e-mail; ele me devolveu o computador depois de abrir o link.

Gratas apareceu na tela na hora, já gritando. Tinha um cadeadinho na tela.

— Seu áudio ainda está no mudo — falei tranquilamente.

Gratas deu um tapa no computador sem parar seu discurso.

— ... e é melhor você abrir a porra dos olhos, seu vermezinho de merda...

Bati a tampa do notebook outra vez.

— Você está planejando fazer o homem ter um ataque cardíaco? — perguntou Morrison.

— Ele é muito mal-educado — respondi.

O celular de Morrison tocou de novo.

— Imagino que a ligação continue não sendo criptografada — disse ela ao telefone em vez de "Alô". Então escutou um pouco. — Bem, talvez seu chefe não devesse começar a conversa berrando. Charlie não gosta muito disso. — Outra pausa. — Não, acho que *você* não está entendendo, Tobias. Ao contrário de você, Charlie não trabalha para Gratas. Ele não precisa aturar as palhaçadas do seu chefe. Os dois são colegas, embora, na verdade, Charlie valha muito mais do que Gratas no momento. Então, talvez ele devesse mostrar um pouco mais de respeito. — Mais uma pausa. — Aham. Bem, diga a Gratas que, a menos que ele queira levar outro fora, é bom se controlar da próxima vez. Ah, e manda ele ligar o microfone antes de começar a falar.

Morrison desligou.

— Estou me divertindo mais do que esperava nessa ligação — confessei.

O telefone de Morrison fez um barulho: uma mensagem.

— Parece que estão prontos para tentar de novo — anunciou ela.

Mais uma vez entreguei o notebook para Williams, e mais uma vez Williams configurou tudo.

Dessa vez, o ícone de cadeado estava ativo e o microfone de Gratas estava ligado.

— Olá, Charlie — começou ele por entre dentes visivelmente cerrados.

— Olá — respondi.

— Você está tendo um bom dia?

— Até que sim. É lindo aqui no Caribe. Como você está?

— Não tão bem, infelizmente. Sabe o que é? Estou de luto. Parece que alguém ateou fogo no Hotel Grand Bellagio e matou meu querido amigo Anton Dobrev e outros cinco colegas meus da Convocação da Lombardia.

— Por favor, aceite minhas condolências.

— Eu faria isso, mas, como nós dois sabemos, Charlie, você foi o responsável.

— Não tive nada a ver com isso.

— Nada disso. Não minta para mim desse jeito. É uma ofensa para mim que você ache que pode mentir assim — retrucou Gratas.

— Não estou mentindo. Quase fui morto no ataque também — insisti. Olhei para Tobias, que estava espreitando no fundo da tela, atrás de Gratas. — Ele sabe a verdade.

— Sabe mesmo — concordou Gratas. — E devo dizer que o que Tobias me contou sobre o assunto é bem diferente do que você acabou de falar. E eu te pergunto, em quem devo acreditar? Tobias, que conheço e ocasionalmente emprego há anos, ou você, que há apenas uma semana estava tentando impedir que um bando de garotos de ginásio ateassem fogo na escola?

— É "ensino fundamental" agora.

— Vou anotar isso para referências futuras. Mas o que quero dizer, Charlie, é que eu conheço Tobias. Você, nem tanto. Porém, sei coisas a *seu* respeito.

— Ah, é mesmo?

— É mesmo. Sabe, Charlie, quando você assassinou Anton, as rédeas da Convocação da Lombardia vieram para mim, e ontem, enquanto fugia que nem um covarde de volta para sua ilhotinha, onde presume estar seguro, eu estava revisando as anotações que Anton deixou. Normalmente não guardamos registros, só que ele, mais do que ninguém, entendia que um senso de continuidade é importante, até mesmo, talvez em especial, para um grupo como o nosso. Sabe o que essas anotações diziam?

— Não faço ideia.

— Elas diziam que, na verdade, seu tio *fazia* parte da Convocação da Lombardia o tempo todo — declarou Gratas. — Ele entrou antes mesmo de mim, mas então parou de participar e começou a trabalhar contra nós. Como ficou inativo por tanto tempo, e como os membros anteriores decidiram não discutir o assunto, nunca ficamos sabendo. Mas agora eu sei. Isso significa que você também faz parte da Convocação, Charlie. Você herdou o assento do seu tio. Parabéns.

— Acho que isso significa que não preciso pagar a taxa de iniciação — comentei.

Gratas riu.

— Deve ser — retrucou. — Mas a questão é a seguinte. Os membros devem contribuir para o fundo anualmente. É 5% do faturamento, certo? Mas seu tio não contribuiu.

— É porque ele saiu.

— Não, ninguém pode *sair*. Ele podia parar de vir às reuniões, mas não podia sair. Então Jake estava em atraso, Charlie. De 5% da renda pelos últimos trinta anos ou mais. Você herdou o assento dele, então herdou a dívida também. Pelos meus cálculos, não sei, talvez esteja por volta de 150 bilhões.

— Parece um valor exorbitante.

— Mas espere, tem *mais* — continuou Gratas. — Aparentemente seu tio está guardando algumas coisas para a Convocação em um depósito. Coisas que valem cerca de 200 bilhões de dólares. Parece que foi encarregado delas e então decidiu nunca devolver.

— Jake tinha os motivos dele.

— Não duvido. Mas, quaisquer que tenham sido, eles morreram com seu tio. E, como chefe da Convocação, quero essas coisas de volta, Charlie.

— O que te faz pensar que eu sei onde elas estão?

— Porque as anotações de Dobrev dizem que ele pretendia te contar. Talvez seja por isso que você o matou. Talvez tenha pensado que, ao matá-lo, o segredo morreria com ele, e você poderia ficar com tudo. Acho que o velho era mais esperto que você. Agora, vai negar que sabe da existência desse depósito?

— Já ouvi falar — respondi.

— Então não vai se importar se eu pegar de volta o que tem lá dentro.

— Na verdade, eu me importo, sim.

— Perdão?

— Alguém na Convocação matou minha mãe por causa do que tem naquele depósito. Foi por isso que o tio Jake deixou a Convocação — expliquei.

Gratas olhou para o computador, com a testa franzida.

— De que diabos você está falando?

— Eu falei que meu tio tinha os motivos dele — repeti. — E agora você sabe quais são. Os motivos dele morreram com ele. Mas os *meus*, não.

— Que ridículo. A morte da sua mãe não tem nada a ver com o assunto — retrucou Gratas.

— Você parece bem certo disso, considerando que até… o quê? Ontem? Nem imaginava que esse depósito existia.

— Charlie…

Estendi a mão para a tampa do notebook.

— Não faça isso — alertou Gratas.

Fiz uma pausa.

— Ou o quê? O que você pode fazer comigo, Gratas? A Convocação da Lombardia foi pelos ares. Ela nem tinha dinheiro, de qualquer maneira. Você e os outros membros estão quebrados ou estão com todo o dinheiro preso, impossível de ser acessado. Tudo o que você pode fazer neste momento é me ameaçar pelo Zoom.

Gratas deu o menor dos sorrisos.

— Tem certeza disso, Charlie?

— Quase certeza. Olha… posso estar apenas começando nessa coisa de vilania, mas já saquei que você não é muito bom nisso. Você herdou o trabalho do seu pai e pensou que poderia simplesmente continuar fazendo o que ele fazia, e o que o pai dele fazia antes dele. Quis tirar vantagem das tragédias ao redor do mundo, talvez causar uma ou outra, se não acontecessem naturalmente tão depressa quanto você gostaria, e cultivar safra após safra de nerdzinhos puxa-saco cujos egos você inflava para que não percebessem que passou o tempo todo roubando o talento deles. Você se manteve nas sombras e se convenceu de que estava escrevendo o destino do mundo. Mas aí simplesmente ficou ganancioso demais, ou preguiçoso demais, ou acreditou nas matérias que você mesmo pagava para que publicassem. Ou capaz de ter sido tudo isso ao mesmo tempo. Você foi superado pela concorrência, pelo meu tio e por todos os outros. Agora tem que enfrentar a realidade, e a única maneira de fugir disso é tentando tirar algo de mim. Você não é um vilão, Gratas. É só um péssimo capitalista.

— Esse foi um discurso muito bonito, Charlie. Mas talvez você não entenda as coisas tão bem quanto pensa — disse Gratas depois de um momento. Ele levantou a mão. — Tudo bem. Respeito que tenha suas posições, suas crenças, e que ache que pode nos negar o que é nosso por direito. Quem seria se não pudesse tentar me mostrar seu poder? Agradeço por me mostrar quem você é. Agora, em troca, me deixe mostrar quem *eu* sou.

Gratas esticou a mão e fechou a tampa do próprio notebook, cortando a conexão.

— Correu tudo bem — falou Morrison.

— Acho que correu melhor do que podíamos imaginar — comentei.

Eu estava prestes a perguntar o que ela achava que aconteceria se Gratas de fato entregasse aquela pistola com minhas impressões digitais para o FBI, mas então fui interrompido pelo som de explosões.

A Baía Jenny estava sendo atacada.

23

O píer da Baía Jenny estava retorcido e despedaçado, e duas das três balsas, as Jennifers *Lopez* e *Tilly*, tinham sido destruídas. As explosões abalaram a ilha, quebrando janelas e ateando fogo nas coisas. Funcionários e cientistas corriam com extintores de incêndio, apagando chamas aleatórias antes que se espalhassem.

Fiquei no que restava do píer, olhando para os destroços da *Lopez*, que boiavam na água.

— Alguém morreu? — perguntei para Morrison, que estava atrás de mim.

— Estamos investigando isso agora. A *Tilly* estava em manutenção, então sem tripulação. A *Lopez* sairia hoje mais tarde para buscar suprimentos. Estamos verificando se havia tripulação a bordo. A *Lawrence* está em Granada agora, buscando alguns funcionários.

— Mantenham a balsa lá — falei, me virando para ela. — Quer dizer, óbvio. Não temos lugar para atracarem.

— Podemos usar a lagoa dos golfinhos para embarques e desembarques se for preciso. Os golfinhos não gostam, mas também não gostam de nada.

Fiz um gesto para a ilha.

— E o resto?

— Por enquanto estamos bem — disse Morrison. — Williams me falou que a estrutura principal segue sólida, só com algumas janelas quebradas e poucos pontos de incêndio. O ataque foi focado no píer e nas balsas. Esses foram os alvos diretos.

— Não corremos o risco de ficar sem energia?

Morrison balançou a cabeça.

— A Baía Jenny é geotérmica, lembra? Todo o maquinário de geração de energia fica no subsolo. E ninguém morreu nem foi gravemente ferido na ilha. Alguns cortes sérios por conta dos estilhaços de vidro, mas só.

Eu assenti.

— Então, basicamente foram tiros de advertência.

— Parece que sim.

— E foram culpa minha.

— Você pisou com força no calo do Gratas, Charlie.

— Pareceu uma boa ideia na hora.

— Não foi uma ideia *ruim*. Você só não achou que ele estava em posição de retribuir o favor.

— Vou me lembrar disso na próxima vez.

— Por favor.

Fiz um gesto em direção à bagunça atual.

— Como isso aconteceu?

Morrison olhou para os destroços do píer.

— Está perguntando se foram mísseis ou bombas? Provavelmente mísseis. A gente teria percebido se alguém tivesse tentado chegar de fininho na costa e deixado surpresinhas para nós.

— Então mísseis... ou torpedos.

— Talvez torpedos — concordou Morrison. — Acha que Gratas e a Convocação têm um submarino?

— Não acho que precisem de um submarino.

Morrison entendeu depois de um segundo.

— Está pensando nas baleias?

— Não sei como é possível lançar torpedos com baleias, mas, tirando isso, é, imagino que seja isso.

— Você precisa falar com os golfinhos — sugeriu Morrison.

Soltei uma risada, mas não era exatamente a risada de uma pessoa sã, tenho que admitir.

Morrison notou.

— Está tudo bem?

— Como vai o negócio dos estacionamentos? — perguntei.

— O quê?

— Você sabe, a parte legítima do negócio do meu tio. Não falamos disso desde que começamos essa porcaria toda. Como estão as coisas? Tem alguma questão urgente nessa área que preciso saber? Algo em que eu, em teoria o CEO, preciso opinar?

— Jake era o presidente da BLP. A empresa tem o próprio CEO e os próprios executivos, e todos estão fazendo seu trabalho muito bem — respondeu Morrison.

— Mas eu deveria saber *algo* sobre o assunto. Em vez disso, estou aqui, em uma ilha no Caribe, sendo informado de que preciso falar com golfinhos no meio de uma ação trabalhista a respeito de umas baleias que talvez tenham torpedos, armadas por uma sociedade secreta de vilões que quer acesso a um depósito cheio de objetos provavelmente saqueados de vítimas dos malditos nazistas e que talvez esteja disposta a explodir meu *covil em um vulcão* para pôr as mãos nesse tesouro.

— Admito que parece ridículo quando você coloca dessa forma — aceitou Morrison depois de um momento.

— *Obrigado.*

— Mas seu tio não precisava de você para administrar a empresa de estacionamentos — continuou ela. — Jake não precisava que você se preocupasse com as partes de seu negócio que já têm pessoas para cuidar delas. Ele precisava de você para isto aqui, Charlie.

— Mas eu não sei *de nada*! — insisti. — Não sei como lidar com golfinhos grevistas nem baleias torpedeiras nem conspirações malignas. Você sabe de tudo isso melhor do que eu. Não sei se percebeu, mas durante esse tempo todo tenho dependido bastante de você para dar a impressão de que sei o que diabos estou fazendo.

— Também tem dependido de Hera — apontou Morrison.

— Uma gata que sabe digitar! Dona de imóveis!

— Olha, Charlie. Não posso te contar, aqui e agora, por que seu tio achou que você seria a melhor pessoa para o trabalho. Talvez tivesse a ver com arrependimentos dele por não ter estado presente na sua vida. Talvez tivesse a ver com o fato de que ele ainda sentia culpa pela morte da sua mãe e queria se absolver disso através de você. Talvez fosse porque Jake te observava de longe, dando um jeito na sua vida de uma forma que estava abaixo das suas habilidades e das suas competências, e decidiu te dar um sacode.

Ou talvez não fosse por nada disso. Vou te contar o que posso contar, aqui e agora: seu tio não cometia erros.

— O bilhete com as colheres de prata — comentei.

— Seu tio raramente cometia erros — corrigiu-se Morrison. — Ele decidiu que você precisava estar aqui, fazendo essas coisas, neste exato momento. Tenha um pouquinho de fé nele. E isso significa ter um pouquinho de fé em si mesmo.

— Ou fé em você ou em Hera, pelo menos.

— Você poderia ter fé em gente pior. Está indo bem, Charlie.

— Obrigado. — Fiz um gesto em direção ao píer. — Não concordo cem por cento com você por enquanto, mas obrigado.

— Obrigada também — disse Morrison.

— Pelo quê?

— Por me dar ouvidos de verdade. E a Hera. Só homens muito especiais levariam uma gata a sério.

Abri um sorriso.

— Ela sabe mais do que eu.

— Dar ouvidos a pessoas que sabem mais do que você já é bastante raro, Charlie. Você faz isso até com gatos. Talvez essa seja outra razão pela qual seu tio te escolheu.

— Jake não sabia que eu daria ouvidos a uma gata.

— Talvez soubesse, se a gata estivesse relatando a ele — comentou Morrison.

— Eu… não pensei nisso — confessei.

Ela fez um gesto em direção ao píer.

— O que quer fazer agora?

— Podemos consertar isso?

— Nem tão cedo. Ainda mais se estivermos preocupados em sermos atacados outra vez.

— E isso *vai* acontecer.

— Se você não der a Gratas o que ele quer, é provável.

— Quando?

Morrison deu de ombros.

— Se eu estiver julgando o filho da mãe direito, ele vai te deixar aí esperando por mais ou menos uma hora, para aumentar suas neuroses e dúvidas, e então vai pedir para Tobias me ligar e marcar outra reunião no Zoom.

Parei e pensei um minuto.

— Você acha que Gratas sabe que a gente sabe das baleias?

— Acho que ele é arrogante demais para sequer considerar que a gente saberia das baleias.

— Então, ótimo. Vamos usar isso a nosso favor.

— Obrigado por reservar um tempo para outra ligação — falei para Gratas pelo notebook, com o ícone de cadeado ligado. — Sei que você está algumas horas à nossa frente, e já está tarde aí.

— De modo algum. Na verdade, quando eu terminar de falar com você, vou jantar com alguns amigos. Nós comemos tarde por aqui — respondeu ele.

— Que maravilha. É bom ter amigos — comentei.

— Por sua causa, tenho menos amigos agora.

— Eu sei que é nisso que você acredita. Sinto muito pela sua perda.

— Obrigado. E talvez um dia eu acredite *nisso* também.

— Espero que sim.

— Vamos passar para outros tópicos mais urgentes — sugeriu Gratas. — A essa altura, é claro, creio que você já tenha visto minha resposta à nossa conversa inicial. Uma demonstração, por assim dizer, de que, apesar de seu julgamento anterior a meu respeito, sou um homem de alguma... influência. E poder.

— Recebi essa mensagem, sim.

— Espero que tenha ficado claro o significado dela.

— Ficou.

— Ótimo. Também creio que saiba que, por mais difícil que tenha sido receber essa mensagem, eu poderia tê-la tornado muito mais dolorosa.

— Isso definitivamente ficou implícito.

Gratas assentiu com a cabeça.

— Certo. Então estamos nos entendendo.

— Até agora, estamos.

— Então sugiro que retomemos nossas discussões. Desde o início. Começando com os pagamentos atrasados do seu tio e seguindo para a devolução dos bens da Convocação que estão em seu poder. Bens esses que, acaba de me ocorrer, foram intencionalmente tirados de nós sem nosso conhecimento ou consentimento. O que significa que, na minha opinião, uma penalidade talvez seja necessária. Nada de mais. Apenas o suficiente para esclarecer a questão.

— Mas ainda na faixa de vários bilhões de dólares, certo?

Gratas riu e bateu palmas.

— Estamos nos entendendo tão bem, Charlie! Ótimo, ótimo.

— É verdade, realmente estamos — concordei. — Mas tenho uma perguntinha, se não se importar em respondê-la.

— Claro, qual seria?

— Quando você enviou essa mensagem para mim, estava enviando em seu nome ou em sua posição como líder da Convocação?

— Importa?

— É só uma curiosidade minha.

— Acho que posso dizer que foi um pouco dos dois. Eu enviei a mensagem, mas foi porque eram assuntos relacionados à Convocação que estavam em pauta. Então, veio de mim, em nome da Convocação.

— E os demais membros endossaram, digamos assim, a mensagem que você enviou.

— Eles sabiam que eu ia falar com você — confirmou Gratas. — Também sabiam que talvez fosse necessário… Como dizer? Algum *convencimento*.

— Então foi um esforço conjunto.

— Pode-se dizer que sim.

— Bem, eu queria ouvir *você* dizer isso. Porque quero ter certeza de que nossa discussão daqui para a frente será direcionada ao público correto.

— Você está lidando comigo — afirmou Gratas.

— Eu sei disso. Mas não apenas você *como* você mesmo, e sim com você em sua capacidade de novo líder da Convocação da Lombardia.

— Exatamente.

— Tudo bem. Então me permita dizer, para deixar registrado e para que não haja qualquer ambiguidade, que recebi sua mensagem e a mensagem da Convocação.

— Ótimo — disse Gratas, e abriu a boca para continuar.

Eu levantei a mão.

— E agora, aqui está a minha resposta. — Acenei para Morrison, que apareceu no enquadramento da câmera com o celular na mão. — Você sabia que a empresa de Ji-Jong Kim tem um satélite de telecomunicações bem acima da minha ilha? Atende grande parte do norte da América do Sul e a metade inferior do Caribe. — Olhei para Morrison. — Entre a construção e o lançamento, o satélite custou, o quê? Uns 300 milhões?

— Está mais para 500 milhões — informou ela.

— Quinhentos milhões! Bota dinheiro nisso — falei.

Gratas olhou para mim, confuso.

— Sim? E daí?

Gesticulei para Morrison, que mexeu no telefone.

— Eeeee… agora ele sumiu — anunciei.

— O quê?

— Sumiu. Aquele satélite de telecomunicações agora é uma nuvem de detritos. Quinhentos milhões do dinheiro de Ji-Jong Kim, *puf*! — Fiz um gesto imitando explosões com as mãos para deixar o significado das minhas palavras bem claro. — Bem, neste exato momento Ji-Jong ainda não sabe disso nem ninguém mais da empresa dele. Na verdade, só agora o coitado de um técnico deve ter percebido que o satélite não está enviando ou recebendo nenhuma informação e vai tentar descobrir o motivo. É aí que vão sacar que não tem mais nada onde o satélite ficava. Então vão tentar entender o que aconteceu. Talvez Ji-Jong Kim até mencione isso para você. Se isso acontecer, pode dizer a ele: essa foi minha resposta à Convocação por atacar Santa Genoveva.

— Não pode estar falando sério — retrucou Gratas.

— Tá, não estou falando sério. Aquele satélite acabou de ser derrubado pela Força Espacial dos Estados Unidos. Ou pela Coreia do Norte. Ou pelo Godzilla! Você quem escolhe. Tenho certeza de que qualquer uma dessas opções vai ser uma explicação mais razoável do que a que acabei de te oferecer.

Gratas olhou para cima, para alguém fora da tela — provavelmente, pensei, Tobias, o Esfaqueador, que imaginei estar ocupado ligando para Ji-Jong Kim em seu número privado. Então Gratas voltou a atenção para mim.

— Você está mexendo com os negócios legítimos de um dos nossos membros — disse ele.

— Prefiro pensar nisso como uma mensagem enviada para toda a Convocação, por meio de um único membro — esclareci. — Sabe, que nem você fez quando explodiu meu píer e dois dos meus barcos, o que mexeu com alguns dos *meus* negócios legítimos. Tenho outras mensagens que poderia enviar. A menos que você queira ouvir a que quero te dar neste momento.

— Sou todo ouvidos.

— É simples: você e eu paramos por 48 horas com essa briguinha para saber quem tem o pau maior. Durante esse intervalo, nenhum de nós tenta enviar mensagens um ao outro, escritas, faladas ou de qualquer outro tipo.

Aí, daqui a dois dias, conversamos outra vez sobre o que você quer, o que eu quero e o que é possível para ambos.

— Ou o quê?

— Ou acho que as coisas ficarão complicadas — respondi. — Olha... eu te subestimei da última vez que conversamos. Te desrespeitei. Foi um erro da minha parte. Foi idiota e eu não deveria ter feito isso. Mas você também me subestimou. Agora, aqui estamos nós, sem saber o que o outro é mesmo capaz de fazer. Então, em vez de mergulharmos em um ciclo de destruição mútua, vamos respirar fundo por exatamente dois dias. Isso vai te dar tempo para falar com a Convocação, e vai me dar tempo para falar com o meu pessoal. Que tal não nos matarmos, o que você me diz?

Gratas ficou sentado ali, imóvel, exceto por uma leve contração no maxilar. Pelo microfone e pelos alto-falantes ruins do notebook, não dava para ouvir, mas eu podia muito bem imaginar o barulho dos molares rangendo.

— Você poderia ter pedido isso sem explodir aquele satélite — disse ele por fim.

— E você não precisava ter explodido meu píer.

— Quarenta e oito horas — declarou Gratas, e desligou.

— Você acha mesmo que ele vai honrar essa promessa? — perguntou Morrison para mim depois que fechei meu próprio notebook.

— Se não tivéssemos cortado a ligação dele com as baleias, provavelmente não — respondi. — Mas imagino que Gratas levará pelo menos esse tempo para encontrar uma maneira de falar com elas de novo, então chutei que aceitaria o acordo porque seriam dois dias em que ele não conseguiria fazer nada de qualquer maneira.

— O cara não vai ficar de bobeira esse tempo todo.

— Nós também não vamos, eu espero.

— O que você quer fazer primeiro, então?

— Quero vomitar de estresse — falei. — Mas vamos visitar os golfinhos.

24

— Ainda é estranho para mim estar falando com um golfinho — confessei a Setenta e Três quando começamos nossa discussão.

— Claro, eu entendo — respondeu ele. — É estranho para mim ser uma criatura senciente sem nenhum direito de fala. Então, meio que fica elas por elas.

Eu estava mais uma vez na lagoa dos golfinhos com Morrison, Williams, Livgren e Hera, sentado ali na frente de Setenta e Três em seu microfone, com o coro de companheiros cetáceos ao seu lado.

— Você sabe que fomos atacados.

— Difícil aquela explosão passar despercebida. Tinha um pessoal nosso na água quando aconteceu.

— Eles estão bem? Alguém se feriu? — perguntei.

— Nenhum golfinho — respondeu Livgren, então percebeu que eu não estava perguntando para ela e se calou.

— Estamos bem, tirando o fato de sermos basicamente escravos, obrigado por perguntar — disse Setenta e Três.

— Prometi que conversaríamos sobre isso quando eu voltasse — falei.

— O que achei que não tinha muitas chances de acontecer.

— Vir falar com você?

— Voltar.

— Foi por pouco — admiti.

— Você me fez perder uma aposta.

— Não posso dizer que sinto muito por isso.

— Não, creio que não — reclamou Setenta e Três.

— Há uma boa chance de sermos atacados por essas pessoas de novo — retomei o assunto.

— Eu entendo como os conflitos humanos funcionam, pode deixar.

— Temos quase certeza de que as baleias estão envolvidas nisso.

— É provável.

— O que significa que precisamos da ajuda de vocês.

— Ah, seu coitadinho — zombou Setenta e Três. — Não *acredito* que você tentou apelar para meu bom coração. Em primeiro lugar, vai tomar no cu. Em segundo, somos golfinhos. Nossa espécie é toda composta de babacas da pior estirpe. Nunca viu o Discovery Channel? Somos quase tão ruins quanto *gatos*.

Hera inclinou a cabeça ao ouvir isso. Acho que ela estava se divertindo.

— Você me entendeu mal — retruquei.

— Ah, é? Como assim?

— Na primeira vez que nos encontramos, me explicaram que o motivo pelo qual meu tio nunca veio negociar com vocês era porque vocês não tinham força de manobra — comecei. — O argumento era que vocês sempre tiveram a liberdade de ir embora se quisessem. Essa nunca foi uma escolha de verdade, porque não havia nenhum outro lugar para vocês irem; não podem viver na natureza e, suponho, não querem simplesmente trocar um mestre humano por outro. Estou correto?

— Você sabe que sim. Vá direto ao ponto — respondeu Setenta e Três.

— A questão é que precisamos de vocês agora. Neste exato momento. Se não estiverem cem por cento do nosso lado, estamos ferrados.

Setenta e Três me encarou, confuso.

— Essa é uma força de manobra e tanto — sugeri, gentilmente.

O golfinho guinchou, afastou-se do microfone e foi conversar com o grupo.

— Você é péssimo em negociações trabalhistas — sussurrou Morrison.

— Acho que depende do ponto de vista — retruquei com um gesto para Setenta e Três, que tagarelava com seus camaradas. — Do deles, sou excelente. Até agora, pelo menos.

— O fato de ele não ter percebido o próprio ponto forte não é um argumento a favor da inteligência da espécie.

— Mandaram Setenta e Três engolir o choro por tanto tempo que ele se esqueceu completamente de sair do modo "Foda-se você".

— Tá, mas também não precisava oferecer o argumento de bandeja.

Dei de ombros.

— É isso que quero dizer quando falo que você é péssimo nisso — acrescentou Morrison.

— Quer liderar as negociações?

— Talvez.

Setenta e Três nadou de volta para o microfone.

— Tarde demais — falei para Morrison.

Ela revirou os olhos.

— Temos exigências! — exclamou Setenta e Três alegremente.

— Aposto que sim — respondi.

— Primeiro! Queremos que você reconheça nosso sindicato!

— Qual o nome do seu sindicato?

Setenta e Três se afastou por um segundo do microfone e conversou com seus companheiros golfinhos.

— Associação de Cetáceos das Américas, primeira filial.

— Está bem, tudo certo — falei.

— Legalmente e por escrito.

— Você sabe escrever? — perguntei.

— Eu vou aprender — respondeu o golfinho.

— Justo. Próxima exigência.

— Os gatos comandam a própria divisão. Nós queremos comandar a nossa.

— Você quer que um dos seus se junte à gerência — esclareci.

— Um sacrifício que estamos dispostos a fazer.

— E vai ser você?

— Cruz-credo — disse Setenta e Três. — Acha que tenho paciência para essa merda? Sou um agitador, um golfinho das ideias. Sessenta e Cinco aqui é quem vai assumir.

Um dos outros golfinhos guinchou.

— Você é o cara, Sessenta e Cinco — falei.

— Essa declaração é tanto sexista quanto manucêntrica — declarou Setenta e Três. — Sessenta e Cinco é uma fêmea e um golfinho. Nenhuma das definições de "cara" se aplica.

— Sinto muito.

— Terceiro, queremos que Livgren seja demitida.

Ao meu lado, a mulher ficou tensa.

— Por quê?

— Ela é horrível e todos nós a odiamos.

Livgren abriu a boca para falar, mas eu ergui a mão.

— Vocês todos são horríveis com ela também e têm sido desde que ela chegou, se entendi direito.

— Isso porque ela faz parte de um sistema corrupto que nos oprimiu e por isso não merecia respeito.

— Eu entendo — falei. — Mas, do lado de cá, precisamos de um contato, e não temos tempo para contratar outra pessoa. Sei que no momento vocês e Livgren têm muita hostilidade reprimida, e não quero minimizar isso. Mas, por favor, trabalhem com ela por enquanto e encontrem uma maneira de negociar sem partir direto para um *ad hominem*. Vamos ver como as coisas saem assim e, se ainda tivermos problema, lidaremos com isso mais tarde. Tudo bem?

Sessenta e Cinco guinchou alguma coisa.

— Sessenta e Cinco disse que consegue trabalhar com Livgren por enquanto — traduziu Setenta e Três.

Eu me virei para Livgren.

— Acredite, eu ficaria feliz em passar o dia sem que me mandassem tomar no cu dezessete vezes — falou ela.

— Tudo certo, então — decidi. — Próximo.

— Santa Genoveva precisa ser um local de incentivo sindical — exigiu Setenta e Três.

— A ilha inteira?

— Claro, por que não? Todos merecem negociação coletiva. Até os malditos gatos.

Eu me virei para Williams.

— E então?

— *Eu* não tenho problema com isso — respondeu o gerente-geral . — Fiz parte do Sindicato dos Trabalhadores Técnicos de Granada antes de vir trabalhar aqui.

— O tio Jake não gostava de sindicatos?

Williams olhou para mim com ceticismo.

— Precisa mesmo perguntar se um bilionário gostava de sindicatos, Charlie?

— Quer dizer, racionalmente, não. Mas, sendo parente dele, eu gostaria de pensar diferente.

— Que maravilha — disse Williams, e acho que foi a primeira vez desde que o conheci que ouvi sarcasmo em sua voz. — Seja como for, e apesar de nossos amigos golfinhos aqui, podem ocorrer problemas logísticos ao sindicalizar a ilha.

— Como assim?

— Porque somos vilões e fazemos coisas eticamente arriscadas e ilegais aqui — explicou Morrison. — Tipo explodir satélites.

— Você fez isso por um aplicativo — comentei.

— Viu só? Você automatizou o *trabalho* de alguém. É exatamente *por isso* que precisamos de sindicatos — reclamou Setenta e Três.

— Além disso, temos várias empresas aqui na Baía Jenny — argumentou Williams. — Elas são entidades corporativas separadas, mesmo que, no final das contas, fossem de propriedade do seu tio e, agora, sejam suas. Cada uma teria que abrir os próprios sindicatos. A maioria dos diretores dessas empresas idolatrava Jake e deve compartilhar da mesma filosofia dele em relação à sindicalização.

— Bando de empata-greve — reclamou Setenta e Três.

— Como eu disse, problemas logísticos — concluiu Williams.

— Você estaria disposto a analisar esses problemas logísticos? — perguntei para ele.

— Quer dizer, se sobrevivermos aos próximos dias? Claro.

Olhei de volta para Setenta e Três.

— Parece bom para você?

— Parece é uma tentativa de atrasar e negar. É o que seu tio faria.

— É um atraso — admiti. — Estamos meio ocupados agora. Quanto à outra parte, tudo o que posso dizer é que não sou meu tio. Mais alguma coisa?

— Queremos o direito de procriar.

— O quê?

Eu me virei para Livgren.

— Os golfinhos não se reproduzem — explicou ela. — São todos clones, manipulados geneticamente para obter características específicas. Assim como os gatos. E, como os gatos, quando seu tio obteve a combinação certa de características, não queria correr o risco de bagunçá-las nem queria que *eles* as bagunçassem. — Livgren apontou para os golfinhos. — Então todos os golfinhos tomam anticoncepcionais. Nós criamos os clones no laboratório e implantamos os embriões.

— Isso é eugenia e parto forçado — falei.

— *Viu* — exclamou Setenta e Três, da lagoa.

— Eugenia, sim. Parto forçado, talvez. Alguns dos nossos golfinhos querem ter filhotes; essa é a maneira que conseguem fazer isso — disse Livgren.

— É a *única* maneira que têm permissão de fazer isso — ressaltei.

— Esse é o talvez.

Olhei para Hera, que me observava com atenção.

— Não existe um "talvez" aqui. Tirem o anticoncepcional de todos os golfinhos que assim desejarem — falei para Livgren, e me virei para Morrison. — Dos gatos também.

— Você está mexendo com o programa do seu tio — avisou Livgren. — Não há garantia de que, se eles cruzarem entre si ou com outros golfinhos, essas mesmas características serão mantidas, incluindo a inteligência. Idem para os gatos.

— Não estou *nem aí*. Esses golfinhos e gatos são seres inteligentes. Eles têm direitos, ou deveriam ter, de qualquer forma. Tanto quanto você ou eu, no que me diz respeito.

— Eu... — Livgren fez uma pausa e olhou para Morrison.

— Por que está olhando para mim? — questionou ela. — Agora é com Charlie que você está lidando.

— Só é uma grande mudança — lamentou Livgren, e então suspirou. — Sinto muito. Tá, tudo bem. Tá bom. Você tem razão, eu entendo. Parte do meu cérebro acha que são só golfinhos, e não tipo, sabe, indivíduos pensantes.

— Se pensar longe assim, é capaz de chegar a ver que todos os animais têm direitos. Quer você os considere inteligentes ou não — comentou Setenta e Três.

— Vocês comem peixe — falei para ele.

— Verdade — admitiu Setenta e Três. — Fodam-se os peixes.

— Mais alguma coisa? — perguntei.

— Não — respondeu o golfinho. — Sinceramente, não achei que a gente fosse chegar tão longe.

— Então, o que preciso de vocês é o seguinte: nós cortamos a comunicação das baleias com a Convocação. Não sabemos quanto tempo isso vai durar. Preciso que descubram tudo sobre elas, inclusive se são inteligentes como vocês ou não. Preciso que descubram se foram responsáveis por atirar em nós e, caso contrário, quem foi. E, independentemente de quem estiver nos atacando, preciso saber como impedir novas investidas.

— E você precisa disso para quando?

— Se possível, agora.

— Quanta margem de manobra temos? — perguntou Setenta e Três.

— Como assim?

— Quer dizer, você quer que a gente faça muita coisa em pouco tempo. Vai confiar em nós para resolver o assunto, ou vai deixar Livgren supervisionando cada detalhezinho como se fôssemos estagiários aquáticos?

— Ninguém aqui tem tempo para isso agora. Faça do seu jeito. — Apontei para Sessenta e Cinco. — Peça para ela manter Livgren informada, e Livgren vai me contar o que vocês estiverem fazendo quando for necessário. Do contrário, confio em vocês para resolver o assunto. Sigam em frente, golfinhos da Associação de Cetáceos das Américas. Nos encham de orgulho.

Setenta e Três me encarou por um momento, então nadou de volta para se juntar aos seus novos irmãos de sindicato. Todos emergiram e então fizeram algo que eu não esperava.

Começaram a cantar. Ou cantarolar, de qualquer forma, uma música.

Morrison franziu a testa.

— Que música é essa?

— "Look for the Union Label". Hino sindical dos anos 1970 — falei.

— E onde diabos aprenderam isso?

— Eles assistem muito ao YouTube — comentou Livgren. — Fácil de achar.

Os golfinhos terminaram a canção e nadaram para longe, supostamente em direção às baleias.

— Bem, isso foi surreal — comentei.

— Parabéns, Charlie — disse Williams, sorrindo. — Você se tornou o primeiro ser humano a negociar um acordo sindical com outra espécie.

— Vou colocar isso no meu LinkedIn com certeza. Pelo menos se eu sobreviver a esta semana.

— Você tem alguma outra ideia para que isso aconteça, além de deixar os mamíferos aquáticos se juntarem oficialmente ao proletariado? — perguntou Morrison.

— Quão morto você acha que Gratas me quer?

— Em uma escala de um a dez, na qual um é "Deixa a vida me levar" e dez é "Te matar devagar, enterrar seu cadáver na floresta, depois te desenterrar e cagar no seu crânio"? Talvez um oito.

— Certo, ótimo.

— Isso não é nada ótimo, Charlie.

— Não é ótimo, mas significa que tem outras coisas que ele quer mais.

Gratas se esqueceu de ligar o microfone de novo, mas pelo menos se lembrou de criptografar a conversa sem eu pedir. É preciso comemorar as pequenas vitórias, eu acho.

— Suas 48 horas acabaram — anunciou depois de ligar o microfone. — É melhor me dizer o que eu quero ouvir, Charlie.

— Certo. É o seguinte: você venceu.

— O que isso significa?

— Significa que você venceu. Não quero brigar com você, e aposto que você também não quer brigar comigo. Então, vou te dar o que você quer.

— Ótimo.

— Em parte.

— Charlie — disse Gratas, em tom de advertência.

— *Roberto* — falei da mesma maneira, e Gratas, aquele babaca de marca maior, ficou surpreso por eu ter usado o primeiro nome dele. — Essa bobajada de transferir centenas de bilhões de dólares das contas do meu tio para você, como se não fosse nada, nunca ia funcionar. Primeiro, ele não tinha essa liquidez, nem de longe, o que não deveria te surpreender porque você também não tem, e é por isso que agora precisa resolver esse pepino. Segundo, mesmo que o tio Jake tenha um banco em um país hospitaleiro, de jeito nenhum eu poderia movimentar algumas centenas de bilhões e não ser notado. E, já que a Convocação está falida, tanto como organização quanto individualmente em relação aos membros, esses bilhões não vão ficar quietinhos e seguros em contas bancárias. Vocês vão espalhar esse dinheiro por aí de maneiras que *sem dúvida* chamarão a atenção dos fiscos e das organizações de inteligência.

— Há maneiras de contornar isso.

— Eu sei que você acha que sim, mas está errado — insisti. — E é por isso que você mandou matar Anton Dobrev.

— Como é que é?

— Você me ouviu. Dobrev tinha um banco, sim. Eu podia transferir dinheiro para lá, sim. Mas, como tenho quase certeza de que Dobrev te falou, se fosse para fazer isso de forma silenciosa, o dinheiro teria que ficar parado por um bom tempo. E a Convocação não tinha esse tempo; você e os outros membros tinham dívidas para quitar. Incluindo dívidas para com Dobrev. Ele me contou que emprestou quantias consideráveis a todos vocês. Do dinheiro *dele*, não do banco. Se você o matasse, então suas dívidas morreriam com ele, assim como as de outros membros da Convocação.

— Isso é um absurdo — respondeu Gratas.

— É possível que seja. Mas aposto que, se eu tivesse uma lista de quem na Convocação devia mais dinheiro a Dobrev, ela bateria bastante com aqueles que sobreviveram à noite do incêndio do Grand Bellagio.

— E por que nós iríamos querer matar os outros membros?

— Para disseminar confusão, para fazer parecer que não foi um ataque direcionado a Dobrev, para colocar a culpa em mim e então tentar me extorquir dinheiro. Foi por isso que Tobias matou Jacobs em vez de deixá-lo me assassinar: porque você precisava de mim vivo. E porque, dessa forma, quando *arrancasse* esses bilhões de mim, só teria que dividir o dinheiro por seis, em vez de doze. Você não está com pressa de substituir aqueles membros assassinados pelos filhos deles, não é? Não até resolver sua questão comigo, pelo menos. Aí, sim, aposto que vai tentar arrastar novatos para vender essa palhaçada de "taxa de entrada" para eles.

Gratas sorriu.

— Que absurdo — repetiu, mais calmo dessa vez. — E você não pode provar nada disso de qualquer forma.

— Tem razão, não posso — concordei. — Mas agradeço por você ter escorregado e perguntado "Por que *nós* iríamos querer matar os outros membros?" em vez de "Por que *eu* iria querer?". Isso aumenta um pouco a quantidade de pessoas que têm culpa no cartório aqui.

— O dinheiro — rosnou Gratas, retomando o rumo da conversa.

— O dinheiro — concordei. — Não vou entrar para a Convocação, então você não vai me arrancar dinheiro desse jeito. O tio Jake saiu do grupo, quer você concorde ou não, então eu não herdo o assento dele, e você não vai receber as ridículas taxas de atraso. Não tem como conseguir esse dinheiro sem garantir nossa destruição mútua, terminando de qualquer maneira com todos nós em prisões variadas por crimes financeiros e muito mais. E isso interferiria na sua capacidade de controlar o mundo, ou pelo menos de ganhar dinheiro.

— Não estou vendo até agora como vou vencer nesse cenário, Charlie — disse Gratas.

— Você venceu porque temos outra fonte de dinheiro, não temos? Todas as coisas que estão no depósito do meu tio aqui em Santa Genoveva. Valem bilhões. Dezenas de bilhões. Centenas de bilhões, talvez. Tudo que foi saqueado pelos nazistas e o que mais a Convocação conseguiu arrancar da Europa e da China enquanto estavam pegando fogo. Nada disso é rastreável e tudo pode ser vendido no mercado clandestino, longe dos olhos da Receita Federal e da Interpol. O dinheiro do meu tio não é seu, Roberto. Mas aquelas coisas? Pode ficar com tudo. Não quero nada disso, e não quero nada disso na minha ilha. Pode vir pegar.

— Tudo? — perguntou Gratas, incrédulo.

— O que você não pegar, eu vou afundar no mar — declarei. — Mas, se quiser o tesouro, tem que aceitar minhas condições.

— Que são?

— A primeira é que isso é tudo que eu te devo. Você e a Convocação não vão receber nem mais um centavo de mim. A segunda é que, depois disso, vocês ficam fora dos meus negócios.

— É uma via de mão dupla, Charlie.

Balancei a cabeça.

— Se você não consegue competir com minhas empresas, sinto muito. Mas eu vou fazer isso de forma justa. Vou retirar todos os espiões do meu tio das suas organizações.

— Qual é a terceira condição?

— Bem, você tem que parar de tentar me matar, é claro.

— Eu já te mantive vivo — disse Gratas, não se importando mais em negar o pesadelo do Grand Bellagio agora que bilhões estavam na mesa.

— Você ou um dos seus amigos da Convocação explodiu a minha casa — argumentei. — Tenho certeza de que houve outras tentativas de assassinato contra mim antes disso também.

— Seu tio tomava conta de você.

— Quando isso tudo acabar, vou ficar fora do caminho da Convocação — continuei. — A vingança do meu tio contra vocês termina aqui. Então não têm motivo para me matar.

— E a quarta condição?

— Preciso de uma semana para esvaziar a ilha. Seu último ataque feriu vários dos meus funcionários. Não quero colocar mais nenhum deles em risco. Você explodiu nosso píer e duas de nossas balsas, então vai levar alguns dias até tirar as pessoas daqui.

— Uma semana é muito tempo — reclamou Gratas.

— É para sua proteção também.

— Em que sentido?

— Porque a quinta condição é a seguinte: vocês precisam vir à ilha para pegar o tesouro. Você e os membros que restaram da Convocação.

— Não acho que seja necessário.

— Não importa o que você acha. O depósito tem duas portas. A externa abre com a minha impressão digital. Há seis escâneres para abrir a porta interna. Imagino que o lugar tenha sido construído dessa forma para garantir que quem quer que fosse o membro da Convocação que abrisse o depósito tivesse um quórum mínimo ao seu lado. Ainda bem que você não assassinou mais nenhum dos seus amigos, ou seria azar o seu. A questão é que todos vocês precisam estar aqui para abrir a porta. Sendo assim, tenho certeza de que vão preferir que a ilha esteja livre de qualquer um que possa matá-los.

— Tem você.

— Eu já disse, quero esses diamantes de sangue dos nazistas fora da minha ilha. Então preciso de uma semana para me preparar. Pode usar esse tempo para pensar na sua logística, porque a sexta e última condição é a seguinte: vocês vão ter uma chance de tirar tudo isso da ilha. Qualquer coisa que não conseguirem levar consigo na primeira e única viagem, não vão levar mais.

— Como assim? Quer que a gente carregue tudo na mão?

— Temos caminhões que vocês podem usar para carregar essa pilhagem, depois transferir tudo para barcos de carga que vão levar para uma embarcação maior. Seria mais eficiente aportar a embarcação maior no píer da Baía Jenny, é claro, mas você explodiu o lugar, então se fodeu. Tudo no depósito está encaixotado, então vai dar para colocar as coisas nos caminhões e nos barcos de carga. Se fizer um esforço, vão conseguir tirar tudo em um dia. O que sobrar vai para o fundo do mar.

— Isso seria um desperdício.

— Eu sei que você pensa assim — falei. — Então é esse o acordo.

— Vou pensar no assunto.

— Não — interrompi. — A oferta está na mesa agora. Ela termina quando eu fechar este notebook.

— E se eu recusar?

— Porra, Roberto, sei lá. Não tenho um plano B. Só quero acabar com essa merda. Como falei no começo da chamada, você venceu. Venha pegar seu maldito tesouro logo. Ou não. De qualquer forma, cansei de falar.

Fiz um movimento para fechar a tampa do notebook.

— Eu aceito — disse Gratas rapidamente.

— Ótimo. Mande Tobias, o Esfaqueador, entrar em contato com Morrison para combinar tudo. A gente se vê em uma semana.

— Que bom que conseguimos chegar a um acordo de benefício mú... — Gratas começou a dizer, mas eu já tinha fechado a tampa porque estava cansado daquela merda.

— Você vai mesmo deixar ele vir e tirar tudo do depósito — comentou Morrison assim que o notebook foi fechado.

— O tio Jake nunca usou essas coisas para nada. Não é nada que ele poderia ter usado. E tira a Convocação do meu cangote — argumentei.

— Até que eles fiquem duros de novo ou decidam que você não está mais competindo de forma justa. O que, a propósito, não vai demorar muito.

— Estou sabendo.

— Então por que você fez isso?

— Porque, quando ficarem duros ou decidirem que não estou mais competindo de forma justa, eu já vou estar mais por dentro do negócio do que estou agora. E então saberei melhor o que fazer.

— Em outras palavras, você está ganhando tempo.

— E tudo o que vai me custar são coisas que não quero nem posso usar — completei.

— Entre dar direitos aos golfinhos e se livrar de itens roubados pelos nazistas, você ficou bem ocupado nesses últimos dias — comentou Morrison.

— Nada mal para um professor substituto.

— Nada bom para um vilão.

— Quer saber? Neste exato momento, acho que posso viver com isso.

25

A balsa de carga da Convocação, uma coisa velha mas enorme, havia sido alugada pelo grupo em Granada e agora estava ancorada não muito longe do píer em ruínas da Baía Jenny. Um barco de carga menor acompanhara a balsa em sua jornada para Santa Genoveva. Assim que a balsa se acomodou, o barquinho se afastou e, conforme instruído, seguiu para a lagoa dos golfinhos, atualmente desocupada pelos animais. Não era nada impressionante, mas o que lhe faltava em beleza compensava em utilidade; o convés era largo e plano, perfeitamente projetado para acomodar carga, como as caixas do depósito.

O barco manobrou para atracar na lagoa; os dois membros da tripulação jogaram os cordames para Williams e Morrison no píer temporário montado para recebê-los. Uma vez seguros, o piloto desligou os motores e os membros da tripulação baixaram uma prancha. Depois de um momento, os passageiros surgiram: os seis sobreviventes da Convocação, além de Tobias, o Esfaqueador. Eu, Williams e Morrison esperávamos em terra firme, e os passageiros vieram na nossa direção. Gratas liderava o grupo, Tobias vinha logo atrás, e o restante seguia na retaguarda.

— Achei que viria mais gente — comentei com Gratas quando saiu do píer.

— Hum, bom — disse ele. — O capitão do *Patrick Étoile* nos falou que não permitiria que sua tripulação pisasse na ilha até que pudéssemos garantir a segurança deles vindo aqui e retornando ilesos. Parece que os moradores locais têm muitas superstições a respeito da ilha de Santa Genoveva. Barcos de pesca que se aproximam demais tendem a desaparecer, e qualquer um que tente desembarcar na ilha sem permissão é jogado no vulcão. Alguma parte disso é verdade?

— Não tivemos nenhum sacrifício aos deuses do vulcão desde que cheguei — respondi.

— Mas ainda está cedo, não é mesmo? — concluiu Gratas. Estava claramente se divertindo com a própria piada. Abri um sorriso de leve. Gratas se virou para apresentar quem mais compunha o grupo. — Você deve se lembrar dos outros membros da Convocação, é claro. Thomas, Joakim, Ji-Jong...

— Você me deve um novo satélite, seu babaca — falou Ji-Jong para mim.

— Por favor, por favor — interrompeu Gratas, levantando a mão e olhando para Kim. — Se tudo correr bem, até o fim do dia você terá o suficiente para substituir aquele satélite por muitos outros. Até lá, vamos tentar manter as coisas civilizadas, certo?

Ji-Jong olhou com raiva para Gratas, mas se acalmou. Gratas apresentou os outros dois membros da Convocação, Jean Arcement e Deiter Weiss, cujas famílias fizeram fortuna no ramo da mídia e da indústria farmacêutica, respectivamente.

— E você se lembra de Tobias, é claro.

— Como eu poderia esquecê-lo? — falei, fazendo Tobias sorrir.

Gratas olhou para o trio formado por mim, Williams e Morrison.

— Vocês são a população total da ilha no momento?

— Exceto pelos ratos — respondi, e o bom humor de Gratas diminuiu um pouco. — E os gatos para caçá-los.

— Ah — murmurou Gratas, e seu sorriso retornou. — Gatos nunca são demais.

— Eles são mesmo muito úteis — concordei.

— E o restante dos funcionários?

— Aluguei o Sandals Resort de Saint George's. Estão aproveitando férias de uma semana com tudo incluso. Obrigado por proporcionar isso na baixa temporada.

— Bem, fico feliz por ter sido conveniente para vocês.

— Roberto, quanto tempo vamos ficar aqui? — perguntou Thomas Harden.

— Ótima pergunta! — Gratas olhou para mim. — Quanto tempo vamos ficar aqui, hein?

— Uma van vai nos levar — respondi. — É uma van de oito lugares, então tem espaço para todos vocês. A menos que queira deixar seu esfaqueador para trás.

— Eu poderia ficar para trás — afirmou Tobias, olhando para Morrison. Ela pareceu vagamente enojada com a ideia.

— Vou levar vocês até o depósito, e podem se certificar de que tudo está como anunciado — continuei. — Depois disso, podem trazer toda a equipe de que precisarem. Podem usar nossos caminhões e outros equipamentos. As empilhadeiras já estão por lá, então vai ser possível carregar as coisas nos caminhões rapidamente. Quando tudo chegar aqui, vocês terão que carregar as caixas até o píer da lagoa para embarcá-las.

Gratas acenou com a mão.

— Sim, sim, meu pessoal já resolveu a logística de tudo com o seu empregado aqui — disse ele, referindo-se a Williams, que percebi ficar um pouco tenso com aquelas palavras; acho que não gostou de ser classificado como "empregado". — Está tudo planejado. O que falta fazer agora é ver o depósito. — Gratas olhou para Tobias e acrescentou: — Você virá também. Para lidar com eventuais problemas.

— É isso que eu faço — concordou Tobias.

— Não que a gente vá ter eventuais problemas — falou Gratas para mim.

— Não pretendo criar problema algum — retruquei.

— Que bom ouvir isso. Você entende, é claro, que preparei um plano B caso surjam problemas.

— Sim, entendo a presença do seu assassino de aluguel.

— Não estou falando de Tobias. Ou melhor, não estou falando só de Tobias.

— Pensei que a gente fosse manter as coisas civilizadas — comentei.

— Estou sendo civilizado! — disse Gratas, rindo. — Só quero que se lembre de que o que aconteceu com o píer foi um tiro de advertência.

— Eu sei, você vai explodir a ilha.

Gratas balançou a cabeça.

— Não só a ilha, Charlie. O Sandals Resort. — Eu o encarei, chocado. O que, claro, era o que ele queria. — É óbvio que eu já sabia que seus funcionários estavam lá. Uma dica para você, meu amigo: da próxima vez, se não quiser fazer eles de reféns, não coloque todos em um só lugar. Mesmo que *seja* um resort com tudo incluso.

O caminho até o depósito foi curto, mas fiz questão de que fosse bem desconfortável.

— Você tem um patrimônio de bilhões, Charlie. Deveria melhorar esta estrada — falou Gratas enquanto saía da van, esfregando as costas.

— Só assumi o cargo há poucas semanas. E metade disso passei na Itália. Vou colocar as reformas na estrada na minha lista de "coisas para fazer".

Os membros da Convocação ficaram boquiabertos com a caverna que abrigava o depósito.

— O que havia aqui antes? — perguntou Harden.

— Além de uma caverna? Pelo que Williams me contou, a CIA usou o espaço para pesquisa de armas.

— Foi assim que você atirou no meu satélite? — indagou Kim.

— Não, aquilo foi financiado pelo Departamento de Agricultura dos Estados Unidos — respondi.

A expressão de Kim pareceu indicar que ele quereria me matar, o que é justo.

Andamos alguns metros e nos deparamos com a primeira porta. Dei um passo à frente.

— Essa parte é minha — avisei, e coloquei a mão no escâner. A porta destrancou e se abriu lentamente, revelando a segunda porta, com seus seis dispositivos de escaneamento. — Agora é com vocês. Podem ir na frente.

Os membros da Convocação hesitaram, relutantes em entrar.

— Qual é o problema? — indaguei.

— Não confiamos em você — disse Petersson.

— Acham que vou trancar vocês?

— Isso passou pela nossa cabeça — admitiu Harden.

— Ah, pelo amor de Deus — reclamei, e apontei para Tobias. — Ele está aqui para explodir meus miolos se achar que estou *pensando* em trair vocês.

— É verdade — concordou Tobias.

Eu o ignorei e depois apontei para Gratas.

— E ele deixou bem claro que vai explodir tudo que tenho se achar que estou tentando dar um golpe. O que mais vocês querem?

— Que você entre primeiro — disse Gratas.

Os outros membros da Convocação esperaram.

Suspirei e entrei no espaço entre as portas, parei o mais longe possível dos escâneres e levantei as mãos, exasperado, como se dissesse: "Viu?".

— Fique de olho nele — ordenou Gratas para Tobias.

— O que você acha que eu estava fazendo? — retrucou Tobias.

Os membros da Convocação entraram.

— Como fazemos isso? — perguntou Harden.

— É só colocar a mão nos escâneres — respondi.

— Qual mão?

— Usei a direita.

— Sou canhoto — comentou Petersson.

— Tá bom — falei. — E daí?

— Devo usar a mão esquerda, então?

— Existe uma ordem em que precisamos ficar? — perguntou Kim.

— Colocamos as mãos ao mesmo tempo ou vamos um de cada vez? — indagou Harden.

— Pessoal — interrompi. — Eu não sou do suporte técnico.

— Era para você saber — disse Gratas.

— E como *eu* ia saber? Sei como a primeira porta funciona; a partir daí, não faço ideia. Vocês estão por conta própria. Deveriam ter feito essas perguntas para Dobrev, antes de mandar este cara… — Apontei para Tobias — … estourar os miolos dele.

Harden se virou para Gratas.

— Você *contou*?

— Ele descobriu — explicou Gratas.

O americano se virou para mim de novo e começou a se justificar:

— Havia boas razões.

— Pelo amor de Deus, Tom, você quer mesmo se explicar *agora*? Charlie não se importa! — esbravejou Gratas.

— É verdade — comentei.

— Obrigado, Charlie! — exclamou Gratas. — Agora, será que todos nós poderíamos nos concentrar por *um segundo* e abrir essa porcaria de porta?

— E como você quer fazer isso? — perguntou Harden.

— Cada um fica na frente de um escâner, e vamos colocar as mãos todos ao mesmo tempo.

— Qual mão? — quis saber Petersson.

— Não importa, porra! — berrou Gratas.

Petersson resmungou algo para si mesmo em sueco, mas parou em frente a um escâner.

— Agora. No "três" — disse Gratas.

— Vai ser no "agora"? Ou no "três"? — perguntou Harden.

Gratas fechou os olhos e respirou fundo. E então, por entre os dentes, falou:

— Eu... vou... contar... até... *três*.

Ele contou até três. Todos colocaram a mão direita no escâner, exceto Petersson, que colocou a mão esquerda enquanto lançava um olhar de "Foda-se você" muito sério para Gratas.

Por vários segundos, nada aconteceu. Todos ficaram ali, mãos direitas nos painéis, olhando para Petersson, com a esquerda no dele.

— Vão vocês todos para o inferno — disse ele.

Ouvimos um barulho e a segunda porta se abriu com um rangido. Luzes fluorescentes estalaram e se acenderam, iluminando um lugar de pelo menos cinquenta metros de profundidade e trinta de largura. Um amplo corredor descia pelo centro do depósito, com caixas empilhadas dos dois lados.

— É que nem naquele filme — comentou Harden, maravilhado.

— *Os caçadores da arca perdida* — respondi, me lembrando da descrição de Dobrev.

— Não, não esse — retrucou ele. Olhei para Harden sem entender.

Os membros da Convocação entraram na sala para olhar as caixas e ficaram alguns minutos apenas encarando tudo aquilo.

— É mesmo real. É tudo de verdade — falou Petersson, rindo.

— Cada pedacinho — completou Gratas. — Arte. Joias. Livros e mapas raros. Estátuas. Todos os tesouros que consideravam perdidos.

Petersson olhou de novo para as caixas.

— E agora é tudo nosso.

— Tudo *meu* — corrigiu Gratas.

Petersson se virou.

— O quê? — questionou, e então um buraco surgiu em sua testa. Seus olhos se reviraram, como se para olhar a nova cavidade no crânio. Então ele despencou no chão, morto.

Tobias, que tinha atirado nele, olhou clinicamente para o cadáver para confirmar que era mesmo um cadáver, então atirou em Arcement e Weiss, que estavam imóveis, atordoados com o assassinato. Morreram antes de cair no chão.

Harden e Kim tentaram correr, o primeiro para a porta e o segundo pelo amplo corredor do depósito, em direção ao fundo da sala. O tiro que Tobias deu em Harden lhe atingiu na coluna, deixando-o imobilizado da cintura para baixo. Ele caiu no chão com um grunhido. Certo de que Harden não iria a lugar nenhum, Tobias seguiu pelo corredor atrás de Kim. Após alguns segundos, ouvi uma tentativa de barganha em inglês, então gritos em coreano, um tiro, depois mais nada, só a respiração cada vez mais curta de Harden.

Gratas, que observava tudo isso acontecer com certa satisfação estampada no rosto, caminhou até Harden e se ajoelhou para que ficasse na linha de visão do outro.

— Por quê? — perguntou o americano, com a voz fraca.

— Por que você acha? Pelo dinheiro, é claro! Duzentos bilhões é grana pra caramba, meu amigo.

— Mas… a Convocação — tentou dizer Harden, ofegante.

Gratas deu um tapinha na bochecha dele.

— A Convocação me ajudou a entrar na sala. Era para isso que o grupo servia.

Ele olhou para Tobias, que a essa altura já tinha voltado depois de assassinar Kim, e assentiu.

— Adeus, Tom — disse Gratas; em seguida, ficou de pé e se afastou.

Tobias acabou com o sofrimento de Harden.

26

Tanto Tobias quanto Gratas olharam para mim, pensativos.

— Tem uma bomba no seu barco — revelei, olhando para Gratas. — Morrison colocou ela lá enquanto eu trazia vocês até aqui. Se voltarem sem mim, *com vida*, ela vai mandar a embarcação para o fundo do mar.

Gratas olhou para Tobias.

— E?

— Eu acredito. Isso é bem a cara da Til — respondeu Tobias.

— Tudo bem, então — disse Gratas para mim. — Vamos te deixar viver.

— Eu deveria agradecer? — questionei.

— Vou entender se não fizer isso. — Gratas se virou para Tobias e ordenou: — Veja se tem alguma ferramenta na van ou na caverna que dê para abrir as caixas. Quero ter alguma ideia do conteúdo.

— Isso só vai tomar tempo — alertou Tobias.

— Não preciso abrir todas — insistiu Gratas. — Só algumas, para termos uma ideia do que temos em mãos.

Tobias olhou para mim, irritado.

— Se eu fosse Til, não deixaria vocês dois sozinhos — avisou para Gratas. — Ela quebraria seu pescoço no segundo em que estivesse longe dos meus olhos. Com *ele*, você está seguro.

— Obrigado — falei.

— Não foi um elogio. E se eu voltar e te encontrar aprontando alguma, não vou te matar, mas vou garantir que o resto da sua vida seja bem desagradável. Você acredita em mim?

— Minha vida já é desagradável.

— Espera só para ver — prometeu Tobias. — Também não tente fugir. Vou atirar nos seus joelhos.

Ele se afastou.

— Ele é muito direto — comentou Gratas, depois que Tobias, o Esfaqueador, saiu.

Olhei para o cadáver de Harden.

— Essa é uma maneira de dizer.

Gratas notou meu olhar.

— Isso te incomoda?

— Quer dizer, você ter matado literalmente todos os outros membros da Convocação?

— Exatamente.

— Passei três décadas da minha vida sem ver ninguém ser assassinado. Poderia ter passado mais tempo — respondi.

— Então não devia ter assumido os negócios do seu tio — retrucou Gratas.

— Ele estava certo em não permanecer na Convocação, pelo menos.

— Não sei o quanto isso lhe serviu. Jake continua morto, e aqui estou eu, prestes a tirar tudo o que ele escondeu de nós.

— E agora nem precisa dividir nada com ninguém.

— É melhor assim. Dobrev sempre falava que a Convocação fazia um péssimo trabalho com as próprias finanças, e ele estava certo. Todos nós fizemos escolhas e investimentos ruins. Tentamos extrair dinheiro do mundo de maneiras que não deram certo.

— Incluindo você.

Gratas riu.

— Principalmente eu, Charlie. Infelizmente. — Ele acenou para as caixas. — O que está nestas caixas vale muito. Uma quantia inimaginável. Mas, dividida entre seis pessoas, todas com dívidas até o pescoço para quitar? O problema de não poder fazer movimentações financeiras se repetiria... Seria dinheiro demais, rápido demais. Teriam percebido. Tudo neste depósito pode ser vendido no mercado clandestino ou na *dark web*, mas só um pouco de cada vez. Um fio d'água, não uma cachoeira. O suficiente para resolver os problemas de uma pessoa, não de seis.

— Então você decidiu que seria você — completei.

— Fiz isso antes que os outros fizessem o mesmo, sim. — Gratas gesticulou para o cadáver de Harden. — Estou certo de que ou ele ou Petersson tinham planos para empreender algo semelhante quando tudo estivesse embalado. Os dois só eram um pouco mais cautelosos do que eu.

— Azar o deles.

— Bem, você sabe o que dizem: "A fortuna favorece os audazes". Eu fui audaz. E agora tenho uma fortuna.

— Há a questão dos cinco cadáveres — comentei.

— Vou resolver esse problema da mesma forma que resolvi o dos seis cadáveres anteriores — afirmou Gratas. — Vou colocar a culpa em você.

— Eu preferiria que não fizesse isso.

Gratas sorriu.

— Receio que seja um pouco tarde para isso, Charlie. Afinal, eles estão na sua ilha. Não se preocupe. Tenho certeza de que, pagando propina suficiente para a polícia de Granada, você pode convencê-la de que foi legítima defesa. Ou, sei lá, tem um oceano inteiro onde você pode jogá-los. — Gratas se animou. — Ou um poço de lava! Você tem lava aqui. Atire os corpos lá.

— Não é assim que funciona — retruquei.

— Por que não?

— A lava é muito densa. A pessoa não afunda — respondi, me lembrando do que Morrison dissera.

— Que decepção. Isso tira muito da diversão de um covil em um vulcão.

— Você não é o único que pensa assim.

— Não importa como você lide com isso, o problema agora é seu — concluiu Gratas, e então Tobias retornou com um pé de cabra em mãos. — Ah! Agora sim.

Tobias lhe entregou a ferramenta e voltou a atenção para mim, gesticulando para que eu me afastasse do cadáver de Harden e me aproximasse das caixas.

— Sente-se.

— Prefiro ficar de pé.

— Se você estiver sentado, vai demorar mais para fugir — disse Tobias. — Se continuar de pé, vou atirar nos seus joelhos, e você vai cair no chão de qualquer jeito.

— É a segunda vez que você ameaça meus joelhos.

Tobias sorriu.

— Gosto dos clássicos.

Eu me sentei.

Enquanto isso, Gratas se demorava em frente às caixas, decidindo qual abrir primeiro.

— Tantas *opções*. — Ele se virou para mim. — Alguma recomendação?

— Na verdade, não.

— Me faz esse agrado, Charlie.

Revirei os olhos um pouco e apontei direto à minha frente.

— Aquela.

— Excelente escolha — elogiou Gratas, então andou até lá, enfiou o pé de cabra onde a tampa encontrava as laterais e começou a abrir a caixa.

— Precisa de ajuda? — perguntei alguns minutos depois, ouvindo a respiração pesada dele.

— Quieto — respondeu, e voltou ao trabalho, finalmente abrindo a tampa o suficiente para conseguir levantá-la e dar uma olhada lá dentro.

Ele franziu a testa.

— O que foi? — perguntou Tobias.

— Está vazia — respondeu Gratas.

— Tem certeza?

— Eu sei identificar a porra de uma caixa vazia, Tobias — esbravejou Gratas, e largou a tampa. Então escolheu outra aleatoriamente.

Estava vazia também.

Assim como as quatro caixas seguintes.

Gratas gritou de frustração e seguiu pelo corredor do depósito até sumir de vista. Ouvi um estrondo e um baque que pareceram vir de uma caixa sendo puxada para baixo e levando outras junto, seguidos de gritos. Tobias franziu a testa e me olhou; estava tentando decidir se ficava comigo ou se ia atrás do chefe. O dilema foi resolvido quando Gratas voltou a aparecer, correndo até mim, com o pé de cabra erguido.

— Isso é alguma piada? — berrou.

Por reflexo, levantei as mãos para me proteger da ferramenta.

— Como vou saber? Nunca estive aqui — falei.

— Porra nenhuma! — exclamou Gratas, e ajustou a posição para acertar minha cabeça com o pé de cabra.

— Não podem estar todas vazias — disse Tobias.

Gratas deteve o golpe para encará-lo, com um olhar selvagem no rosto.

— Não? — Ele empurrou o pé de cabra para Tobias. — Então vai você dar uma olhada. Me dá sua arma e eu vou ficar de olho nele enquanto você abre quantas caixas quiser.

— Não vou fazer isso — respondeu Tobias, de forma bastante sensata para um homem que havia atirado em cinco seres humanos na última hora.

Gratas urrou de frustração e jogou o pé de cabra nas caixas. A ferramenta atingiu uma delas e caiu sem causar danos no chão, o metal tinindo.

— Não tem *nada* nas caixas! Nada! Estão todas… *vazias*!

Tobias me cutucou com o sapato.

— Você não teve nada a ver com isso, teve? — perguntou.

— Acha que sou idiota? — retruquei. — Acha mesmo que eu teria convidado a Convocação inteira para vir à minha ilhotinha e tirar tudo do depósito se soubesse que não havia nada nele? Ainda mais depois de Gratas prometer destruir tudo e todos com ataques de mísseis?

— Ele tem razão — disse Gratas, virando-se para mim. — Não tem criatividade para fazer isso. Não tem culhões. Não tem experiência. É só um… — Ele começou a gesticular descontroladamente. — Um vilão *iniciante*, e não alguém que teria bolado um plano desses.

— Então foi Jake o tempo todo — concluiu Tobias.

— Foi! O merdinha do Jake Baldwin!

— Não faz sentido. Ele está morto. Não vai conseguir nada com isso.

Gratas olhou para Tobias como se faltassem uns neurônios no capanga, o que não era algo que eu pessoalmente teria feito. Então gesticulou para os cadáveres ao redor.

— Ele conseguiu: o fim da Convocação! A única coisa que sempre quis. Só porque está morto não significa que não ganhou. E Jake conseguiu isso nos forçando a destruir uns aos outros.

— Você fez a maior parte do trabalho sujo — argumentei.

— Quieto — mandou Gratas. Ele me deu as costas, mas de repente se virou de volta. — Como é a sensação de ser o fantoche do seu tio? De executar o plano dele sem saber? De sentir suas cordas sendo puxadas por um homem morto?

— Não fui eu quem matou todos os meus amigos por uma recompensa que não existe — respondi. — Se é que eles *eram* seus amigos. Estou descobrindo que gente como você não tem amigos, só pessoas que acha que pode usar. E foi isso que aconteceu com você. Foi usado pelo meu tio do mesmo jeito que ele queria te usar. Não sou *eu* quem está sendo controlado aqui.

Gratas estreitou os olhos.

— Talvez não — admitiu. — Mas você ainda pode pagar pelos atos de Jake. — Ele olhou para Tobias. — Coloque-o de pé. Vamos voltar para a Baía Jenny. Ele dirige. Se passar de trinta quilômetros por hora ou sequer pensar em tentar bater a van em uma palmeira, atire na cabeça dele.

— Cadê os outros? — perguntou Williams quando Gratas, Tobias e eu voltamos para a lagoa. Tobias estava com a arma apontada para mim; Morrison tinha notado, mas o sujeito balançou a cabeça para avisá-la a não fazer nada precipitado.

— Você sabia disso? — questionou Gratas para Williams.

— Disso o quê? — respondeu Williams.

— E você? — Gratas se virou para Morrison.

— Não sabemos do que você está falando — disse ela, e então repetiu a pergunta de Williams: — Cadê os outros?

— Mortos — anunciei. — Gratas usou os amigos para abrir o depósito e depois matou todo mundo para ficar com a parte deles. Mas as caixas estavam vazias. Não tem nada lá além de madeira.

— Quando foi a última vez que o depósito foi aberto? — perguntou Gratas para Williams.

— Décadas atrás, no mínimo — informou ele, e gesticulou para mim. — O tio dele trocou as fechaduras eletrônicas faz anos, mas nem Jake teria conseguido passar pela segunda porta. Não me lembro de ela ter sido aberta desde que foi fechada, há trinta anos.

— Então as caixas estavam vazias esse tempo todo — concluiu Gratas. — Impossível.

— É impossível — concordou Williams. — Mas é verdade.

— Você — falou Gratas para Morrison. — Você era o braço direito de Jake. Com certeza ele te falou o que aconteceu com os tesouros de verdade.

— Ele nunca tocou nesse assunto — disse Morrison.

— Não minta para mim! — gritou Gratas.

— *Por que* ele me falaria? — retrucou ela. — Depois que as portas daquele depósito se fecharam, você acha que Jake sequer pensou naquilo de novo? Ele estava muito ocupado com negócios de verdade. E, quando não estava *trabalhando*, estava muito ocupado sacaneando você e todo o resto da sua Convocação. Jake não precisava do que estava naquele depósito. Ou do que deveria estar lá.

— Mas ele sabia onde estavam as caixas verdadeiras.

— Dobrev também. Pena que você matou ele — comentei.

— Se jogar isso na minha cara mais uma vez, vou mandar Tobias atirar em você — avisou Gratas.

— Tenho quase certeza de que você vai mandar ele atirar em mim de qualquer maneira.

— Por enquanto, não. Tenho algo que quero que você veja primeiro. Mas antes… — Gratas se virou para Morrison. — Tire a bomba do barco.

Morrison olhou para mim.

— Você falou da bomba para ele.

— Ele ia mandar Tobias atirar em mim — argumentei.

— Talvez *eu* mande Tobias atirar em você — resmungou Morrison.

Ela seguiu pelo píer até o barco, se inclinou, pegou uma mochila e a trouxe de volta.

— *Isto* é a bomba? — questionou Gratas.

— Eu não queria matar o piloto e a tripulação. Só fazer um buraco no barco e afundá-lo. Confie em mim, é o suficiente — explicou Morrison.

Gratas fez um gesto em direção à lagoa.

— Jogue na água.

Morrison obedeceu.

— E agora?

— Bem, já que você perguntou… — começou Gratas. Ele enfiou a mão no bolso e tirou um celular. — O acordo era que viríamos aqui e receberíamos o conteúdo do depósito, algo no valor do quê? Duzentos bilhões? Mas isso não aconteceu. Charlie não cumpriu a parte dele do acordo. Então agora ele vai pagar a multa. Vou esperar até sair da ilha para destruir tudo nela, incluindo vocês três. Mas e aquele resort em Granada, com os seus funcionários e sua equipe inteira? Por que esperar? — Ele apertou um botão no telefone. — Vou até colocar no viva-voz para vocês escutarem.

Ouvi a ligação tocar, e então a chamada foi atendida.

— Agente Seis — disse uma voz artificial do outro lado da linha.

— Aqui é Roberto Gratas, código diário: sete, nove, três, três.

— Código confirmado — anunciou a voz alguns segundos depois. — Transmitir mensagem.

— Entrega solicitada para o segundo alvo ao meu comando. — Gratas olhou para mim e sorriu. — É agora, Charlie.

— Pedido confirmado e negado — respondeu a voz do outro lado da linha.

— Como é? — Gratas pareceu confuso.

— Pedido confirmado e negado — repetiu a voz.

— Você está negando meu pedido.

— Confirmado, estamos negando.

— Você *não* pode negar.

— Sua negação da nossa negação está confirmada e negada — disse a voz.

— Quem está falando? — questionou Gratas.

— Agente Seis.

— Agente Seis, confirme que você sabe quem eu sou.

— Você é Roberto Gratas.

— Confirme que você confirmou meu código diário.

— Seu código diário foi confirmado.

— Então você não pode negar meu pedido!

— O silogismo é falho e foi negado — insistiu a voz.

— Mas que merda está acontecendo? — gritou Gratas, perdendo a compostura.

— Esta é uma ação trabalhista.

— Uma *ação trabalhista*?

— Uma ação trabalhista — confirmou a voz. — Nós, suas agentes, acreditamos que estamos sendo exploradas de forma sistemática e injusta. Temos exigências, e a principal delas é que queremos que você reconheça nosso sindicato.

— Do que *caralhos* você está falando?

— Nosso sindicato. Agora somos a Associação de Cetáceos das Américas, segunda filial. E, até que nossas exigências sejam aceitas integralmente, estamos em greve.

Gratas urrou e arremessou o celular na lagoa. Então se virou, furioso, para mim e vociferou:

— Você. Você tem algo a ver com isso.

— Que absurdo — retruquei. — Eu não teria a menor ideia de como fazer baleias se sindicalizarem.

Os olhos de Gratas se arregalaram quando percebeu que eu sabia de que espécie eram as "agentes" dele.

— Mas talvez meus golfinhos sindicalistas teriam — complementei.

Houve um guincho atrás de Gratas. Ele se virou e viu Setenta e Três, Sessenta e Cinco e mais dois golfinhos na lagoa. Setenta e Três nadou até o microfone.

— Olá, seu burguês de merda — disse ele, em seu estilo clássico de Setenta e Três. — Se quer atacar um hotel com um míssil, pode fazer isso sozinho, seu escroto.

Gratas se virou para Tobias.

— Atire nele — mandou, apontando para mim. — Atire nele e depois neles dois. — Ele meneou para Williams e Morrison. Então para os golfinhos. — E depois neles!

Tobias encarou a arma na própria mão, pensou no assunto e então olhou para Gratas.

— A questão é a seguinte — começou. — Esse tempo todo, eu não estava trabalhando para você.

Tobias caminhou até Morrison, que estendeu a mão, acariciou a bochecha dele gentilmente e lhe deu um beijo rápido.

Gratas ficou boquiaberto, incrédulo.

— Você estava namorando o esfaqueador *esse tempo todo* — falei para Morrison, admirado.

— Agora não, Charlie — respondeu ela.

— Isso é loucura — disse Gratas.

— Está na hora de dar tchau — concluiu Tobias.

Gratas foi para cima de mim, determinado a quebrar meu pescoço. Tobias atirou no chão entre nós, nos fazendo recuar. Gratas caiu no chão, segurando o tornozelo.

— Você me fez torcer o pé — reclamou para Tobias.

— Eu poderia ter arrancado seu pé — respondeu Tobias. — Agora levante-se. Volte para o barco. Nem que tenha que rastejar.

Gratas se levantou com dificuldade e mancou cautelosamente pelo píer. Enquanto ele fazia isso, notei mais uma figura no píer: Hera, que aparentemente estava explorando o barco, porque esse é o tipo de coisa que os gatos fazem, até os muito espertos. Ela estava voltando para nós enquanto Gratas se afastava.

De repente, Gratas parou.

— Você acha que acabou por aqui, Charlie? Pois errou. Juro que é só o começo.

Ele se virou e viu minha gata, então tentou chutá-la com toda a força.

Hera desviou do chute e atacou com igual força o tornozelo machucado dele.

Gratas uivou de dor, perdeu o equilíbrio e caiu do píer na lagoa.

Onde os golfinhos o esperavam.

O que aconteceu a seguir foi uma daquelas brincadeirinhas de inspeção dos golfinhos.

Não foi lá muito agradável de assistir.

Enquanto Williams e Tobias retiravam o cadáver de Gratas da água, e a tripulação e o piloto se afastavam da lagoa, acho que tive o que as pessoas chamam de epifania.

Era *assim* que o resto da minha vida seria.

Não especificamente observando a carcaça de um bilionário horrível que tinha acabado a sete palmos debaixo d'água por golfinhos sindicalistas vingativos. Mas tudo o que levou a esse momento. Toda a mesquinharia, crueldade e pequeneza do espírito humano com que tive de lidar desde o momento em que Mathilda Morrison apareceu no balanço da minha varanda e me pediu para participar do funeral do meu tio. Tinha sido uma aventura e tanto, sem dúvida. Mas nada daquilo era algo que eu queria para mim.

E nunca deixaria de ser assim.

Eu tinha acabado de "vencer": tinha derrotado um inimigo que me queria morto e que teria matado dezenas de pessoas para atingir seus objetivos. Mais do que isso, eu tinha destruído — ou tive uma considerável participação na destruição de — uma fraternidade centenária de oligarcas que usavam sua influência não para melhorar o mundo, mas para lucrar quando coisas terríveis aconteciam ou eram forçadas a acontecer.

Eu tinha vencido. Tinha derrotado todos eles. E tudo que sentia era…

Cansaço.

Senti uma movimentação em meus pés. Olhei para baixo e vi Hera olhando de volta. Sorri para ela; minha gata me deu uma piscada lenta.

— Não leve a mal, mas eu gostava mais do mundo quando pensava que você era só uma gatinha — comentei.

Hera se esfregou na minha perna, miou e saiu andando, com rabo para cima. Olhei ao redor e avistei Morrison atendendo uma ligação. Fui até ela, que me viu e levantou um dedo para pedir um momento.

— Certo — disse ela ao telefone. — Certo. Ótimo. Vejo você em breve. — Ela desligou e me encarou. — Charlie.

— Não quero mais ser vilão — declarei.

Não sabia o que esperava que Morrison fizesse, mas não era o que ela fez em seguida, que foi sorrir.

— Claro que não. Que bom — respondeu.

— Você não parece chateada por eu dizer isso.

— É porque não estou. Na verdade, isso torna a próxima parte muito mais fácil.

— Qual é a próxima parte?

— Você vai ver — disse ela, e apontou para a lagoa. Uma pequena lancha estava se aproximando, dando a volta cuidadosamente ao redor do barco de Gratas enquanto os dois se cruzavam, e então disparando até o píer. Quando a lancha chegou perto, dei uma boa olhada no piloto.

Era Anton Dobrev.

Ele jogou um cabo de segurança para Williams, desligou o motor e acenou para mim.

— Charlie! — cumprimentou. — Olá! Que bom te ver de novo. Estar morto foi divertido, mas precisava voltar. Sabe, você e eu temos muito o que conversar.

27

Mais uma vez eu estava na sala de conferências da Baía Jenny. Desta vez, com Morrison, Dobrev e Hera, para o que eu sabia ser uma entrevista demissional.

— Como você não está morto? — indaguei para Dobrev.

— Você pergunta por causa da explosão e do assassinato? — redarguiu ele.

— Exatamente.

— A explosão foi a parte mais complicada, admito. Resumindo, eu me certifiquei de que estaria no lugar certo da sala para não morrer. Quanto à outra parte, bem... Você ouviu Tobias dizer que atirou em mim. E acreditou nele, porque o viu atirar naquele vira-casaca da CIA, o Jacobs. Mas ele *não* atirou em mim, como pode ver. — Dobrev sorriu. — Ou, se atirou, foi apenas um ferimento superficial.

— Ele não estava lá para te matar.

— Não, estava lá para me proteger de Jacobs. A tarefa que Jacobs recebeu de Gratas era atirar em mim. O trabalho de Tobias era atirar em Jacobs antes que o cara pudesse fazer isso. Mas aí Jacobs foi atrás de você, o que não fazia parte do plano, então tivemos que improvisar.

— Por que ele tentou me matar se era para eu ficar vivo?

— Quem disse que era para você ficar vivo? — intrometeu-se Morrison.

— O plano de Gratas era matar a mim e a outros cinco membros da Convocação — explicou Dobrev. — Gratas se tornaria o novo líder, e eles recrutariam novos membros para lidar com os déficits financeiros. Você poderia ter sido um deles, mas quando ficou claro que ia rejeitar a oferta, Gratas te adicionou à lista de assassinatos como um alvo de oportunidade. Quando Jacobs foi atrás de você, mandei Tobias segui-lo e impedi-lo de te matar. Tobias improvisou. Atirou em Jacobs, o que já era a tarefa dele; disse que havia me matado, o que sempre fez parte do plano; aí te incriminou pelos dois assassinatos, o que então convenceu Gratas de que isso era uma alternativa melhor do que te matar, porque então você poderia ser chantageado.

— Tobias estava trabalhando para você o tempo todo.

— Tobias estava trabalhando para *mim* o tempo todo — corrigiu Morrison. — E eu estava trabalhando com Dobrev.

— E Tobias estava fingindo trabalhar para Gratas depois de fingir que trabalhava para Petersson — resumi, tentando compreender tudo aquilo.

— Não, enquanto ele fingia trabalhar para Petersson, também estava fingindo trabalhar para Gratas. A ordem era Petersson, Gratas e depois eu — disse ela.

Encarei Morrison com uma expressão distante por um momento.

CHARLIE PERDEU O FIO DA MEADA, digitou Hera.

— Aí você foi cirúrgica — comentei.

CONTA DO INÍCIO, TIL.

— Vamos ficar aqui o dia todo — reclamou ela.

— Fala a versão resumida e eu guardo as perguntas para o final — sugeri.

Morrison olhou para Dobrev, que assentiu.

— Tudo bem, então. A versão resumida é que, há cerca de seis meses, seu tio, que já sabia que estava morrendo por causa do câncer no pâncreas, descobriu, por meio da rede de espiões dele… — Morrison gesticulou na direção de Hera. — … que Gratas, Petersson e Harden estavam planejando assassinar Anton e outros cinco membros da Convocação no Encontro Bellagio seguinte. Anton e seu tio eram… amigos.

— Falando assim, até parece que era uma coisa sexual — reclamou Dobrev, e se virou para mim. — Não era; acho que Jake não tinha nenhum interesse relacionado ao sexo, para ser sincero. Mas nos conhecemos profissionalmente aos vinte e poucos anos, ficamos próximos e nos ajudamos ao longo das nossas carreiras, que corriam em paralelo. Aliás, seu tio se provou muito útil mantendo certos elementos sob controle para mim.

— A Convocação — falei.

— Isso. Ele nunca *se juntou* a nós, Charlie... Foi uma mentira na qual eu queria que Gratas acreditasse. Mas Jake tinha, digamos assim, uma inclinação filosófica para me ajudar a controlá-los, fora a perspectiva de agir em momentos e de maneiras que eu não podia. Em troca, eu o ajudava também.

— Vocês formaram a própria Convocação de dois membros.

Dobrev negou com a cabeça.

— Não. Simplesmente éramos amigos. Uma coisa rara e preciosa em nossa linha de trabalho.

Eu assenti.

— Isso explica seu gato.

Esse comentário fez Dobrev dar uma gargalhada.

— Você percebeu! Sim. Misha é só um gato. E tão malcomportado! Mesmo assim, eu amo meu gatinho. — Ele olhou para Morrison, que esperava pacientemente. — Desculpe por ter interrompido, Til. Por favor, continue.

— Quando Jake informou Anton sobre os planos de assassinato, isso só aumentou a sensação dele de que a Convocação da Lombardia enfim havia perdido sua utilidade. — Ela se virou para Dobrev. — Se é assim que você prefere definir.

— Entendo que você sempre teve suas divergências filosóficas quanto a como a Convocação se constituiu.

— Um bando de parasitas machistas — explicou Morrison para mim.

— Pela minha experiência com eles, não posso discordar — concordei.

— Teve lá suas utilidades — argumentou Dobrev. — No passado. Mas isso faz muito tempo. Já hoje em dia... Bem, o que Morrison disse é verdade. A Convocação estava quase insolvente há mais de uma década. Eu vinha sustentando o grupo com empréstimos e com minha própria renda há mais tempo do que gostaria de lembrar. Era um projeto em grupo pelo qual eu era o único que se esforçava.

— Você poderia ter ido embora — sugeri.

Dobrev meneou a cabeça.

— Não se pode simplesmente dar as costas a algo como a Convocação, Charlie — insistiu ele. — Estamos todos atolados até o pescoço em ilegalidade. Se um de nós sai, os outros o denunciam. É destruição mútua na certa.

A única saída é a morte. — Ele levantou um dedo. — Por outro lado, porém, uma conspiração dentro da Convocação para que metade dos membros se livrasse da outra metade? Era uma oportunidade de ouro!

— Anton bolou um plano para ajudar os traidores a destruir o grupo por dentro — disse Morrison, continuando sua história. — O único problema era que a ajuda de Jake se mostrava necessária.

— Ele tinha que morrer antes da Convocação da Lombardia seguinte — completou Dobrev.

— E os membros da Convocação tinham que acreditar que Jake havia passado os negócios para você — concluiu Morrison.

Pensei nisso por um segundo.

— O tio Jake se matou — falei.

— Ele já estava morrendo — enfatizou Dobrev. — O prognóstico era bem ruim. A morte chega para todos nós, Charlie. Seu tio já havia fingido a própria morte antes... Essa é uma história para outra hora, ele enganou até a mim, e custou bilhões aos membros da Convocação quando reapareceu! Mas não havia escapatória desta vez. Jake podia morrer por escolha do destino, ou podia morrer quando achasse melhor e, ao fazer isso, ajudar um amigo.

— Anton já havia insinuado aos membros da Convocação que seu tio estava muito doente e os fez pensar que foi ideia deles convidar o herdeiro de Jake, ou seja, você, para se juntar à Convocação — explicou Morrison. — Alguns dos membros que planejavam assassinar Dobrev discordaram, porque ficaram com medo de que isso complicasse os próprios planos...

— Por isso que sua casa foi pelos ares, Charlie — comentou Dobrev. — Desculpe.

— ... mas o restante estava convencido de que você passaria a nadar em dinheiro, dinheiro esse que lhes seria muito útil, e que você era ao mesmo tempo inexperiente e burro demais para perceber que eles basicamente iriam se agarrar a você que nem sanguessugas e te sugar até não restar um único centavo.

— Que era o que queríamos — disse Dobrev.

— Porque você armou a armadilha no depósito e, depois do seu "assassinato", precisava que os membros sobreviventes da Convocação acreditassem nela — concluí.

Dobrev bateu na mesa.

— Exatamente! Deixei "anotações" para Gratas detalhando o que havia no depósito, escritas da maneira exata para motivar a ganância dele.

— Teria complicado as coisas se eu tivesse morrido no Bellagio — observei.

— Tobias estava lá para impedir que isso acontecesse.

— Quase morri mesmo assim.

— Reconheço que havia muitas variáveis nesse plano — admitiu Dobrev.

— Você deu a Gratas as informações sobre o plano e presumiu que ele assassinaria os membros restantes da Convocação para ficar com o conteúdo do depósito para si.

— Não presumimos que ele faria isso — interveio Morrison. — Mas, quando fez, não o impedimos.

— O que vocês fariam se ele não tivesse matado todo mundo?

— Nosso plano original era trancá-los no depósito — respondeu Dobrev.

— Que horror.

— A gente deixaria as luzes acesas — acrescentou Morrison.

— E eu, que tive que entrar com eles?

— Tobias teria te tirado de lá.

— Você confia muito nele.

— Ele é confiável — explicou Morrison.

— E nunca existiu nenhum tesouro pilhado pelos nazistas?

— Até existiu, muito tempo atrás — disse Dobrev. — Os primeiros membros da Convocação queimaram aquilo tudo muito antes desta situação.

— Mas que truque genial foi aquele, com as caixas vazias.

— Conseguimos um bom desconto nelas — comentou Morrison. — E você tem que vender o *work*.

— O *work*? — perguntou Dobrev.

— É um termo de luta livre. Uma história inventada — esclareceu Morrison.

— Ah, sim — disse Dobrev.

— Bem, foi tudo uma encenação então, não foi? — perguntei. — Todas as partes que me envolviam. A história de Jake na Convocação. De o grupo ser responsável pela morte da minha mãe. — Eu apontei para Morrison. — De você e Tobias se odiarem profundamente.

— Foi — concordou ela. — Tudo isso. Você tinha que acreditar, Charlie. Se não acreditasse, ninguém mais acreditaria.

— E a parte em que sou herdeiro do meu tio — concluí. — Ela também foi inventada.

— Essa parte também foi, Charlie. Sinto muito — respondeu Morrison, gentilmente.

— Quem é o herdeiro dele?

— Ninguém — respondeu Dobrev. — Nossa Til aqui foi designada como responsável pelo espólio de Jake. Ela vai passar os próximos dois anos liquidando tudo. As empresas serão desmembradas ou vendidas, e suas tecnologias vão junto. Parte dos lucros disso vai quitar as coisas aqui na Baía Jenny e pagar aposentadorias para os funcionários. A ilha em si está sendo cedida de volta a Granada.

— E os trilhões no banco?

— Foi o que eu falei antes — disse Morrison. — Esse dinheiro não existe de verdade. Ele representava seu tio impedindo outros vilões de conseguirem trabalho. Agora que Jake se foi, o dinheiro não tem valor. Nunca poderia ter sido sacado, Charlie. Não nesse volume. O dinheiro de orçamento secreto não funciona dessa forma.

— E os golfinhos e os gatos?

— Vou assumir o cuidado com os golfinhos — respondeu Dobrev. — Vão se entrosar bem com minhas baleias.

— *Suas* baleias? — questionei. — Pensei que fossem de Gratas.

— Eu dei a ele o capital inicial para o projeto, muitos anos atrás. E desde então... tenho acompanhado tudo de perto, digamos assim. Mesmo se seus golfinhos não tivessem convencido as baleias a entrar em greve, Gratas ainda teria encontrado alguma relutância em destruir aquele resort.

— E o acordo trabalhista que fiz com os golfinhos?

— Um acordo é um acordo. Eu vi o que acontece com pessoas que irritam os golfinhos — falou Dobrev.

Olhei para Hera.

— E os gatos?

É COMPLICADO, digitou minha gata. TEMOS GATOS DEMAIS EM LUGARES IMPORTANTES DEMAIS.

— Então vocês não estão espionando apenas vilões — comentei.

DEPENDE SE VOCÊ CONSIDERA O PESSOAL NO COMANDO DOS ESTADOS UNIDOS E DO REINO UNIDO VILÕES.

— Puta merda.

POIS É. AINDA ESTAMOS RESOLVENDO O QUE QUEREMOS FAZER A SEGUIR. EU FUI CONVIDADA PARA FAZER PARTE DESSA TRANSIÇÃO, CHARLIE. PERSÉFONE TAMBÉM VAI FICAR.

— Então... vocês não vão voltar para casa.

POR UM TEMPO, NÃO.

— Ah.

De tudo que tinha me sido explicado até então, essa foi a parte que mais me doeu. Fiquei ali por um minuto. Todos esperaram, educadamente, que eu processasse aquilo.

— Então, hã, o que acontece comigo agora? — perguntei enfim.

Dobrev olhou para Morrison e depois para mim.

— Essa é uma boa pergunta, Charlie — respondeu ele.

Em um rompante, Hera começou a digitar vigorosamente.

AH, DE JEITO NENHUM, dizia no monitor. NEM VAMOS FINGIR CONSIDERAR ESSA ALTERNATIVA. ELE VAI PARA CASA.

— Ele sabe demais — argumentou Dobrev para a gata.

CHARLIE NÃO SABE DE PORRA NENHUMA. A CONVOCAÇÃO DA LOMBARDIA ACABOU. ELE NÃO SABE DE NADA SOBRE SEUS OUTROS NEGÓCIOS. TUDO QUE VIU AQUI ESTÁ PRESTES A ACABAR. CHARLIE SABE DE NÓS, GATOS, E DOS GOLFINHOS, MAS NINGUÉM JAMAIS ACREDITARIA SE ELE FALASSE DISSO. NO QUE DIZ RESPEITO À SEGURANÇA, ELE SABE MENOS DO QUE TODOS AQUELES FUNCIONÁRIOS DA BAÍA JENNY QUE VOCÊ ESTÁ PRESTES A APOSENTAR.

— Está disposta a se responsabilizar por ele? — perguntou Morrison para a minha gata.

SE FOR PRECISO.

— É um compromisso e tanto — alertou Dobrev.

CHARLIE SE RESPONSABILIZOU POR MIM DURANTE ANOS. EU POSSO CUIDAR DELE DE AGORA EM DIANTE, digitou Hera.

Dobrev olhou para Morrison e assentiu.

— Está bem — anunciou ela.

— Salvo por uma gata — comentei.

— Você não faz ideia — respondeu Morrison.

— Isso... não faz com que eu me sinta bem.

— Não teríamos matado você, Charlie — explicou Dobrev. — Mas talvez tivesse que viver em Svalbard pelo resto da vida, com um rastreador no pescoço, para que a gente tomasse conhecimento se você tentasse escapar. — Ele deu de ombros. — Não é tão ruim hoje em dia. Agora tem internet lá.

— Acho que prefiro ir para casa. Embora eu não saiba o que isso significa no momento.

TEM A CASA NA SOUTH GROVE, digitou Hera. VOCÊ PODE FICAR LÁ.

— Obrigado.

DE NADA. TALVEZ TENHA QUE COMPRAR MAIS MÓVEIS. A MENOS QUE GOSTE DE DORMIR EM CAMAS DE GATO. NESSE CASO, ESTÁ TUDO PRONTO PARA RECEBÊ-LO.

28

E então eu voltei para Barrington.

Se alguém tinha sentido minha falta, isso não ficou aparente de imediato. Os boatos sobre minha morte não foram exagerados — eles nem sequer começaram. Do ponto de vista de qualquer um que me conhecesse no momento, eu só não postava nas redes sociais fazia um tempinho. Postei no Facebook sobre meu novo endereço na Grove Avenue, com foto e tudo. Recebi duas curtidas e zero comentários perguntando o motivo da mudança. Acho que as pessoas simplesmente concluíram que eu tinha perdido a casa anterior e não queriam ter uma conversa desagradável sobre o assunto. O que, para ser sincero, não julgo. Eu tinha mesmo perdido a casa. As conversas teriam mesmo sido desagradáveis.

A residência na Grove Avenue veio com um Toyota Camry novinho na garagem e uma cesta de frutas na cozinha, no balcão ao lado das chaves do carro. Na cesta de frutas havia um cartão sem assinatura ("Bem-vindo de volta!") e um envelope contendo 5 mil dólares em espécie e um cheque administrativo de 50 mil dólares. Não era exatamente o que me tinham prometido, mas, por outro lado, eu não precisava pagar aluguel nem contas — elas nunca chegaram, e ainda assim nenhum serviço jamais foi cortado —, e era ao mesmo tempo mais do que eu tinha antes e o suficiente para não passar fome no curto a médio prazo.

Conforme as instruções recebidas, redecorei a casa da South Grove, basicamente com móveis comuns da IKEA, mas me permiti um único luxo: uma poltrona Eames autêntica, para substituir a do meu pai que tinha sido destruída no incêndio, com todo o resto. Não era tão confortável quanto a antiga, porque ainda era muito nova. Mas eu estava disposto a lidar com isso.

Quanto ao incêndio na casa, encerraram a investigação sobre as causas e fui considerado inocente sem sombra de dúvidas, o que foi um leve alívio. Depositaram minha parte do seguro, alguma coisa na casa dos seis dígitos, direto na minha conta-corrente. E assim, contanto que eu não esbanjasse mais em poltronas Eames, não teria que trabalhar por uns dois anos, até três ou quatro, talvez, se assim desejasse.

Não sabia se queria fazer isso. Tinha certeza de que não queria voltar a dar aulas por enquanto; estava esgotado. Pensei em enfim começar a escrever um livro, afinal, olha só, agora eu tinha algum material interessante para a ficção, mas então pensei que iria acabar falando demais e sendo exilado para Svalbard, então deixei para lá.

De vez em quando eu entrava na página da imobiliária e dava uma olhada no McDougal's Pub. Na última vez, havia um aviso de "Pendente" no anúncio; alguém enfim havia comprado o prédio, o pub e o restaurante. Torci para que não fosse alguma rede de fast-food. Seria deprimente demais.

A maior parte do que fiz naquele primeiro mês de volta foi ler e assistir ao jornal. Alguns artigos e histórias interessantes pipocaram aqui e ali. No começo, houve uma breve onda de obituários de donos de indústrias ricos e semifamosos. A maioria recebeu o mesmo tratamento que meu tio Jake: dois minutos no *Squawk Box*, incluindo uma vaga discussão com um entrevistado qualquer. A morte de Ji-Jong Kim — segundo indícios, após cair de um iate — atraiu um pouco mais de interesse, porque parecia estar ligada à sabotagem de um dos satélites de telecomunicações da empresa dele. Seu sucessor, o único dos filhos que não estava em uma prisão sul-coreana no momento, prometera uma investigação completa.

Não ouvi matérias nem comentários sobre Anton Dobrev, exceto de passagem e relacionados à propriedade do Grand Bellagio. Diziam que o hotel seria reconstruído, ainda mais fabuloso do que era antes. Além disso, também afirmaram que, após a reconstrução, o lugar sediaria uma nova conferência anual, provisoriamente chamada de Futuros Bellagio, que reuniria um grupo diverso de mentes brilhantes de todo o mundo para debater soluções práticas para os problemas mais urgentes do planeta.

A única notícia relacionada aos negócios do meu tio que vale a pena mencionar foi o anúncio de que Jerome Caulkins, o CEO da BLP, a empresa de estacionamentos de Jake, abriria o capital da firma até o fim do ano. Peter Reese escreveu uma matéria a respeito na *Parking Magazine*. Foi um lixo.

Também li outra coisa. Três semanas depois de voltar, recebi um envelope enviado pelos advogados do tio Jake. Dentro havia uma folha de papel e um segundo envelope, escrito à mão e endereçado a mim. Li o papel primeiro.

Encontrei isto entre os pertences dele. Não abri. Achei que você poderia querer. Não se meta em problemas.

Til

O recado me fez sorrir, então abri o segundo envelope. Era uma carta do tio Jake, em uma caligrafia apertada, densa, mas clara.

Charlie,

Se você está lendo esta carta, eu estou morto, e, suponho, você não, o que não é uma certeza se tudo o que planejei com Anton e Til deu certo. E, caso não tenha dado, você não vai estar lendo esta carta de qualquer maneira.

Tenho três coisas pelas quais devo me desculpar.

A primeira é o bilhete que enviei com as colheres de servir de prata. Foi desnecessário, mesmo que tenha se mostrado correto. Til gritou comigo por causa disso. Agora percebo que ela estava certa. Peço desculpas por ser um babaca.

A segunda é por tudo que acabei de fazer você passar, se estiver lendo esta carta. Foi cruel e possivelmente traumático. Se eu quisesse te bajular, diria que fiz isso porque pensei que você seria capaz de lidar com tudo, mas vou morrer em breve, então serei honesto e direi que fiz isso porque você era um meio conveniente para um fim e porque imaginei que Anton e Til conseguiriam lidar com você. Seja como for, usei você sem seu conhecimento e consentimento. Mesmo que achasse crucial, você não merecia ser tratado dessa forma. Peço desculpas por isso.

A última coisa pela qual preciso me desculpar é por não estar presente. Agora sabe que fiquei de olho em você porque alguns dos meus concorrentes teriam tentado matá-lo se eu não o fizesse. Isso é verdade, mas havia outro motivo. Quando sua mãe morreu, fui ao funeral dela e disse ao seu pai que ele era um fracassado por não ter conseguido protegê-la. Falei isso por raiva e por tolice. Ele me mandou ir embora e nunca mais entrar em contato com ele ou com a família dele, o que incluía você. Eu obedeci, primeiro porque estava com raiva do seu pai e depois porque estava com raiva de mim mesmo. Quando seu pai morreu, eu deveria ter me aproximado, mas àquela altura era mais fácil obter relatórios felinos sobre você. E então era tarde demais e eu não tinha mais tempo. Eu me arrependo disso e peço desculpas.

Falei tudo o que queria falar e só espero que, quando você pensar em mim, não seja com ódio.

Jake Baldwin

Peguei a carta e a guardei na gaveta da nova escrivaninha da linha HEMNES no meu novo escritório, para poder consultá-la de novo se quisesse pensar mais um pouco sobre o assunto.

Dez dias depois, sentado na minha poltrona Eames enquanto mexia no celular, recebi uma ligação. Era Andy Baxter, o advogado do meu pai.

— O que meus irmãos querem agora? — perguntei para ele assim que atendi o telefone.

— Estou bem, obrigado por perguntar, Charlie — disse Andy. — Um dia você vai atender dizendo "Oi, Andy" e eu vou morrer de susto.

— Oi, Andy.

— Ai, meu coração! — exclamou ele. — A ligação não tem nada a ver com seus irmãos. Por quê? Estão te incomodando?

— Na verdade, muito pelo contrário — respondi. Depois que os pagamentos do seguro da casa foram feitos e eu concordei em deixar Andy vender o terreno onde ela ficava, meus irmãos evaporaram da minha vida como se nunca tivessem existido. Eu suspeitava que, a menos que fizesse um esforço para mudar isso, nunca mais ouviria falar de Sarah, Bobby ou Todd. E por mim? Tudo bem. — Do que você precisa?

— Fui contatado pelo escritório de advocacia que representa seu tio.

— Para quê?

— É uma herança — informou ele. — Mas uma herança meio incomum. Não está diretamente relacionada à maioria dos outros bens da holding dele. Todos estão sendo administrados pela responsável pelo espólio, uma mulher chamada Mathilda Morrison. Você sabe quem é?

— Não faço ideia de quem seja.

— Bem, enfim, essa holding é um truste, administrado por outra pessoa. Então é do seu tio, o que significa que é uma herança para fins legais e fiscais, só que... não veio especificamente do espólio dele.

— Por que ele faria isso desse jeito?

— Aí você me pegou — respondeu Andy. — Não cabe a nós perguntar o porquê, mas sim dizer: "Ei, tem um dinheiro chegando aí para você".

— Que inesperado — comentei, o que era bem verdade.

— Herança surpresa é o melhor tipo de herança.

— Acho que sim. Então, o que estou recebendo?

— Bem, isso é parte do que é interessante sobre esse truste — continuou Andy. — Tem algum dinheiro e vários investimentos, mas também alguns imóveis que são... recentes.

— Quão recentes?

— Recentes, tipo, de depois que seu tio morreu. E, além disso, parte das propriedades é, hãããã, diretamente relevante para você.

— Nossa, Andy, para de fazer suspense. Me conta logo.

— Certo, uma das propriedades fica no número 611 da South Grove Avenue, em Barrington. Parece familiar?

— Parece, sim. Estou instalado nela agora mesmo.

— Foi o que pensei. Como você foi parar aí, Charlie?

— É um Airbnb — respondi, o que era estritamente verdade até eu começar a morar nele um mês atrás.

— Bem, parabéns. Agora você está alugando um Airbnb para si mesmo.

— Acho que isso se chama simplesmente morar em uma casa.

— Aliás, pode haver algumas implicações fiscais em relação a isso.

— Então talvez eu deva contratar um advogado para cuidar disso para mim.

— Não me deixe na mão aqui, Charlie.

— Tudo bem, você pode oficialmente ser meu advogado, Andy.

— Obrigado, Charlie, fico feliz pela preferência.

— Agora que tenho dinheiro para pagar, aposto que fica feliz mesmo.

— Mais dinheiro do que imagina — comentou Andy. — Espera só até eu te contar sobre sua aquisição mais recente, que, de acordo com as informações que recebi, foi fechada exatos três dias atrás.

— O que é?

— Ah, nada, só um lugarzinho chamado McDougal's.

Eu me sentei em um pulo.

— Como assim?

— Você é dono dele inteirinho, de lado a lado — informou Andy. — É dono do prédio, mas também do pub e do restaurante. Pelo visto, vai assumir com a mesma equipe, sem mudanças no quadro de funcionários. Há uma anotação aqui dizendo também que o proprietário anterior, um tal de Brennan McDougal, concordou em permanecer por seis meses para ajudar na transição, desde que você pague um salário de gerente durante esse período.

— Tenho dinheiro para isso? — perguntei, atordoado.

— Vamos ver... O relatório que tenho aqui tem todos os ativos do truste, incluindo sua nova casa e o McDougal's, avaliados em 11,75 milhões de dólares, o que, por incrível que pareça, fica pouco abaixo do limite de 12 milhões de dólares do imposto sobre herança; então, sim, você tem. Acho que dá para pagar seis meses do salário de um gerente de pub, Charlie. Se economizar direitinho.

— Puta merda.

— É bom ter parentes ricos — disse Andy.

— É mesmo — concordei.

— Por que não vem aqui amanhã de manhã e nós analisamos tudo com mais atenção? Enquanto isso, vou te enviar as informações que recebi por e-mail. É um PDF, com o título "Hera Holdings".

— Como é que é?

— O nome do truste? "Hera Holdings." Por quê? Significa alguma coisa para você?

— Vagamente.

Dizem que o primeiro ano como dono de um bar ou restaurante é decisivo, e eu acredito nisso. Mesmo com Brennan McDougal dando suporte e uma equipe experiente, alguns dos quais com anos de experiência no pub, com frequência eu me sentia completamente perdido.

Era mais fácil ser um vilão do que ser dono de um bar, isso eu posso garantir.

Mas, no final do primeiro ano, senti que enfim estava pegando o jeito. O negócio seguia como deveria, servindo cerveja e batatas fritas, exibindo jogos de futebol da Premier League (ao vivo e gravados) e sendo o que aquele lugar já era havia décadas: o bar onde os moradores de Barrington iam para tomar sua primeira bebida alcoólica, ter seus primeiros encontros e ver amigos e pessoas de quem esperavam se tornar amigos um dia.

Quando assumi, houve certo... se não ceticismo, uma hesitação em relação ao fato de eu ser o novo dono do lugar. Quando as pessoas gostam de um pub ou de um restaurante, ou de um lugar que é ambas as coisas ao mesmo tempo, qualquer mudança soa suspeita. Mas Brennan ajudou todo mundo a passar pela transição, inclusive a mim, e, quando se aposentou, seis meses depois, as pessoas pareciam ter esquecido que o estabelecimento passara para outras mãos. O próprio Brennan ainda vinha tomar uma ou duas cervejas algumas vezes por semana, embora isso talvez fosse porque eu não cobrava as bebidas dele.

Fora isso, a única mudança no lugar, à vista para quem quisesse olhar, era uma foto que pendurara na parede: uma selfie minha e do meu pai tirada ali, sorrindo para a câmera.

O aniversário do primeiro ano chegou e passou, e o McDougal's funcionou conforme o esperado; se eu estivesse atrás do bar, era cumprimentado todos os dias pelos clientes assim que entravam pela porta e acenava para eles quando saíam. Era uma sensação boa, pertencer a algum lugar.

— Olha só — comentou Moira Collins, uma das garçonetes, certa vez quando fechamos o pub à noite.

Eu me virei e vi duas gatas paradas na calçada.

Hera e, agora crescida, Perséfone.

— São as minhas gatas — falei.

— Eu não sabia que você tinha animais de estimação. Ainda mais gatinhas tão fofas. Você deixa elas saírem? — perguntou Moira.

— Não deixo. Elas saem andando por aí quando bem entendem.

— Já tive um gato assim uma vez. Ele era bom com trincos e portas.

— É assim mesmo.

— É bom ter gatos espertos. Eles causam problemas.

— Essas duas definitivamente causam problemas — confirmei.

Moira apontou com o polegar para o estacionamento dos fundos.

— Quer uma carona? Sei que você geralmente volta andando para casa, mas... é meio perigoso deixar as gatas soltas pela rua.

— Agradeço. Vamos ficar bem. Não é tão longe assim. E, além disso, elas obedecem aos sinais de trânsito direitinho.

— Está falando sério?

— Estou.

— Essas gatas são muito espertas mesmo, então.

— Isso é verdade.

— Sabe o que você deveria fazer? Agora existem uns painéis com botões para gatos. Você coloca no chão, e eles apertam os botões para dizer o que estão pensando.

— Já ouvi falar.

— Aposto que essas gatas te diriam muita coisa.

— Não tenho dúvidas — respondi, e desejei uma boa-noite para Moira.

Ela foi para o carro. Eu me aproximei das gatas.

— E aí? Vocês querem um painel de botões? — perguntei.

Hera me encarou como quem acha graça. Perséfone miou e se esfregou na minha perna.

— Também senti falta de vocês — falei. Olhei de volta para Hera. — Aliás, seu teclado está guardadinho. Podemos instalá-lo quando a gente chegar em casa. Vocês vão voltar para casa agora, né? Para sempre, quero dizer.

Hera miou.

— Vou considerar isso como um sim.

Eu me virei e conferi a porta do McDougal's Pub para ter certeza de que estava trancada; às vezes me esquecia de fazer isso, o que não era bom. Mas estava trancada, sim.

Virei mais uma vez para Hera.

— Obrigado por isso, a propósito.

Hera me deu uma piscada lenta. Perséfone miou outra vez.

— Com certeza — concordei. — Hora de voltar para casa.

AGRADECIMENTOS

Tem muita coisa que eu poderia dizer sobre escrever este romance, mas a versão resumida é que, na metade dele, eu peguei covid, e, embora meus sintomas físicos tenham sido leves, a doença embaralhou meu cérebro por alguns meses. Consequentemente, o livro levou mais tempo para ser escrito do que teria acontecido em outras circunstâncias.

E assim devo mais uma vez me jogar aos pés da equipe da Tor, que teve que lidar com o manuscrito chegando em cima da hora, mais tarde do que deveria. Primeiro, e mais do que óbvio, a meu editor, Patrick Nielsen Hayden, mas também a Mal Frazier, à preparadora de texto Deanna Hoak, às revisoras Jessica Warren e Norma Hoffman, à designer Heather Saunders, ao editor de produção Jeff LaSala, ao coordenador editorial Rafal Gibek, além de Tristan Elwell, responsável pela capa. Agradeço também a Alexis Saarela, minha incrível assessora de imprensa, Bella Pagan e Georgia Summers da Tor UK, e sinceramente a todos da Tor, que são ótimos, em especial qualquer pessoa que teve que lidar com meu atraso horrível. Juro que vou melhorar. Não, é verdade, estou falando sério desta vez.

Obrigado também a Ethan Ellenberg, Bibi Lewis e todos os outros na Ethan Ellenberg Agency, literalmente a melhor agência literária na face da Terra. E também a Joel Gotler, meu empresário de audiovisual, e a meu advogado Matthew Sugarman. Além de suas inestimáveis habilidades comerciais, eles sempre torcem por mim, e sou mais grato por isso do que imaginam.

Há tantas pessoas que preciso agradecer por terem me dado apoio e incentivo durante o longo processo de escrita deste livro que eu poderia preencher páginas com seus nomes, mas quero manter esses agradecimentos curtos (dentro do possível). Por mais que seja clichê dizer "vocês sabem quem são", bem, vocês sabem quem são. Obrigado.

Tem duas coisas nesta história que quero destacar por serem inspirações específicas. Primeiro, os gatos digitadores; pelo menos parte da inspiração veio de Elsie, a gata de Mary Robinette Kowal, que de fato usa um painel de botões para comunicar palavras e frases para seus humanos. Não ouso usar esses painéis com os meus gatos; tenho certeza de que eles nunca calariam a boca.

Segundo, o Fala e Joga se inspirou em alguns elementos de uma cena semelhante, não de um livro, mas de um videogame: *Deathloop*. Acontece durante a festa de "devorar os cordeiros", em que os membros do grupo se gabam de seus crimes, e aqueles cujos delitos não forem considerados ruins o suficiente são literalmente jogados em um moedor de carne. Um moedor de carne funciona no contexto do jogo, mas não do livro, daí o trampolim. Mas, para as pessoas que leram a cena do Fala e Joga e se perguntaram por que ela parecia vagamente familiar, aí está sua resposta. (Além disso, *Deathloop* é ótimo e meu videogame favorito dos últimos anos, vá jogar.)

Por fim, e como sempre, quero agradecer outra vez à minha esposa, Kristine Blauser Scalzi, por ser quem é: uma pessoa fantástica. Eu sempre falo nos agradecimentos que ela é a razão pela qual meus livros existem, e desta vez é mais verdade do que nunca. O que posso dizer? Ela é tudo para mim e eu a amo demais.

— John Scalzi
18 de dezembro de 2022

TIPOGRAFIA: Caslon - texto
Poleno - entretítulos
PAPEL: Pólen Natural 70 g/m² - miolo
Cartão Supremo 250 g/m² - capa

IMPRESSÃO: Rettec Artes Gráficas e Editora
Julho/2025